向死而生

王雨 著

重庆出版集团 重庆出版社

图书在版编目（CIP）数据

向死而生 / 王雨著. -- 重庆：重庆出版社，2024.
9. -- ISBN 978-7-229-19085-9
Ⅰ. I247.5
中国国家版本馆CIP数据核字第2024K2J897号

向死而生
XIANG SI ER SHENG
王 雨 著

图书策划：李　斌
责任编辑：秦　琥　李　雯
责任校对：刘小燕
装帧设计：荆棘设计

重庆出版集团
重庆出版社　出版

重庆市南岸区南滨路162号1幢　邮政编码：400061　http://www.cqph.com
重庆市鹏程印务有限公司印刷
重庆出版集团图书发行有限公司发行
全国新华书店经销

开本：890mm×1240mm　1/32　印张：8.5　字数：200千
2024年12月第1版　2025年5月第2次印刷
ISBN 978-7-229-19085-9
定价：49.80元

如有印装质量问题，请向本集团图书发行有限公司调换：023-61520678

版权所有　侵权必究

目 录

一	/001
二	/020
三	/037
四	/054
五	/073
六	/094
七	/108
八	/124
九	/134
十	/155
十一	/170
十二	/178
十三	/189
十四	/202
十五	/219
十六	/233
十七	/252
后 记	/265

一

妈妈又冒火了，妈妈一冒火，就露出重庆女子的泼辣劲儿，此时，她露出我痉挛时的狰狞样儿。我狰狞的样儿素素姐拿镜子让我看过，我的头是歪斜的，眼睛、鼻子、嘴巴拧成一团，手脚内蜷。每次发作短则好几分钟，长则几个小时。我得的是痉挛型脑瘫病，其实不发痉挛时我的五官是端正的。

"帅奇，你都要读初中了，还是不听话，你要气死妈妈呀！"妈妈打我的屁股，好痛。

妈妈督促我做运动康复锻炼，让我趴在素素姐打扫干净的木地板上，素素姐拿着我喜欢的老虎玩具在我眼前晃动，老虎眯眼看我，我也朝它眯眼，老虎好像笑了。素素姐把老虎玩具放在我眼前，再一点儿一点儿举高。妈妈说，帅奇，看老虎，跟着老虎抬头，你属虎，虎虎生威！

我是1998年7月12日出生的，正好赶在法国世界杯决赛那天。足球迷爷爷说，我孙娃是想看世界杯决赛，才提早来到人世的。爷爷叹气说，我们打进世界杯难，获得名次更难，就别说进决赛了。他又说，天下事儿都难，天下就没有难事儿。这话是说给我听的。我这样地趴地锻炼就是难事儿，每天除了上午、中午，晚饭后还要做半个小时。

　　素素姐做的豌豆炸酱面好吃，我吃多了，不舒服，起身走，我的左手半握拳，右手似鹰爪，脖颈强直，头歪斜，走剪刀步。我能走剪刀步也难，十分来之不易。比如说吧，从我两岁起，妈妈就打听到儿童医院的"上田疗法"不错，让我去儿童医院治疗。妈妈要上班，不可能天天都送我去，是素素姐与外公或是外婆或是爷爷或是奶奶送我去，每天坐公共汽车去。做"上田疗法"的医生让我仰睡，他先是轻轻地转动我的头，很温柔的，之后就用力了，他一只手转动我一边的脸，另一只手抬我这边的肩膀，三分钟后，换另一边。他还一只手按住我的胯部，另一只手扶胯骨上抬，向相反的方向扭转，也是三分钟后换另一边。年幼的我受不了，哇哇哭，一哭就出汗，出汗就容易受凉发烧，做两天治疗，感冒三天。就这样折腾了三个月，大人们不忍心，就没有让我去做这种治疗了。当然，这三个月的治疗也没有白做，还是有效果的。妈妈只要打听到名医或是好的中西医治疗方法，就带我去治疗，督促我坚持做运动康复锻炼。费尽周折的治疗，地狱般地锻炼，让小小年纪的我吃了无数的苦。

　　我不想做痛苦的趴地锻炼，说肚子胀，不做！妈妈把笑摁在脸上，帅奇，乖儿子，听话，啊！在医院妇产科和家里都一言九鼎的妈妈强笑求我。不做，就不做……我说的话是含混不清的，爸爸时常听不明白，妈妈和素素姐能听明白。我说话不清与我的病有关，可妈妈说我也还是聪明。妈妈宽慰我说，儿子，你的脑子是有过损伤，可人的脑细胞有140亿到150亿个，这么庞大的脑细胞数量，你损伤的是少数，而且，脑细胞本身就是不断地死亡又不断地再生的，再生的脑细胞会让你越来越聪明的。这会儿，妈妈苦口婆心给我讲做趴地锻炼的必要性，我却死犟，朝门外走。

门外的黄葛树落叶换新叶了，春天的傍晚像童话世界。

妈妈朝素素姐使眼色，素素姐就来拉我，半拉半松手。我晓得，素素姐也想跟我去小区的花园玩耍。素素姐是我出生后就来家照看我的，她那时刚满十七岁。素素姐对我可好了，除了爸爸、妈妈、爷爷、奶奶、外公、外婆，就数她和我最亲。素素姐好看，她学我痉挛的样子也好看。她又学我痉挛的样子，还眨眼睛，意思是做不做趴地锻炼你自己决定。我当然不愿意做，我急于想见到在花园里玩耍的小伙伴们。

妈妈急着要去医院，生气了，拉我回屋，按我趴到地上，俞帅奇，你敢不做！她用那接生、开刀的手打我的屁股。妈妈刀子嘴豆腐心，打我的样儿凶恶，下手软，今天下手却好重。素素姐赶紧蹲到我跟前，叫我别惹妈妈生气，看她手中一点儿一点儿抬高的老虎玩具。我哭脸看老虎玩具，对于颈椎、腰杆僵硬似石头的我，这样抬头看老虎，每分每秒都是痛苦至极的地狱锻炼，每次做完都是一脸泪一身汗。

妈妈守着我做完，差一秒也不行。

妈妈去医院后，素素姐带我去小区花园，叫我自己系鞋带。我可以穿不系鞋带的鞋子，可妈妈只给我买要系鞋带的鞋子，说系鞋带可以使我的手指更灵活。她还给我买了钢琴，请来老师教我弹琴，说也是锻炼手指的灵活。弹钢琴好玩，系鞋带可是要命的事儿，我的腰颈僵硬，弯下身子很痛苦。我急于出去玩，强忍痛苦，费力地系好鞋带。

出门时，素素姐叫我关门，这并不很难。

我家住一楼，原先住六楼，为了方便我，妈妈想方设法搬到了一楼。我家门外有棵黄葛树，树旁是一段弯拐的石梯。素素姐拉住我的一只手，让我的另一只手扶石梯的护栏下梯坎，这也是锻炼，锻炼平衡。素素姐说，以后要一步两梯。下梯坎时，素素姐的手机里响起了《我是小哪吒》的歌声："我叫小哪吒，我是安琪拉，我叫小哪吒，我是安琪拉，天高地厚谁人都不怕，灵珠转世风火闯天涯……"我和着歌声两脚交替下石梯，真希望我会有少年哪吒的那对神奇的风火轮，而我的剪刀步下石梯是很吃力的。听见了小伙伴们的笑闹声，我心情激动，加快脚步，素素姐高兴又警惕地护着我。

下完石梯，汗水出来了。

素素姐领我去小区的花园，我幼儿园时的小伙伴赵莹莹、李俊、何超在前面有假山的池塘边玩耍，赵莹莹看见我，招手喊："快来看金鱼，又多了好多条！"她比我小两个月。

"帅奇，别怨你妈妈，你妈妈每天上班好累，她是医院妇产科主任，下班后也时常要去科里看看。"素素姐说。

"妈妈真打我了。"我委屈地说。

"打是亲骂是爱，你妈妈心里不痛快，她主刀剖腹产的一位产妇突发羊水栓塞死了，家属大吵大闹……"

素素姐在我家久了，知道些产妇、病人的事情。素素姐说的啥水我不清楚，素素姐说，是很凶险的病，好在婴儿保住了。我担心起妈妈来，我不会怨妈妈，没有妈妈就没有我，妈妈忙学业忙工作，跟爸爸结婚晚，好不容易怀上我。要强的妈妈提到我就软了话，说都怪她，是因为她早产我才脑瘫的。爸爸说，妈妈早产是有原因的，那天产妇多，肚子里有我的她还去产房接生，做剖腹产手术，一连做了好几台，下手术台时晕倒才早产的。

妈妈还可以再生的，可妈妈含泪说："不生了，我要努力活得比儿子长，一直陪着儿子，让他在我的怀抱里离开这个世界。"

爸爸看妈妈点头："嗯，我们一起陪着儿子。"

妈妈的奶水多，我能吃，我三岁了，妈妈还给我喂奶。妈妈晋升职称必须下乡支援一年，才给我断了奶。当妇产科主任的妈妈说，母乳喂养好，有利于儿子的生长发育，可以增强免疫力，可以提升智力。

妈妈其实要带我走的。那个乌云天，妈妈抱了襁褓中的我去到我们小区外的嘉陵江边，江水浪旋满江，带来人世的繁华，也带走人的生命。人到无比绝望的时候，离开人世的决心就无比强大，妈妈抱了我往江心走，脚步坚定，江水包围了我和妈妈。风在高处喊叫，水浪往上去迎接，落下来的水花亲了我的脸，我打了个喷嚏，露出微笑，人一笑，眼睛就亮。妈妈看着我的亮眼，鼻子酸了，我是她身上掉下来的一块肉，是活生生的一条生命啊。妈妈接生了好多婴儿，每当听到婴儿的啼哭声时，她就感到欣慰。妈妈抱紧了我，亲我，狠狠亲我，亲得我的小脸蛋变了形。我清澈的亮眼让妈妈看到了蓝天，看到了活水，看到了希望。希望就跟绝望打仗，你死我活，希望胜利了。妈妈抱了我朝江岸走，脚步坚定："帅奇，妈妈的心肝宝贝，别怪妈妈，妈妈是一时糊涂……"

咆哮的江水接收了妈妈的泪水。

帅奇这名字是爸爸、妈妈在我出生之前为我取的。妈妈说，我们的儿子要帅，帅奇，帅才，愿我们的儿子眼有高山，胸有大海，无畏无惧，顶天立地。妈妈的期盼是美好的，可我不是帅才，是愚才，辜负了妈妈。

小区花园里的风信子、玉兰花、虞美人、白玉兰、牡丹、郁金香开花了，很香，这些花的名字是素素姐给我说的。我跟小伙伴们一起看池塘里游动的金鱼，好羡慕金鱼的自由自在。我高兴又不高兴，赵莹莹愿意跟我玩，李俊看不起我，何超学我走路。

素素姐跟着我，生怕我有啥意外。

是妈妈雇素素姐来我家的。妈妈早晨去医院上班，时常看见素素姐，妈妈第一次看见素素姐时，她才十三岁，身边总有一位三十来岁扛棒棒挎绳子的男人陪同，扎两个小辫的素素姐背书包挨着那男人走。妈妈想，那男人是她的爸爸吧？一连好几年，妈妈都时常看见这对父女，无论风吹雨淋，还是烈日当空。

妈妈认定这男的是素素姐的爸爸。

医院附近是学校，素素姐的爸爸送她上学，每次临到校门口时，素素姐的爸爸总会把肩上扛的那根棒棒和一捆绳子放在花台边，这才送素素姐到校门口，看着她进校门。妈妈感动，这父亲是不想让素素姐的同学们看见她的爸爸是棒棒。

那一次，妈妈从广州开学术会回来，给我买了好多吃的，还买了遥控飞机、遥控车、机器人玩具，带音乐的。妈妈说，多维视觉观感，有利于降低我肌肉的张力，让脑子更灵活。出租车不让开进小区，小区大门到我家还有一段路，妈妈提了大包小包进小区大门，遇见一个棒棒出门，妈妈认出是素素姐的爸爸。妈妈对他说，能帮我送到家吗，五十块钱。妈妈其实是好奇，想认识他。素素姐的爸爸接过妈妈手中的大包小包，送到我家门口，说，几步路的事情，不要钱。他转身就走。妈妈说，钱要给的，给了他五十块钱，笑说，我去医院上班时，常见你送女儿上学。他局促地笑。妈妈说，你是个好爸爸。

妈妈满足了好奇心，认识了素素姐和她的扛棒棒的爸爸邹德权。

妈妈早产，也是难产。我在妈妈的肚子里有充足的营养和氧气，就是见不到光，突然，我要脱离母体，可我的头是朝上的，医生、护士设法让我的头朝下，却总是转不过来。时间一分一秒过去，医生只好在妈妈的肚皮上划了口子，把脐带绕颈的我取出来，只有三斤九两。妈妈生我出了好多的血。爸爸、爷爷、奶奶、外公、外婆庆幸妈妈平安，遗憾我是个脑瘫儿。医生说我会站不起来，会在轮椅上度过一生。我确实是坐轮椅一直坐到读小学，后来因为治疗、锻炼，终于能走剪刀步，才拄了拐杖去上学。

不管怎么说，这个世界接纳了我，接纳了我这个得要有人照顾的残疾人。

爷爷、奶奶、外公、外婆都说他们来照顾我，妈妈没同意，说去雇个保姆来专门照看我。妈妈去了保姆市场，遇见了素素姐，妈妈雇了素素姐。十七岁的素素姐本该继续读高中的，可一个风雨天，她的爸爸在搬运冰箱时一脚踩滑摔下梯坎，冰箱砸在头上，脑出血去世了。灾难总是毫不留情地扑面而来，就如盼我成才的妈妈，美梦瞬间破灭。素素姐妈妈的老家在荣昌农村，她爸爸的老家在彭水农村，她妈妈很早就去了深圳，一直没有音信。我妈妈同情素素姐，抽空为她补习功课。妈妈又实在太忙，素素姐就自己买了高中的课本自学，还教我认字。

素素姐刚来我家时是忧郁的，她爸爸离开她走了。素素姐看见我这个脑瘫儿时，眉毛锁得好紧，脸上流露出快些逃离的表情。

她还是留下了，她要挣钱吃饭。

素素姐无家可归，很不幸。比起素素姐，我家算是幸福圆满的，可又因为我的到来，就说不上幸福圆满了，也很不幸。要是所有的家庭都幸福圆满多好，可是这世上就有许多的不幸福不圆满。我看得出来，家里的大人们面对我时乐呵呵的，心里却很痛苦，我又何尝不是？

"俞帅奇，我的鱼食撒完了，你带鱼食了吗？"赵莹莹问。

我掏衣兜，有鱼食，素素姐心细，我去池塘玩耍，她都会往我衣兜里装鱼食。"带了的。"我往池塘里撒鱼食，鱼儿四处游动，我迈着剪刀步往鱼儿多的池塘边走，边撒鱼食边喊，"金鱼，金鱼,来吃饭……"鱼儿争抢鱼食。

"金鱼,金鱼,来吃饭……"何超学我走剪刀步。

"何超,不许学俞帅奇走路,我不跟你玩了!"赵莹莹总是护我。

"耶!"何超做鬼脸,跑走。

李俊说:"我没有学他走路。"

赵莹莹给了他笑脸。

赵莹莹的妈妈来了:"莹莹,他有病,别跟他耍,走,回家去!"

赵莹莹不情愿,被她妈妈拉走,她妈妈看不起我,我很伤心。

我妈妈去医院后没有回来,住医院了,她被那个去世的产妇的丈夫打晕了。那产妇的丈夫愤怒地说,妈妈欺骗了他,没有按电话约定的时间跟他面谈。他说妈妈害死了他妻子,要一命还一命,就挥拳打了妈妈。要不是医务处、保卫处的人赶到,妈妈也许会没命的。妈妈去晚了与我不做趴地锻炼有关。素素姐说,妈妈可以不跟死者家属面谈的,会有医院分管部门负责,妈妈是接到婴儿室值班护士的电话,说死者的丈夫闯进婴儿室里吵闹,要看看给他儿子喂的是不是劣质奶粉。妈妈就给死者的丈夫打电话约定面谈,劝说他不要进婴儿室,婴儿室是不能随便进的,里面还有其他婴儿。

爸爸赶回来,直奔医院看望妈妈。爸爸是我羡慕的解放军军官,常年驻守冰雪高原。爸爸说,你妈妈只是暂时晕倒,做了CT,没有致命伤,打你妈妈那人和挑唆他的"医闹"要被派出所带走,你妈妈说,理解死者丈夫的心情,教育一下就行了,"医闹"必须带走。爸爸给我带了酥油茶和牦牛肉来,酥油茶我喝不来,牦牛肉好吃。爸爸说,酥油茶是用酥油、砖茶、精盐制作的,有滋阴补气、健脾提神的功效,你体质弱,喝酥油茶可以增强体质,增加食欲,有利于康复。可我还是喝不习惯。素素姐就喝,说,嗯,好喝,喝下去身上就更有力气了。我知道,素素姐是想骗我喝酥油茶,我就当是喝药吧,喝得多了,觉得也还可以。

爸爸的假期有限,不等妈妈出院他就要赶回部队。爸爸个子高高,穿上军装威风凛凛,他立过三等功,妈妈说爸爸是男子汉。

"儿子,你也是男子汉。"爸爸对我说,"你慢慢长大了,要听妈妈和素素的话,按时吃药,坚持康复锻炼,照顾好妈妈。"

爸爸拎了皮箱出门,跟我挥手拜拜。爸爸的眼圈是红的。

我的鼻子好酸。

妈妈住的脑外科,她要出院,脑外科主任说必须再观察几天。我见到妈妈时瘪嘴想哭,忍住没有哭,爸爸说我是男子汉。

"妈妈,是我耽搁了你。"

"儿子,这不怪你,记住妈妈跟你说的话,永不放弃。"

"嗯,跟病魔斗,永不放弃。"

我跟素素姐回到家门口时,晚霞把天烧红了。

门外这棵黄葛树好大,盘起的树根像蟒蛇,像密布的蜘蛛网。这黄葛树每年两次落叶,秋天落叶是为了剩下的树叶活下来,春天落叶是为了新生的树叶长出来。又过了一个春天,还在落叶的黄葛树长出许多嫩叶子,在晚霞映衬下,像点点串串闪亮的珠宝。小区里有不少黄葛树,其他树换叶都一个时节,黄葛树不同,就是挨邻的黄葛树,树叶也有绿有黄。

我感觉很奇怪。

素素姐说:"帅奇,重庆的黄葛树晓得报恩的,记得换叶的时间,换叶是按照种树人栽种它的时间换的……"

报恩,我也得报恩,用跟病魔斗的行动报恩,坚持做医生和妈妈说的粗大运动、精细运动、平衡运动。就是爬行,指眼耳口鼻,弯腰拿东西,起坐摇摆,单脚独立,原地起跳,跑步等。我这么想时,素素姐拉我登黄葛树边弯拐的石梯,我一步登了两梯,素素姐惊叹。

素素姐让我看先天愚型病人舟舟指挥乐团演奏的手机视频,舟舟的爸爸是交响乐团的提琴手。跟我一样,他小时候也有小伙伴不愿意和他玩,常被别人家的孩子欺负,接近他的小伙伴会被他们的爸爸妈妈叫走:"你怎么能和他玩,他是什么人你又不是不知道,你是个正常人,可他不是啊,你难道不清楚吗?"他爸爸妈妈就让他尽量减少跟外界的接触。舟舟常去爸爸的乐团看他们演奏,拿起指挥棒跟着舞动。他爸爸当他是在玩耍,后来,他爸爸注意到,他手里的指挥棒并不是胡乱舞动的,有乐感。这让他爸爸妈妈很高兴,就希望他能过正常人的生活。

我爸爸妈妈也希望我好,过正常人的生活,妈妈说我要读初中了,是啊,我得跟大家一样读书了。

妈妈出院后,除了忙工作,就是跑我上初中的事情。妈妈不求名校,求近的大河中学。可这学校初一年级学生的名额满了,妈妈发愁。素素姐说,得找人帮忙,说他爸爸去朝天门码头扛棒棒,就是托了棒棒老乡的帮助才进入棒棒群的,不然会遭冷眼,会抢不到生意。妈妈想到她为一位女记者接生了双胞胎,女记者感谢妈妈,说有啥事儿招呼一声。妈妈去找了女记者,女记者皱眉说,这事儿得找教育局,可她不认识教育局的人。妈妈说,谢谢啦,我再想想办法。女记者说,您为难产的我接生下龙凤胎,这事儿我得办。她托了朋友的朋友找到市教育局一位老办事员,县官不如现管,老办事员凭借老关系找到了区教育局的一位副局长,副局长满口应承。副局长碰了软钉子,被大河中学新来的曾校长婉言谢绝。

妈妈没有办法了。

妈妈说起来是鼎鼎有名的妇产科专家,是大医院的妇产科主任,可在我读初中这件事儿上却无能为力。妈妈就是妈妈,她的口头禅是永不放弃,带了我去找曾校长,素素姐和我一起去。妈妈说不送礼,让曾校长看看决心求学的我。决心求学我可说不上,我担心自己是否是读书的料,担心能否适应考试繁多的初中学习。赵莹莹已被这所学校录取了,她叫我也去这所学校,我当然愿意跟赵莹莹一起上学。因为我的病,我八岁才入小学读书,赵莹莹是因为玩耍不慎右臂骨折,伤筋动骨三个月,耽误了入学，也是八岁才读小学，我跟她小学同年级。

曾校长是女的，跟素素姐一样好看，她的办公室不大，很整洁，她对我很和气的。我觉得这事儿能成，我这样的残疾儿，有人嫌弃也有人同情的。结果曾校长还是婉言谢绝，说确实是没有名额了，学校领导集体决定了的，不能突破招生名额，请我妈妈谅解。妈妈再三请求帮忙，她就给另一所中学的校长打了电话，对方说还有名额。妈妈在感谢曾校长的同时也感到沮丧，那学校离我家太远。现在也只能舍近求远了。

我们离开曾校长的办公室时，素素姐问曾校长："曾校长，您原先是不是在两江中学？"

曾校长点头："是，我在那里工作过，刚才我就是跟两江中学的校长打的电话。"

素素姐眼一亮："是说面熟呢，曾校长，我见过您！"

曾校长看素素姐，想不起来。

素素姐说："那个棒棒邹德权。"

曾校长也眼前一亮："邹德权啊，好人，大好人！"

素素姐说："我是他的女儿邹素素，见到您那年我十五岁。"

曾校长想起来："啊，那年他送还我的行李箱时，你就跟在他身边，他现在可好，棒棒生意咋样？"

素素姐眼睛发红："我爸爸走了……"

曾校长送我、妈妈和素素姐出学校，眼泪儿花花，说俞帅奇同学上学的事情她定了，明天就来报名注册，要带上身份证、户口本、小学毕业证的原件和复印件……

校园里的黄葛树好多，蓬展的树冠像巨大的雨伞，露出的树根犬牙交错，有些树叶碧绿有些树叶金黄。素素姐说黄葛树是报恩树，报恩，人们都会报恩的。山穷水尽疑无路，没承想是素素姐办成了我就近入中学的事。

那年，在两江中学任教务副主任的曾校长去外地开会回来，带了不少书籍和会议资料，行李箱重，在朝天门码头，素素姐爸爸揽下了她的生意。不想，在公共汽车站，他俩被拥挤上车的人冲散了，扛行李箱的素素姐爸爸没挤上车。公共汽车开走了，车上的她好着急，行李箱里有六百多块钱，重要的是那些书籍和会议资料。回到学校，她寝食难安，同事说，你行李箱里有钱，报警也许能找到。对的，报警，那些会议资料要向校领导汇报，要在全校传达学习。她去取电话筒，电话铃声响了，是传达室打来的电话，说有个棒棒找她。她飞奔去传达室，见素素姐爸爸身边有她的行李箱，他身边有个小女孩。素素姐爸爸说他叫邹德权，给她看了他的身份证，说他本不该打开行李箱的，可还是打开了，看到会议资料里有参会人员的名单，名单里的参会人有外地的有本地的，他扛行李箱找了本地的几所学校，一直找到这里来。曾副主任查看了行李箱，钱、书籍和资料都完好。她给了素素姐爸爸两百块钱以示感激，素素姐爸爸只要了说好的搬运费三十元。曾副主任过意不去，请传达室的人帮忙照看行李，送素素姐父女出门，一直送到素素姐爸爸在十八梯租的小屋。素素姐爸爸打开电灯，屋内窄小，只能摆下一张小木桌子和一张上下铺床，素素姐就在小木桌子上做作业。曾副主任对素素姐爸爸说，有啥困难去找她，比如女儿读高中的事情，素素姐爸爸连声道谢。

素素姐没能够读上高中，而脑瘫儿的我，炎炎夏末，进了临近的大河中学读书。

我没有想到的是，我幼儿园时的小伙伴除了赵莹莹外，李俊、何超也都跟我同班，我们读小学不在一个学校的，分分合合，我们又在一起了。我喜不外露，赵莹莹跟我玩，李俊、何超是看不起我的。

自从我读小学后，素素姐就不跟我睡了，说我是小学生了，要自立，要自己在小屋睡觉，她睡保姆住的那间屋子。我出生后跟妈妈睡的，妈妈忙，时常很晚才回家。我哭闹，素素姐就诓哄我睡觉，给我哼唱《小白兔乖乖》《两只老虎》《上学歌》，我不让素素姐离开了。我可以飞跑去卫生间撒尿了，素素姐夸我好得行，我尽情撒尿……我是在做梦，我尿床了，用身体焐干尿，可素素姐身上的尿咋办？素素姐醒了，样子很凶地掐我的脸蛋儿。我并不觉得痛。她挥手要打我的样儿，起身下床换床单，说小孩子总会尿床的。跟素素姐睡觉可以取暖，重庆的冬天好冷，我把小脚放到她热乎乎的大腿上，睡得香甜。脑瘫儿的我穿衣服是很困难的，冬天穿衣服多，更是困难。素素姐帮我穿衣服，教我穿衣服。我慢慢可以自己穿衣服了。

因为素素姐不跟我睡，我赌气不理她。妈妈说，帅奇，爸爸还说你是男子汉呢，男子汉咋这么小气？

我还是跟素素姐和好了。

我们班在大河中学教学楼的二楼,赵莹莹要求跟我同桌,说可以帮助行动不方便的我,班主任老师同意,我好高兴。何超、李俊不高兴。

我在长高,妈妈为我定制了新的更适合我的木制腋拐杖,妈妈说,拐杖有手杖、肘杖和腋杖,手杖不属于残疾人用品;肘杖用于中度下肢残疾者;腋杖适合我。妈妈说,我现在用单侧腋拐杖即可,也是为了锻炼。嗯,有了这单侧腋拐杖,我走路方便多了,想用则用,不想用就当玩具耍,还可以防身。

第一节课是曾校长上的,我好紧张,生怕听掉这位漂亮的中学女校长说的一个字一句话。妈妈和素素姐送我来学校的,妈妈说:"帅奇,你是大河中学的学生了,你是跟大家一样合格录取的初中生,不要自卑,保持一颗平常心……"妈妈说了好多鼓励我的话。素素姐比出大拇指头:"帅奇,你是又帅又奇的人!"

曾校长没有讲课文,介绍了学校,讲了校规、礼貌等等。最后说,我们班的俞帅奇同学行动不方便,大家都要关心他。我脸发热,心里不舒服,是啊,我跟同学们是不一样的。不论怎么说,我是初中生了。

我们四个发小,赵莹莹的学习成绩最好,李俊第二,我第三,何超最差。我希望下课又不希望下课,下课铃声一响,同学们就都喊叫着往教室外跑,拥挤下楼,奔跑去操场踢球、跳绳,也有去厕所的。而我,下楼梯是剪刀步,幸好素素姐带我锻炼过下石梯,可还是比大家慢许多。赵莹莹要扶我,我说自己下。赵莹莹就下楼跟几个女生踢毽子去了。何超学我下楼梯的剪刀步，一步下两梯，推我快走。我差点儿摔倒，给了他一拳，他还了我两拳。我的拳头力气小，他的拳头重。我想哭却又没哭。我是男子汉。我瞪眼朝他举起腋拐杖，他就逃了。我去厕所动作也慢，李俊撒完尿喊，俞帅奇，要上课了！朝我做鬼脸，我回他我痉挛时狰狞的脸，他就学我的剪刀步走了。我常常最后进教室，之后就尽量憋住尿不上厕所。

后来，我们班不让课间休息出教室自由活动了，上厕所的例外，跟我读小学的那所学校一样。因为何超飞奔下楼把腿摔断了，打石膏养伤三个月。班主任老师说，要保障同学们的安全，就让我们在教室里做课间操，开始新鲜，后来乏味。曾校长来了，教我们做课间操，曾校长在讲台的中间领舞，我们站在课桌之间的走道跟着她跳舞。曾校长手机里播放的音乐时而快时而慢，快时如拉弓射箭，慢时如仙鹤展翅。我还是希望课间出教室自由活动，一是我的剪刀步跳起舞来笨拙吃力；二是教室外面天宽地阔，空气也好。

何超三个月没来学校，就没有男生跟他学我走剪刀步了。我安逸又不安逸。李俊虽偶尔学我走剪刀步，看我的眼神却总是不一样，是赵莹莹妈妈看我的那种眼神，跟他耍得好的几个男生女生看我的眼神也是这样。我知道，他们都看不起我，可这是我的错吗？

放学了，太阳在笑，绿树在摇。大河中学校门口的人好多，素素姐说，活像乡坝里赶场。都是来接学生的人，邻近的马路边被汽车塞满。妈妈见到过市卫生局退休的老局长,一个和善可亲的老头儿。他一边跟妈妈热情招呼,一边翘首渴盼他的外孙儿出校门。妈妈说,这里没有高低贵贱,都是来接小孩的,脸上都挂着发自内心的笑。

我们初一年级学生按班分批出校门,队首有老师领队,有学生举牌。轮到我们班出校门了,高举二班牌子的赵莹莹雄赳赳地走在前面,她叫我紧跟她,我努力加快剪刀步。我看见了人群里踮脚向我招手的妈妈,高声喊,妈妈,妈妈!妈妈从人缝里挤过来,接过我背的沉重的书包,为我擦脸上的汗水。妈妈的决定是对的,我家离这学校不远,少了车接车送的麻烦。我跟妈妈亲,可还是只顾跟赵莹莹说笑,赵莹莹对我妈妈视而不见,蹦跳说笑。妈妈看着我俩笑,妈妈就希望我高兴。有妈妈来接真好。

可爷爷跟我说,我爸爸读中小学时他在部队,事情多,从没去接过爸爸。爸爸放学回家,要过几条人多车多的街。奶奶没到下班时间不能离开工作岗位,接爸爸的次数也少。爸爸多半是自己或是跟同住一个院子的小伙伴回家,书包是瘪瘪的小挂包。爸爸回家晚了会挨打,爷爷用挠痒的篾抓子打他。有一次,爷爷心痛了,出差回来看见爸爸头上长了几个大脓包,赶紧给他涂抹鱼石脂药膏。爷爷说,没有想过要给爸爸辅导作业,爸爸自己做作业。

爷爷还说,他读书的学校在市郊,那时候是庄稼地和乱坟山,学校在山脚,家在山顶,放学自己回家,沿山间的泥巴小路向上走。夏天多半会手拿苍蝇拍和火柴盒,要多打苍蝇装进火柴盒里交给老师点数。山腰那儿露天粪池的苍蝇多,有次打苍蝇他差点掉进粪池里。他滑下去的时候,双手撑在粪池边。他记不得是怎么回家的,只知道哇哇哭。曾奶奶在挤住着几户人家的竹篾房子的小院坝里对了天喊爷爷的名字,叫他回来,快些回来!爷爷说,曾奶奶是要把他吓跑的魂魄喊回来,他好像就没哭了。曾爷爷、曾奶奶都没有文化,爷爷也是自己做作业。

我家住的小区在大河中学附近的山顶,走过三条街,就有小区停车场的电梯直达山上的小区。小区的草坪地像绿毡子一样,黄葛树、杨树、槐树、柳树、苦楝树好多,叫不上名字的花儿开了或是要开了。我高兴地走剪刀步,学赵莹莹蹦跳,说我高兴说的话。妈妈看着我笑,笑出声。我回家要看动画片,妈妈没有同意。她辅导我做作业。爷爷、奶奶、外公、外婆都说,帅奇上了一天学回来还这么忙,初中生好累,他们都心疼我。妈妈说,一代人有一代人的活法,唯有对后代的真情不变。

妈妈工作忙,不可能天天都来接我放学。今天放学,是素素姐来接我。多数时间都是素素姐来接我。我走剪刀步慢,赵莹莹陪我走,她的妈妈飞步奔过来,一把拉开她:"莹莹,妈妈跟你说过多少遍了,你就是不听,俞帅奇他有病,不许你跟他在一起玩!"

"你才有病!"素素姐说,"我们帅奇是合格的初中生!"

赵莹莹妈妈看起斯文,其实凶得很,她白净的脸变得血红:"你个臭保姆,你算老几,没你说话的份!"

素素姐不示弱,叉腰说:"你又算老几,一个没有同情心又没有素养的家庭妇女!"

赵莹莹妈妈生气了,抓打素素姐。素素姐让她抓打一阵,伸手就把她推坐到地上。素素姐可不是吃素的。赵莹莹妈妈就拍地喊叫,打人了,打死人了……人们围过来。我气不过,瞪眼朝赵莹莹妈妈举起腋拐杖,看见赵莹莹在哭,我心软了,放下腋拐杖:"素素姐,我们走吧。"

素素姐鄙夷地瞪了赵莹莹妈妈一眼,背了我快步走出人群。

疲惫的妈妈很晚才回家,我上床睡觉了,听见屋外妈妈跟素素姐说话。妈妈叹气说,素素,人跟人是不一样的,唉……妈妈的这声叹好沉重。她们的说话声音小了,我心悲哀,都怪我是脑瘫儿。

夜里,我梦见我成了动画电影《哪吒》里战妖斗魔的英姿飒爽的少年哪吒,手持火尖枪,臂挽乾坤圈,身披混天绫,脚踏风火轮,风驰电掣,钻地飞天,射入滔滔大海……

二

京剧里唱,我家的表叔数不清,而我家的哥哥姐姐数不清,尽管我是独生子。我妈妈是博士生导师,她带的硕士、博士、博士后多,还带有外国留学生。妈妈不时会请他们来家里吃饭,教师节时,他们请妈妈吃饭。

妈妈说,学生是她最大的财富。

我喊他们哥哥或是姐姐，他们的伴侣或是朋友，我也喊他们哥哥或是姐姐，可不是数不清么？

强哥哥人高马大，像个武士，因为龅牙，他总感自卑。他发誓一定要矫正龅牙！却是希望渺茫，除非他把龅牙全都拔掉安装假牙，既痛苦又麻烦，龅牙又不影响吃饭，他放弃了。

暑假的一天，阳光灿烂，我坚持做完上午的地狱锻炼，跟素素姐去小区花园找小伙伴们玩耍。出门下黄葛树边那弯拐的石梯时，想到学我走剪刀步的何超，哼，何超，我也可以一步两梯的。我一步下了两梯。素素姐要拉我，我倔强地不要她拉，又一步下两梯。狂妄的我摔断了左小腿骨，一些事情是不能强求的。不能都怪我，这弯拐石梯的护栏是妈妈找人修建的，朱红漆的木扶手，木扶手下有黑漆的鸟形铁栏杆支撑，很讲究的。可当我立足不稳摔倒时，护栏也跟着"摔倒"了，我摔到了下面的石板地上。修建护栏那叔叔说，这护栏好看，管用，随便也能用百把年。结果呢，是大人们所说的豆腐渣工程。素素姐要找那叔叔的麻烦，妈妈说，算了，是熟人介绍来的。

脑瘫儿的我骨折了，雪上加霜。

强哥哥没有放弃对我的骨折治疗。

我是痉挛型脑瘫，肌肉时常痉挛强直，腿如拉满的弓，病发起来痛苦至极。骨科医生说，俞帅奇这种情况，手术复位、打石膏会有再次错位和伤口感染的风险，跟妈妈商量，先采取保守的接骨方法。妈妈犯愁，素素姐哭成个泪人，说都怨她没有拉住我。

强哥哥来了，他是我妈妈的在职博士生，在巴南区医院工作。他很努力，读完了硕士读博士。他跟他们主任说，希望脱产做博士课题。他一定努力发表高水平论文，为区医院妇产科争光。他们主任答应让他脱产半年。妈妈的在职博士名额每年只有两个，强哥哥是排了三年的队才读上的。强哥哥说，他们巴南区有个石龙镇，镇上有个姓欧阳的中医医生，擅长接骨疗伤，高手在民间。

妈妈决定送我去石龙镇找欧阳中医接骨。

妈妈是西医，一直不相信中医，认为中医的经络、阴阳五行说不清楚，没有解剖学、病理学印证。妈妈后来信中医了，一是，我能走这剪刀步，跟采用了许多治疗方法有关，其中就包括中医的针灸和按摩治疗；二是，妈妈长期胃痛，年轻时喝开水烫伤过，吃西药只能临时缓解。外婆劝妈妈找中医看看，说妈妈所在医院的中医科，有个年近八十的张老中医，他的号很难挂到，外婆是一大早去排队都没挂上号的。外婆说，病人吃了他开的药都说效果好。张老中医是市里的十大名医，妈妈近水楼台先得月。妈妈就试一试去找了张老中医。妈妈对张老中医说，没有你的号了。张老中医说，你妇产科大主任，随时来看。妈妈给张老中医说了病情，张老中医给妈妈摸脉，说你儿子读书了啊，了不得！他边说边在废纸上写：肝属木，胃属土，木克土。他说妈妈太劳累太心焦，要平和心态。取处方开药，说先服一周，有效再来。一周后果然有效，妈妈又去找了他。妈妈接着又去看了三次，服药一个月，胃痛没有发作了。妈妈问张老中医，还来开药不？张老中医说，不用了。确实不用了，妈妈的胃不痛了。我这骨折，妈妈想过找张老中医的，可张老中医的专长是中医内科。

骨折拖不得，我们大队人马出发了：妈妈驾驶她的长安越野车，素素姐坐副驾驶位，外公、外婆在后座护着坐在中间的左小腿用小夹板固定的我。外婆说，妈妈是她身上掉下的肉，我是妈妈身上掉下的肉，隔代亲。说我出远门她必定要陪同。外婆出行，外公随行，外公说，公不离婆，秤不离砣。

外婆找张老中医看病是挂号难，我找欧阳中医接骨是进门难。

强哥哥在巴南区一个中西医结合的会议上见过年近六十的欧阳中医，听了他作的学术报告，没有深交。他给妈妈打电话说，欧阳中医听他说了我的伤情和病情后，一口拒绝。欧阳中医的幺儿子给强哥哥转的话，说他爸爸不治没有把握的病。强哥哥说，人家是慕名前来。欧阳中医的幺儿子说，他爸爸不图虚名。

强哥哥没能进欧阳中医家的门，咋办？帅奇得尽快接骨，强哥哥不走，在欧阳中医家的院坝里徘徊，苦想办法。

强哥哥一筹莫展时，进来一个背草药的少妇，看见强哥哥尖叫，呀，是强医生啊！强哥哥看她，想不起她是谁。少妇说，强医生，你为我接生的，我儿子今年三岁了！请强哥哥进门，端茶上水。强哥哥对少妇说了来的目的。少妇犯愁，说她公公死犟，话出口收不回，油盐不进。她丈夫来了，是强哥哥刚才见到的欧阳中医的幺儿子。少妇生孩子时，他在外地购药，不认识强哥哥，就把父亲从屋里叫出来，夫妇两个都帮强哥哥说情。欧阳中医说,还不快些准备饭菜,答谢强医生,再备些老腊肉。对于给我治伤还是不答应。他幺儿夫妇就去请来老奶奶。老奶奶对欧阳中医说,这是为我曾孙儿接生的恩人,这事情要办。

欧阳中医才犹豫地点了头。

小人书上说,刘备三顾茅庐请出诸葛亮,我强哥哥一顾农家院子,就让欧阳中医"就范",我可亲可爱的强哥哥啊!

长安越野车一路高歌,开车的妈妈跟了歌碟哼唱,妈妈高兴,我又何尝不是?歌声减轻了我骨伤的痛。山城本身就是一座山,是有了房屋街道的喧闹的"山",而山城之外的山是安安静静的山,挺着大肚子迎面而来,亮出了宽敞的隧道口。妈妈打开车灯,减慢车速进入山的肚子。

长长的隧道让我缺失了耐心。

终于有了亮光,长安越野车驶出隧道,顿觉空气清新。路牌显示,进入巴南区石龙镇了,这儿不临长江、嘉陵江,却是青山连绵、白云朵朵,有五布河的支流淌过。高德导航说,进入了乡道。这哪里是我想象中的乡下泥巴路,是二级国道,闪过田园,有农民用机械耕地,有小学生走过。外公吟起古诗来:"绿遍山原白满川,子规声里雨如烟。乡村四月闲人少,才了蚕桑又插田。""草长莺飞二月天,拂堤杨柳醉春烟。儿童散学归来早,忙趁东风放纸鸢。"外公是重庆市诗词学会的副会长,是有名气的诗人。他给我讲了古诗的意思,说,我国古时候的乡村恬逸跟现今的乡村恬逸有所不同,现今的乡村恬逸是来自农民素质的提高,来自农耕的机械化。区政府机关办事员退休的外公,说诗也能提高人的素质。我夸外公是大诗人。外公得意。外婆说，是别个古人写的诗，他不过是记性好。外公说，我记性好，悟性也好。他抚摸着我的头说，帅奇，诗歌把人心里要说的话，用不长的优美文字说出来，可以怡情养性。我说，嗯，我也要写诗。妈妈说，我儿的这个想法好。

我看见了红墙黑瓦的乡村楼房，还看见有遮阳棚的公共汽车站。

飞跑的越野车不得不减速了，越野车开进了石龙镇街区。街上的人好多，铺面一个接一个，摆有各种电器、衣物和吃食。我是个吃货，见到吃的眼睛就放亮。我的伤口痛死人了，渴盼见到来接我们的强哥哥，希望我们能进欧阳中医的家门。

越野车没有停，"高德"导航指引妈妈开车，驶出了石龙镇街区。越野车七弯八拐，来到一处院坝停下。眼前一栋四层楼房，楼房面对一汪湖水。强哥哥笑脸迎了上来，我们大队人马下车，素素姐抱我下车，强哥哥小心接过我。我看湖水，强哥哥说，这是桂花湖。我看见有人在湖边钓鱼，湖里有人划船。强哥哥指着他的大众轿车对妈妈说，老师，您的越野车就停旁边，几步路就到。

几步路，这对于我是不可能的。

强哥哥背了我走。

我们一群人走过湖边的竹林，有鸟儿飞过，登一段石梯，看见一座翠竹大树环抱的农家院子。强哥哥说，到了。

第一个迎接我们的是欧阳中医的妈妈——一位头发全白、和善可亲的老奶奶。强哥哥说，老人家九十多岁了，得过癌症，在欧阳中医的调理下，至今健健康康乐乐呵呵，常去后山采药。我说，欧阳伯伯，神医呢！强哥哥说，欧阳中医的调理是其一方面，重要的是老奶奶一生勤劳，不怄气。

接骨对于欧阳中医是拿手绝活，我折断的左小腿骨被扶正了。欧阳中医为我接好骨头，眉毛没有松开，对我妈妈说，他是头一次为脑瘫儿接骨，说小夹板不能太紧也不能太松，伤筋动骨三个月，好生调养。他说，娃儿这种情况，我不能保证一次就接骨成功，有啥情况可来找我。

妈妈是医生，晓得欧阳中医的顾虑，强哥哥开了他的大众轿车送我去巴南区医院照的X光片证实了接骨成功。路上，素素姐坐在副驾驶位置，妈妈和外婆抱了我坐后座，外公开了妈妈的越野车殿后。

看来一切顺利，其实，我的"灾难"才刚刚开始。

接骨后也痛，一痛就引发抽搐，抽搐把小夹板弄断了，就换小夹板。强哥哥、素素姐轮班守护我，还有外公、外婆。属老虎的我哭了，这痛苦没法忍受。爷爷、奶奶也来了，来替换外公、外婆。妈妈要上班，下班回家就为我忙。一家人都为我忙，都为我担心。

可疼痛是不留情面的。

强哥哥去找了他麻醉科的博士同学，他的博士同学找了他的导师，在我的腰杆儿上安装了止痛泵，不断地加药减轻疼痛。

"灾难"继续，我的左小腿发红发肿发热，痛得厉害。强哥哥给我说过，骨折的症状是"红肿热痛"，这说明，欧阳中医为我接好的骨头错开了。强哥哥马不停蹄地开车去接来欧阳伯伯，在X光机的监护下打麻药，再次复位的过程惊心动魄：分明已经复位了，可不到一秒钟，断骨处又被我扭动的痉挛拉开了。欧阳伯伯又为我复位，第三次才算成功。这期间我是不痛的，我在麻醉的状态下。

"灾难"继续，这之后没几天，我的左小腿又"红肿热痛"了，我绝望了。妈妈决定，找骨科医生为我手术。骨科医生建议就让我的断骨畸形生长。妈妈不同意，我儿子脑瘫残疾是病情原因，而骨折是可以接好的。强哥哥就去找他创伤科的同学，他同学找了他导师。创伤科遇到过各种疑难杂症，同意为我手术。四位医生为我做手术，做了八个多小时，清除了两桶瘀血、碎骨，从别处调剂来适合我的固定钢板，我成了"钢铁战士"，素素姐说，我们帅奇就是钢铁战士。

"灾难"继续，进入高潮。

我进了ICU（重症加强护理病房）。因为我的有意无意痉挛，要命的痉挛，再次错位随时会发生。妈妈跟有关大夫商定，让我在麻醉状态下愈合骨折。麻醉中的我安了胃管、尿管、输液管、氧气罩，三个月，我像植物人一样静静地躺着。大人们可是忙得不行，都好担心。我爸爸飞回来，军人爸爸眼含热泪地说，我儿子能行的，我儿是男子汉！我爸爸回来，素素姐偷偷落过泪，她想她去世的爸爸了。

爸爸守护我两天两夜，还得赶回部队。

爸爸跟我在一起的时间不多，我很爱爸爸。爷爷跟我说，我会说话的时候，他问我爸爸有哪些优点。我说什么是优点呀。爷爷说，就是爸爸做得好的地方。我说，可真是太多了，要讲到明天了。我捂嘴巴笑。爷爷也笑。我说，爸爸叫我上学读书，耍游戏做锻炼。那一天，我生气地把玩具手枪摔坏了，爸爸不像妈妈那样大吼大叫，又给我做了一把木头玩具手枪，说再也摔不坏了。爸爸说，每一个人都会犯错误，这很正常，改正就好，这也是一种成长，是高兴的事情。我害怕的时候，爸爸会抱抱我，给我讲有趣的雪山牦牛、奔跑的野鹿。哦，爸爸还给我唱歌，虽然他唱歌没有我唱歌好听，但我就是喜欢听。爷爷笑得前仰后合。我说，还有……爷爷说，好了好了，不说爸爸的优点了，说爸爸的缺点。就是做得不好的地方。我安静地想了想，神秘地说，是妈妈说的啊，妈妈说爸爸回家太少了。妈妈就点头。爷爷问，还有呢？我拍额头想，认真地说，嗯，我的爸爸真的没有缺点，爷爷呵哈笑，逗我孙儿说了好多的话，说得清清楚楚明明白白！妈妈开心大笑，素素姐嘻嘻笑。

在ICU，守护我最多的是素素姐，还有强哥哥和ICU的乔姐姐，一直守护到我苏醒，守护到我观察一段时间后出院。

我妈妈带的硕士、博士，还有跟她合作的博士后，有临床型的，有科研型的，乔姐姐是我妈妈带的科研型博士，她做的是什么分子方面的基础研究，毕业后分配在医院重症医学科工作。我妈妈很早就瞄准了国外前沿基础研究课题，招收多学科研究生。乔姐姐身材高挑，白白净净，她是分管我的主治医师，对我可好了，她是我妈妈的学生嘛。乔姐姐随时为我诊疗，有时夜班也来，会遇见夜里守护我的强哥哥，他们是同门的师兄妹。

暑假已经结束，强哥哥得去实验室做实验了，他好不容易才争取到脱产半年时间做课题，已经耽误他几个月了。可他对我妈妈说，他要一直守护到我的骨折愈合，之后，他加班加点做实验。妈妈对研究生要求严格，尤其重视基础研究，妈妈说，我们国家的基础研究不上去，就会被人"卡脖子"。妈妈是有私心的，不点头也不摇头，智慧的妈妈默许了她的学生强哥哥的要求。强哥哥做的也是什么分子方面的基础研究，跟乔姐姐有共同的话题。

"灾难"的结尾不错，我的骨折愈合了。

喜剧的是，强哥哥找到女朋友了。妈妈和强哥哥的家人都为他介绍过女朋友，都没有谈成。得知他是妇产科男医生，有人就拒绝了，有人不喜欢他的龅牙，也有强哥哥没看上的。我问过强哥哥为啥当妇产科医生。他说，医科大学毕业后去老家巴南区医院求职，院长说，妇产科工作繁重，需要个男医生。他想去眼科，金眼科银外科嘛。院长说，就只有这一个名额，来不来你自己定。本科生求职难，他硬着头皮答应了。后来得知，眼科有一个名额。强哥哥说，不是什么都能心想事成的。

这一次，他心想事成了，他的女朋友是他的师妹我的乔姐姐，说不上郎才女貌，也算是志同道合。

哈哈，客观上也有我这次骨折的功劳。

我家的住房面积有130多平方米，妈妈讲究简单、整洁，除了日用家具外就是好多的书柜，书籍堆积如山，主要是妈妈的业务书，也有爸爸的书和我的小人书。书柜都是木质本色，沙发扶手也是木质本色。素素姐勤快，每天打扫得干干净净。阳台面对岩坡下的嘉陵江，江水悠悠，视野不错。屋周是小区的花木、草坪，我家是一楼，周围的花木、草坪都属于我家独享，这样一算，我家内外的面积就大了。

书房主要是妈妈用，妈妈确实需要书房，妈妈说医学发展快，知识学不完，学无止境。书柜里有妈妈写的好几本厚厚的医学书，而我，虽然没有书房，妈妈也在我住的小屋里摆有书桌，书桌临窗户，窗户外有黄葛树遮阴，鸟儿叽叽喳喳，好听。

客厅的面积大，木地板，应该说主要是供我每日三次的地狱锻炼用，而我，最怕趴木地板，可又不得不趴，我跟木地板有"缘"。

我家的常住人口三人，我、妈妈和素素姐，够宽松的。可因为我骨折，就不止住三人了，隔代亲，爷爷奶奶外公外婆争相轮换住下照顾我，就显得拥挤了。好在伤筋动骨三个月，三个月后，我的骨伤好了。妈妈就请老人们离开，说是老人要保养身体、颐养天年，不能太累。

可外婆不走，外婆不走外公就不走，家里常住人口就变成五人。

外婆不走，是要为我补习耽误的功课，外婆给我说英文："A stack of small dishes."我幼儿园时，妈妈就教我学英文了，可还是听不懂外婆说的啥。外婆得意，抚摸我的头说："'小菜一碟'，帅奇，外婆给你补习功课是小菜一碟呢！"可不，外婆是重庆市重点中学八中教数学的退休老师。外婆很疼我，可是在补习功课上要求严格，外婆用她教重点中学学生的严苛标准要求我。我白天要去大河中学上学，每日要做三次妈妈规定的地狱锻炼，够苦够累的了。外婆晚上还要给我补习功课，还要完成她布置的作业。我痛苦不堪，忍受不了。我跟她翻脸，说从此以后再也不听外婆的话了！外婆生气了，龇牙咧嘴按右肋。外婆经常手按右肋，外婆是肋骨痛吧，我肋骨痛过，妈妈说是病毒感染引起的肋软骨炎，痛死人。外婆不怕我翻脸，依然我行我素。妈妈也看不下去了，为我求情，外婆就朝妈妈瞪眼，外婆是妈妈的妈妈，妈妈拿她没有办法。素素姐就更是说不上话了。我挥手跺脚地哭，哭诉我的劳累和痛苦。外公心疼了，劝导外婆应该手下留情。外婆说，能手下留情吗，帅奇要是跟不上功课，一步落下步步落下，到时候哪个为他手下留情？外公就挠头不说话。我气愤外公的软弱，就该把霸道外婆的嚣张气焰打下去，可外公摇头晃脑吟诗，出门去小区花园散步了。我不明白外公为啥怕外婆，我曾经问过外婆，外婆说，重庆女子嘛，男人都顺从的。

外婆不怕我哭，却给我讲故事，外婆的故事可多啦。外婆说，帅奇听话，你作业完成得好，外婆就给你讲故事，我难以抵挡，我最爱听外婆讲故事。我跟外婆讨价还价，讲了故事才做作业，要听童话故事。

外婆喝口水，说："A stack of small dishes."

我等待外婆的"小菜一碟"。

外婆讲丹顶鹤，天生尤物的丹顶鹤苇塘姑娘，美丽高傲，在鹤群飞行比赛中获得了第一名。公鹤蓝湖和水泊都追求苇塘，可苇塘都看不上。公鹤杉山狡猾，或者说是聪慧，杉山故意对苇塘视而不见，搭救了受伤的梅花鹿，含草药给梅花鹿治伤，获得了苇塘姑娘的爱。水泊在河边哭啊哭啊，河水都涨了三尺。蓝湖赌气要独身一世，却又舍命搭救苇塘、杉山的女儿，中了黑心猎人的暗箭，落入急流失踪。鹤群的头领鹤大爹病重，临死前把鹤群交给了勇敢的杉山，杉山遇天敌老鹰、彩狐、鳄鱼来袭，与之血战，寡不敌众牺牲。苇塘——杉山的妻子，在鹤群的拥戴下临危受命，当了鹤群的头领。娶了鹤大爹女儿的水泊不服气，刁难、嘲讽苇塘："公鸡下蛋了吗？母鸡打鸣了吗？母鹤是绝对不能当头领的！"又遇鸟瘟来袭，苇塘都坚强面对，还含草药救了鸟瘟病危的水泊的命。失踪的蓝湖并没有死，被好心的渔人搭救，养好伤后飞了回来。蓝湖全力帮助苇塘管理鹤群，苇塘说："蓝湖恩人，咋个谢你啊！"蓝湖说："你我不说谢，苇塘，我至今爱你，嫁给我吧。"苇塘感恩，却含泪谢绝。咳，鸟儿呢，跟人一样，也有爱恨情仇。

"蓝湖是苇塘的恩人，要感恩，苇塘不应该拒绝。"我不平。

"苇塘已经嫁给了杉山，尽管杉山已经牺牲，可'相伴了，就一生一世'，这是鹤群的规矩。"

"这规矩要不得，要改。"

"苇塘改了。"

"应该改。"

"有前提的。"

"啥前提?"

"蓝湖后来跟天敌搏斗,眼睛受伤了,成了独眼龙。"

"苇塘就同情蓝湖了?"

"是,可蓝湖又不答应了,说自己是丑八怪了。"

"唉,后来呢?"

"后来,苇塘说服了蓝湖。婚礼好热闹啊,大雁、啄木鸟、布谷鸟等百鸟来贺,梅花鹿来贺,群鹤伸腰、抬首、跳踢、衔物、鞠躬起舞。天敌老鹰在高空盘旋,鳄鱼在湖边探头,野狼在远山窥视,一个个饕口馋舌,却是无可奈何。"

"好!"

"又一场丹顶鹤飞行比赛,苇塘箭一般飞到终点,主持鹤宣布苇塘夺冠。蓝湖喘气说,苇塘,我还是追不上你。水泊喘息说,蓝湖兄,你追上苇塘了。"

"嗯,追上了,这个结尾要得。"我拍手笑,想到什么,"啊,外婆,妈妈说,外公就是追上您的呢,您跟外公是一生一世呢!"

"他是个花心子人。"

"啥花心子人?"

"你不明白。"

我要外婆说明白,外婆拉下脸,快做作业!素素姐悄悄跟我说,你外公的诗写得好,崇拜他的女粉丝多。这跟花心子人有关系吗?我不明白,我倒是想写诗,让那些女同学特别是看不起我的几个女同学都崇拜我。想了想我又泄气了。

屋漏偏遭连阴雨,我感冒发高烧了,烧得抽筋,抽筋又引发抽搐,倒霉透了。妈妈去江津区医院抢救病人了,外婆好着急,用湿毛巾为我降温,给我喂药,素素姐为我刮痧,都不行。我吃不下饭了,烧得说胡话,脑壳好重,身子轻飘,懵懵懂懂往天上飞。完了,我要死了,死了也好,免得拖累一大家人。

我迷迷糊糊地看着窗外的黄葛树,喃喃自语:"黄葛树又落叶了,发黄的落叶死了,死了好……"

"帅奇,别说胡话,不过就是感冒,会好的。"外婆宽慰我。

外婆又给我讲故事,美国有个作家叫欧·亨利,他写了篇小说《最后一片叶子》。说病房里,一个生命垂危的病人成天看窗外的一棵树,秋风吹,树叶一片一片掉落。这病人看飞飘的落叶,身体一天不如一天。她说,当树叶全部掉光时,她也就要死了。一位老画家得知后,用彩笔画了一片绿叶,挂在那棵树的树枝上,最后的一片"树叶"始终没有落下来。就因为生命中的这片绿叶,病人竟奇迹般地活了下来。帅奇,人可以没有很多东西,却不能没有希望,人有希望,生命就充满活力。

"可那树叶是那个画家画的,不是真树叶。"

"那画家画的是希望,那画家想的也是外婆我想的。希望,是柔和的微风,是清新的空气,是醉人的芬芳,是昏暗生活中的一缕阳光,照亮人要走的路,照亮人心中的阴影……"

不知道是外婆的话起了作用,还是吃药、刮痧的作用,几天之后,我的感冒好了。我耽误了功课,又是外婆严苛地给我补习功课。我实在是受不了，把课本、作业本、铅笔、钢笔推到地上。我就这样了，不读书了。我犟起来，外婆、素素姐都没有办法，妈妈回来了，也拿我没有办法。素素姐去搬救兵，赵莹莹来了，她家就在我家邻近的一栋楼上。赵莹莹帮我摆放好课本、作业本、铅笔、钢笔，没有像妈妈、外婆、素素姐那样劝导我，直接给我讲缺了的功课。赵莹莹的到来，让我心不躁了，开始补习功课。

赵莹莹来为我补习功课，她妈妈晓得了，推开挡在门口的素素姐，跑进我家大吵大闹，当我们的面打赵莹莹，拉她回家。赵莹莹委屈极了，呜呜哭着跟她妈妈回家去，我心好痛。

我还得面对严厉的外婆补习功课，我不反抗了，却紧皱眉头。外公笑着给我泡了咖啡，给我吟诵古诗："泉眼无声惜细流，树阴照水爱晴柔。小荷才露尖尖角，早有蜻蜓立上头。"外公说，"这是首清新的小品，一切都是那样地细，那样地柔，那样地富有情意。一个泉眼，一道细流，一池树阴，几片小小的荷叶，一只小小的蜻蜓，可不是一幅生动的画吗？泉眼细流，树阴照水，没有一点儿声音，明暗斑驳，仿佛泉眼是因为爱惜涓滴，才让它无声地流淌。一个'惜'字，好有情意，你外婆严厉，却是爱惜你呢！"

我喝咖啡，想外公的吟诗、解诗，诗歌可真是美妙。

外婆的严厉有了效果，我终于跟上了耽误的课程，算术考试全班第十七名，语文考试全班第六名。外婆不为我补习功课了，说帅奇就是帅，就是奇！我不知道的是，为我严厉补习功课的外婆早已病重,外婆住医院了,是肝癌晚期。怪说不得她经常手按右肋,妈妈说外婆按右肋是肝病的缘故,说肝癌的疼痛是难以忍受的。妈妈落泪了,说作为医生的她太大意了,竟然忽略了我外婆的肝病。妈妈说,外婆的肝癌是可以手术换肝的,肝源是可以找到的,可外婆的癌细胞已经广泛扩散,已经失去了手术换肝的时机。

我好伤心,想到外婆给我讲的《最后一片叶子》的故事,就用外婆给我买的七彩画笔画了一片绿叶,在画上写了"黄葛树绿叶"五个字,字歪歪斜斜,我是用心写的。我把这画举到外婆眼前,呜咽说:"我给外婆画的'黄葛树绿叶',外婆也会像那个病人一样活下来的!"奄奄一息的外婆眼里有微光,嘴唇嚅动着说:"画得好,外婆转……转送给你……"

我知道,外婆是希望我要有希望,可希望我要有希望的可亲可爱的外婆走了。妈妈哭得好伤心。我哭啊哭啊,哭得心口痛,我的外婆耶,帅奇不会辜负您老人家的!妈妈把我给外婆画的"黄葛树绿叶"装了框,挂在我的床头。我床头有少年哪吒的画,有足球明星的画,再有就是这幅"黄葛树绿叶"画。

三

我这病,除了地狱锻炼和药物治疗外,还要做高压氧治疗。我天天"坐飞机",因为做高压氧治疗的舱室活像飞机的舱室,也是密闭的。

妈妈了解得清楚,说是让病人在高压的环境下呼吸到纯净的氧气,对于三岁以前的脑瘫儿治疗效果比较好,所以,当我是婴儿时就开始做高压氧治疗了,进的是婴儿高压氧舱。医生把我放进去,还没有关上舱门,我就哇哇哭。素素姐说,我比其他婴儿哭得惨,其他婴儿哭一阵就不哭了,我是从头哭到尾,手脚还不停地动。陪我的奶奶或是外婆在玻璃窗外看见心疼地抹眼泪。素素姐也心疼,却说,帅奇,你哭也好,医生说了,哭得越厉害的婴儿,吸收的氧气越多。

我的脑瘫治疗有了效果,恐怕还真是跟我婴儿时做高压氧治疗的哭有关呢。

高压氧舱治疗一做就是三年,婴儿舱装不下我了,只好和大人一样,进大舱治疗。每次进大舱都要穿上厚棉衣,戴上防毒面具般的氧气罩。我不哭了,静静地坐着,坐姿不好,是扭曲着坐的。听素素姐说,我那时的样儿傻乎乎的,却是特别能吃。她说我是吃货,这倒是我的优点。高压氧舱里升压降压时耳朵都痛,素素姐和奶奶、外婆就把口香糖给我,让我做出使劲咀嚼的样儿。我嚼口香糖,舱里升压降压时耳朵不痛了。我的疗程长,其他病人换了又换,我还天天"坐飞机"。素素姐和陪我的奶奶或是外婆都认识了不少病人,她们还教新来做治疗的病人怎么防止耳朵痛。这些病人都喜欢她们,也喜欢不吵不闹的我。

来做高压氧治疗的病人,有突发耳聋的,有患心脏或是脑部疾病的,有外伤的,等等。听外婆说,其中有位杨叔叔,是跟抢银行的歹徒打斗时被歹徒开枪打伤了脑壳,全身瘫痪,勇敢的杨叔叔就那么躺在高压氧舱里,睁着眼睛一动不动。外婆、奶奶和素素姐都钦佩他,都感到惋惜。

针灸治疗也少不了,我很小的时候就做针灸治疗了。

强哥哥的女友乔姐姐帮了忙,找了她大伯乔医师。乔医师四方脸,浓眉毛,胡子叭楂,说话声音响亮,是针灸治疗的高手。针灸室里没有电视可看,要留针几个小时,乔医师变魔法一样拿出张黑纸,在黑纸下面垫上张白纸,叫我用圆珠笔在黑纸上画画,说可以锻炼手的灵活性。奇迹出现啦,我在黑纸上画的鱼画的鸟画的树,白纸上就留下同样的图画。素素姐说,这是复写纸。我觉得比任何玩具都好玩,不明白其中的原理。妈妈说,儿子,你上学读书后就会明白。

妈妈给我买了一个精致的小包,里面装有复写纸、白纸和圆珠笔。我每天都拿着小包去做针灸治疗。那天,是爷爷送我去做针灸治疗,爷爷跟乔医师说得来,他们说的都是足球的事情,看来乔医师也是个足球迷。爷爷说我这小包不错,他要打开来研究一下。我大声说:"爷爷,小心点儿,可千万别给我弄坏了,弄坏了你要赔啊!"爷爷哈哈笑:"嗯,爷爷赔,爷爷赔!"现在想起来,爷爷哪里是要赔的意思,爷爷是太开心了,因为我居然会找他索赔了。那个时候,我才开始学说话。大人们都好开心,开心我清晰地说了这么长的一段话。

去乔医师那里做针灸治疗,大人们每天要抱我往返,我一天天长大,越来越重了,奶奶就去农贸市场买来个小背篓,让素素姐背我去。奶奶和素素姐低估了我的病,我的身体正常时没有什么,可发病时身体就扭曲,脑袋歪着,张牙舞爪,像猴儿一样不安分。素素姐要么没法把我放进小背篓,要么放不到合适的位置。我的右脚流血了,是因为我脚乱动,蹬破了小背篓,被竹篾条划破了,血淋淋的。素素姐一时慌了,用手绢为我包扎伤口。妈妈说,会感染的,抱我去医院消毒伤口重新包扎。素素姐又抱我去防疫站打破伤风针。从那以后,一切编织的东西都不让我碰,所有的康复器材,都被素素姐用海绵包裹得严严实实。

针灸治疗一直伴随我,至今,乔医师还为我做针灸治疗。

乔医师一脸严肃地为我扎银针,一双大手在我的腰杆、腿上扎针,我龇牙咧嘴喊痛。乔医师说,帅奇,你是心里害怕才觉得痛,娃儿,莫怕。

乔医师手指粗大,下针却如同绣花,乔姐姐捂嘴笑,大伯好有做派。乔医师得意,跟女人刺绣有针法一样,针刺也有讲究。素素姐问啥讲究。乔医师说,针刺主要是提插、捻转。将银针在我的穴位上由浅而深插,又由深而浅提,说这是提插法;左右来回旋转银针,说这是捻转法;用手指顺穴位上下转动,说可以激发得气,是激法;用手指轻弹针尾,针体振动,说是弹法;用大拇指抵住针尾,用指甲刮针柄,说可以让针感扩散,是刮法;摇针体,说可以行气,是摇法;一捻一放,如同丹顶鹤展翅,说是飞法。妈妈说,还真有讲究。

我听乔医师这般讲话,针刺的疼痛感就小了。

乔医师说,针刺治瘫有历史,《黄帝内经》里有记载,简便有效，没有毒副作用，效果好。当然，功能的恢复急不得，疼痛还会有的。帅奇，你要坚持治疗，切莫半途而废。他又说，再呢，还是要讲究综合治疗，也还是要吃药、打针、坚持锻炼。

针灸离不开灸，乔医师给我做艾灸治疗，点燃的艾灸在我穴位上热乎乎的。我有些害怕。乔医师说，我一个老朋友很沮丧，说股票没有了，爱情没有了，钱也没有了，一无所有了。我对他说，你还有腰肌劳损的病呢。他嘿嘿笑，倒还是呢。哈哈，帅奇，给你说个笑话，人呢，身体第一，快乐为要。

我也嘿嘿笑。

乔医师给我摸脉，开中药，第一次服的药他亲自熬的。他边熬药边说，熬药前呢，先要把中药加凉水浸泡一个小时，让药物的有效成分泡出来。熬药用砂锅为好，加水后，浮在水面的药用筷子翻动，让中药完全浸泡在水里。水面要高出中药两三厘米。先用大火煮开，再用文火熬，每剂药熬三次。第一次熬到开锅后30分钟，第二次的用水量要比第一次少，熬的时间为开锅后40分钟，第三次跟第二次一样。三次都是各取药汁150至200毫升，混合均匀，饭后半个小时服用。当然，一些特殊药物的熬制又有不同，龟板、鳖甲得先熬上个把小时，再跟其他药混合熬，三七粉、西洋参是冲服的。

素素姐听得仔细，点头说："嗯，记住了。"

"嗯，记住了。"我也点头说。

我生病也有收获，学了这些中医知识，妈妈说，学无止境。

乔医师是乔姐姐的大伯，问乔姐姐啥时候跟强哥哥办婚事。

乔姐姐说，快了。我听了高兴，心想，外婆讲的丹顶鹤苇塘与蓝湖走到一起好曲折，可强哥哥跟乔姐姐走到一起好顺利。

这个周末，强哥哥在他父母乡下的农家院坝里跟乔姐姐举办婚礼。

大山里的林木花草染了秋色，农家院子被竹子围绕，院坝前是一层一层的梯田，远处有个老农赶了一条老黄牛在犁地。"秋天到农户院坝，花草竹子乐开花。强哥哥娶乔姐姐，师兄师妹成一家。"我突然冒出顺口溜来，后来我跟外公说了，外公鼓励我说，也是诗，妙在有感而发，见景抒情。

我对诗歌有了兴趣。

强哥哥父母家的院坝里摆了十几桌酒席，来了好多亲朋好友，乔医师也来了。妈妈和素素姐带我参加，妈妈说我到乡下也是锻炼，又添喜气，有利于养病。

强哥哥穿西装打领带，只要他不露出龅牙，绝对是一个大帅哥。乔姐姐本来就美，穿婚纱化淡妆，活像电视里下凡的七仙女。鸡鸣狗叫猪儿爬圈凑热闹，我去逗鸡儿耍，给猪儿喂食。黄狗儿不安逸了，对我凶恶地汪汪叫，关你黄狗儿啥事儿，多管闲事，讨厌，我追打黄狗儿。

素素姐惊叹："哈，帅奇没有用拐杖就可以跑呢！"

妈妈高兴："我儿康复得不错！"

我才发现我没有用拐杖，差点儿追上黄狗儿，机灵的黄狗儿跑得飞快，追不上的。

新郎新娘挨桌敬酒，也给我敬酒。强哥哥说，帅奇，干杯。我要干杯。乔姐姐说，帅奇，你就抿一小口。乔姐姐是关心我。我抿了一小口酒，乡下人自制的白酒辣口，辣得我嘘呼、尿胀了。我去院坝边的露天茅坑痛痛快快撒尿，往回走时，一群鸭子走过，领头的鸭子昂首挺胸，鸭群"咕呱咕呱"跟随，前面那池塘亮晃晃的。我看领头鸭笑，鸭司令呢！

这一天可真是快活，我可以不用拐杖走路了，当然，还是走的剪刀步，却是走得快了些。

乡坝的夜晚安静，远山如黛。

"远山如黛"是外公给我说的，外公说，是形容远山的颜色，如同女子黛色的眉毛。外公说，你要写诗，就要多学，中国的语言很精妙，几个字就可以道出所见所闻所想。哈，外公说的我记下了，就冒出这四个字来，觉得就是我此时看见的情景。黄狗儿跟我熟了，在我身前身后跑，还往我身上扑，我喜欢黄狗儿了，狗儿通人性。

我见远山如黛，是有星星、月亮的缘故。星星在天上眨眼，中秋的月亮正圆，银色的光辉照耀着农舍、田园、草木、远山，这景色在城里是看不见的。

乔姐姐来了，脱了婚纱，穿的绿色毛衣，更漂亮。在医院ICU工作的乔姐姐当时日夜守护我，是我的恩人。老实说，美貌的乔姐姐配龅牙的强哥哥我开始时觉得惋惜，后来又觉得健壮的强哥哥配娇美的乔姐姐也还可以。这就是外公说的心情矛盾吧。不管怎么说，我喝了他们的喜酒，他们是一家人了，我祝福他们。乔姐姐抚我的头和肩,我心温暖,可惜妈妈没有给我生个姐姐,我可真想有个姐姐。可妈妈说,不生了,就一直陪伴我。我看仙女般的乔姐姐,就想,治疗照护过我的乔姐姐就是我的亲姐姐。

我的思维跳跃,想到仙女般的乔姐姐,就想到自己要命的病,想到死:"乔姐姐,我在ICU苏醒后,见停尸房的人来了,听他们说那个去世病人的家属打了你。医生、护士有神力就好了,把病人全都救活。"

乔姐姐搂紧我:"一把柳叶刀,刀锋掠过定生死。帅奇,我们医护人员倒是希望有神力,可我们是凡人。我的老师你的妈妈就无奈地说过,把不该走的全力留下,把留不下的让其有尊严地离去。跟死神斗,我们有时真的是力不从心,无能为力。"

"那个去世病人的家属说,有个医生的态度恶劣,说他一点儿也不理解病人和家属的心情。"

"我呢,也生过病,医护人员确实应该理解病人和家属的心情,也少不了有服务态度差的,一颗老鼠屎坏了一锅汤。可多数医护人员是尽职尽责的,救了好多人的命,迎来好多新的生命,比如你妈妈。"

"嗯,乔姐姐,你也生过病?"

"人吃五谷杂粮,哪个不生病……"

黄狗儿来了,在乔姐姐身前蹦跳、献媚。

乔姐姐生过病,我是后来才知道的。她跟强哥哥好后不久,吃一种药过敏病危,全院会诊抢救,妈妈也去参加了会诊抢救,终于把命悬一线的她救了过来。强哥哥一直守护她。她康复后，强哥哥要跟她办婚礼，乔姐姐说，我可是差点儿死了的。强哥哥说，你坚强、乐观，赶走了死神，现在不是好好的吗？乔姐姐就答应了。

这些是妈妈给我说的。妈妈说，给我讲这些也是在给我治病，治疗我的心病。妈妈说，人都会生病，坚强、乐观是可以战胜疾病的，乔医师不是说了吗，人呢，身体第一，快乐为要。

快乐，是的，我要快乐，可我的病反反复复，不让我快乐。

我要打针吃药，要坚持锻炼，要上学读书。我一个残疾儿，要承担跟正常儿童一样的事情，承受比他们多得多的痛苦。比如说，他们是偶尔生病打针吃药，而我，是长期打针吃药；他们是增强体质的快乐锻炼，而我，是康复身体的地狱锻炼；他们可以一心一意上学读书，而我，是带着病痛走剪刀步上学读书。我打针吃药、坚持锻炼，是为了治病，这我无话可说。可我上学读书呢，是为了今后的生活吗？我的妈妈爸爸要陪伴我一生的，我不用愁今后的生活。我的犟劲儿上来，不想起床也不去学校了。

妈妈急于上班，数落我几句走了。

素素姐劝我诓我："帅奇，你读书是为了增长知识，不能像我那棒棒爸爸没有知识，只能扛棒棒。"

我蹬开铺盖："我就去扛棒棒！"

"帅奇有志气呢，可你能扛棒棒吗？扛棒棒要有体力，要健步如飞，也还是要有智慧的……"

素素姐的话说了一箩筐，我脑子里想的是残疾儿的我，想的是残疾会伴随我的一生，想想就十分后怕，好恐惧。

妈妈爸爸送我去大河小学上学时，我死犟，耍横，不去，就不去！妈妈要抱我走，我倒地哇哇哭："不上学，就不，不读书，就不，妈妈呀，我读不走的！"妈妈气急要打我，外公外婆爷爷奶奶都不让她打，都护着我，素素姐也护着我。最终是爸爸说服了我，爸爸回来休探亲假，蹲在我身边说："儿子，我们去试试，读不走就不读，可万一读得走呢？"我看穿军装的爸爸，呜咽说："爸爸，你说话可要算数，我读不走就不读啊！""当然算数，爸爸是军人，军人说一不二。"我才坐起身，爸爸背了我去大河小学。

在我们这个家，我是敢于耍横的，我这个残疾的独生儿子是最为可怜的，也是最有权威的。

我眼前的素素姐模糊了，屋子里的家具、墙上的照片和图画模糊了，我身子燥热头晕。我不上学了，绝对不上学了。语文、数学、英语等科目都有做不完的作业，去他的，再也不会烦我了。李俊和赵莹莹妈妈的冷眼，何超学我走剪刀步，去他的，再也眼不见心不烦了。

"呀，帅奇，你发烧了！"

素素姐摸我的额头惊叫，给我妈妈打了电话。妈妈要上手术台了，就给医院儿科的米医生打了电话，米医生是副教授了，是妈妈早期的研究生，是我的米哥哥。米哥哥来了，他长期为我看病，他摸了我的额头，给我听诊，问长问短，没有开药，说是感冒了，让我多喝水。素素姐说，要吃药的，吃抗生素才能退烧。米哥哥说，抗生素不能随便吃，现在儿童耐药的多，就是动不动就吃抗生素的缘故。米哥哥说，他科室里还有事，就匆匆走了。素素姐就把开水放凉，不停地让我喝水。这没关系，我就多喝水，水喝多了，尿就多。感冒了，我更有不上学的理由了，反正，我是铁定了心不想上学了。

可不上学我又做啥呢，在家里等死？我又想到了死。年幼时，素素姐带我去公园玩耍，公园里花开草长，大人小孩不少。总有人说东道西、问东问西。"这娃儿啷个了，傻乎乎的，以后能够独立生活吗？""崽儿的脚杆怪怪的，怕是个瘸子。""过来，离那傻娃儿远点！""唉，这娃儿，长不大的……"回家后，我给妈妈说了。妈妈说，儿子，你是身体有病，可心理没病，那些人身体没病，可心理有病。也有人是好奇，是关心同情。以后要有人问，你就理直气壮地说，你生病了，没有人不生病的，生病没有错，有病就治病，治好了病，就跟大家一样了。可我能跟大家一样吗？冷眼总是有，刺耳的话总是有，我就想，死了算了。怎么死呢？跳楼，撞墙，拿枕头闷死，吃安眠药，割腕……妈妈听我说后，调侃道，你现在连自己的身体都控制不了，这些死法，有的要人帮忙，如是真有人帮你，你死了一了百了，而帮你的人倒成了杀人犯，你不是害了人家吗？妈妈让我看我床头挂的"黄葛树绿叶"画："帅奇，这是你给外婆画的绿叶画，外婆转送给你的，你别辜负外婆，别胡思乱想，听妈妈的话，既来之则安之，好生治病，永不放弃，你会跟正常人孩子一样读书长大的。"

看着这张"黄葛树绿叶"画,我就看见了我可亲可爱的外婆,我是得好好活下去。

可死神来找过我,那次,我也是发烧,素素姐用酒精棉球为我擦手心、脚心、腋下、脖颈、胸口、后背物理降温,体温降下来,不久又升高。住儿童医院检查是病毒感染,天天输液,还是一直低烧,我的舌头长满了疱,整个嘴巴都烂了。妈妈医疗下乡去了,守护我的爷爷奶奶外公外婆和素素姐都心疼我,做了很多好吃的给我,可再好吃的都得经过嘴巴呀。我肚子饿,边哭边大口往下吞咽,奶奶、外婆和素素姐见我可怜又顽强的样子,眼泪往下掉,爷爷、外公红了老眼。我的病情日益严重,人瘦了,脸色发白,姿势越发怪异,不是手扭着,就是脚外蹬,还经常两眼翻白,发作的次数越来越多。听素素姐说,有一次发作特别厉害,我差点儿没有缓过来。我好难受,整天整夜哭闹,吃医生开的安眠药只管一小会儿,还影响了旁边病床小病友的休息。为此,素素姐还跟那小病友的妈妈发生了争吵。医疗下乡的妈妈回来了,她急慌慌来病房看我,我的体温正常了。我说,妈妈把病毒赶走了。分管我的医生说,你感染这疱疹病毒该走了,这病毒有自限性,一至两周就可以自愈。

死神还来吓过我一次。那次,我舌头长包块了,硬硬的。耳鼻喉科那老医生看后,决定手术切除。老医生跟妈妈说话,妈妈跟爷爷奶奶外公和素素姐说话,都神神秘秘的。妈妈给我说,就一个囊肿,切了就好。我却犯疑,手术的前一天晚上,我想到了我的存钱罐:"大家都听我说,如果我明天手术失败了,我回不来了，我存钱罐里的钱，我打算分给大家！"大家都愣住了，病房里静得可以听见绣花针掉在地上的声音。我也不管大家的表情，说了分配方案："里面有四张一百元的大票子，分给为我操劳的素素姐，因为她没有工作，最需要钱。其他就是钢镚儿，平均分成三份，分给为我操劳的爷爷、奶奶、外公，不多，是我的一点儿心意。"妈妈看我。我说："妈妈、爸爸都在工作岗位，都有工资，就免了。"素素姐感动得湿了眼睛，那之后，她对妈妈说，她要照护我一生。手术是顺利的，病例报告却出了错。妈妈急于知道病理检查的结果，给病理科值班的人打了电话，不知是妈妈把我的床号说错了还是病理科值班的人听错了，说是恶性的，妈妈惊呆了，再次确认，是良性囊肿。真是虚惊一场。

米哥哥的"水"药有效，第二天我就觉得身上轻松了，烧也退了。我还是装病不起床，不吃早饭也不吃午饭。聪明的素素姐咋会看不出来：帅奇，你装病嘛，再装病我就走了，回我老家去了！素素姐可不能走，可我还得装病，就哇哇哭。我之前一哭，素素姐的心就会软的。素素姐的心这次没有软，收拾衣服装进皮箱里，拎了皮箱出门。妈妈下班回来了，素素姐给妈妈使眼色，妈妈是个多么明白的人，说，素素，帅奇他不听话，你走吧，走了就再也别回来。我就如外公说的心情矛盾，装病吧，素素姐要走，妈妈也让她走；不装病吧，我心不甘。

解围的人来了，是米哥哥。

米哥哥劝素素姐别走，素素姐就放下了皮箱。妈妈说，素素，多加两个菜，留米医生吃午饭。素素姐点头，给米哥哥端了茶水，急忙进厨房去。

我午饭上了桌，狼吞虎咽地吃起来。青椒肉丝、回锅肉、爆炒肚条、麻婆豆腐、蚂蚁上树、白菜豆腐汤，我都爱吃。妈妈、米哥哥、素素姐都看了我笑。米哥哥说，帅奇，你是感冒了，多喝水就可以好，你还有心病，得要你自己治。妈妈就开始讲大道理，素素姐不时插话。我都听不进去，自己吃饭吃菜喝汤。

饭后，米哥哥把他带来的苹果洗干净让我吃，说饭后吃水果有利于食物的消化，有利于健康。我咬了口苹果，好吃。米哥哥看我吃苹果，说，世界上每个人都是被上帝咬过一口的苹果，都是有缺陷的人，有的人缺陷比较大，是因为上帝特别喜欢他的坚强。就像俞帅奇你，因为你不服输不放弃，上帝就狠狠地咬了你一大口，所以你才收获了很多人得不到的爱。你的家人、朋友、同学，你的素素姐，还有为你治病的医生、护士，也包括我，大家都很关心爱护你。倒是啊，上帝咬去了我正常人应该有的功能，却让我得到了满满的爱。米哥哥说，哪有治不好的病啊，关掉了一扇窗户，却打开了一扇大门，一扇战胜病魔、充满希望的大门。我大口吃苹果，吃完了整个苹果。

"帅奇，去过荣昌的万灵古镇没有？"米哥哥问。

"听素素姐说过，没有去过。"我说。

"想不想去？"米哥哥问。

当然想去，可我在装病，我先摇头后又点头。

米哥哥休班，一大早就带我去万灵古镇，是素素姐妈妈的老家,素素姐跟了去。

开眼了,万灵古镇真美。古老的濑溪河清幽幽的,素素姐说濑溪河是向西流的。向西流?应该是向东流呀!我以为素素姐说错了。素素姐说,要往东流的,濑溪河先是向西去找沱江,找到沱江后,跟沱江汇合,沱江水呢,又跟长江汇合,长江水是往东流的。

原来如此啊。

濑溪河上有古老的大荣桥,大荣桥很奇怪,靠街的这一头是拱桥,另一头是平铺的石板桥。素素姐说,拱桥是古时候通行漕船用的。我不明白。素素姐说,漕船就是古时候运送大米、盐巴的木船。我明白了。河上的石滩像银子一样闪亮,把春天的河水变成瀑布,水花四溅。素素姐说,那是白银石滩。转身看,拱桥岸边这水车好大,活像长江大桥南桥头公园里的摩天轮。

古镇就一条街,街道不宽,长有青苔的石梯坎被踩得变了形,石梯坎顺了弯拐的街道上爬,街边的房子老旧。"大食店""艾糍粑""翘壳鱼",这些店名好有意思,茶馆、商铺也多,还有湖广会馆。我玩得高兴,素素姐说,帅奇,你的感冒全好了呢。我狡猾地笑。素素姐在"艾糍粑"摊子给我买了块糍粑,我喜欢吃糍粑。素素姐带我去了临江的翘壳鱼餐馆,看窗外黄葛树缝隙间的濑溪河水,叫我坐下喝茶。我才发现米哥哥没有在。素素姐说,你米哥哥的女朋友来了,跟她耍去了,你妈妈给他介绍的,是你妈妈医院外科的方蕾护士,长得漂亮。

我米哥哥帅,配得上的。

素素姐的摩托罗拉手机响了。这手机是我妈妈给她买的,说方便找她。妈妈知道素素姐手头不宽裕,一部摩托罗拉手机要5000多元,素素姐过意不去,坚持不要。妈妈说,也是为了帅奇。妈妈这么一说,素素姐就收下了。

电话是米哥哥打来的,问我们到翘壳鱼餐馆没有。素素姐说,到了。

没过多久,米哥哥就带着个女的走来,对我说,帅奇,这是方姐姐。我就叫方姐姐!方姐姐笑,帅奇乖!方姐姐身穿蔚蓝色衬衣,米白色长裤,披肩长发和雪青色风衣随了濑溪河吹来的风飘摆,一笑两个酒窝,好漂亮。

米哥哥对胖店主说:"要一条大的翘壳鱼,还要青椒肉丝、爆炒腰花、卤猪耳朵、折耳根、酸菜粉丝汤!"

胖店主高兴:"要得,要得!"

方姐姐要看鱼,胖店主指指鱼池说,随便挑选。鱼池里有二十多条游动的鱼,方姐姐挑选了条大鱼。

热乎乎的翘壳鱼上桌,汤菜也陆续上桌。米哥哥要了几瓶啤酒,给我们一人斟满一杯,说他请客。素素姐把我的一杯啤酒喝去一半,素素姐是能喝酒的。米哥哥说,帅奇是初中生了,可以喝酒,不酗酒就行。我就喝了一口酒。

米哥哥喝酒、吃鱼:"翘壳鱼就是鲤鱼,也称翘嘴红鲌、大白鱼、翘嘴巴、鲌刺鱼。"他声气老高,说得激动,"翘壳鱼皮脆肉鲜,观之安逸,食之有味。啊,烧制翘壳鱼有讲究,先要在锅里炸一下,去掉腥味儿,要炸到两面金黄……"

素素姐对我低声说:"你米哥哥今天高兴,在你方姐姐面前显摆呢。"

我点头,想到外婆年轻时好看,是外公追求的外婆,外婆显摆跟我说的。

这半天要得痛快。

在翘壳鱼餐馆吃完午饭,素素姐说我不能太累,就带我坐客车回家了。妈妈还没有回家,外公在家,他正摇头晃脑吟诗:"……窈窕淑女,君子好逑。"我问外公啥意思,外公笑:"你好生读书,会学到这首诗的。"

爷爷来了,外公喊他来下象棋,两位老人都是象棋高手,"叭叭叭"你来我往厮杀。两位老人来家下象棋,其实是想教我下象棋。爷爷说,下象棋要动脑子,可长智慧,帅奇,你就是要多动脑子。爷爷、外公两位象棋高手手把手教我下象棋,我的象棋下得可以。素素姐拿出山城沱茶泡好,叫我把盖碗茶水给两位老人端去,我就端了茶水去。

爷爷看棋盘:"呃,你咋这么走,不行,不行!"

外公说:"我咋不能这么走,说好落地沾灰的,你刚才就悔棋了!"

"我刚才刚往下放棋子就拿了起来,咋是悔棋?"

"你就是悔棋……"

我给两位老人把茶水分别放在他们桌边,看他们下棋。两位老人精神陡增,喊起棋路来。外公走子:"炮八平四。"爷爷走子:"卒五平六。"外公略思片刻,走子:"车二进五。"两位老人目标一致，喊棋路是教我把象棋下得更为精深。外公说过，帅奇，这有利于治疗你的病。妈妈赞同两位老人教我下象棋，只是希望不要影响我完成作业。爷爷举棋不定，谋思了好一阵才走子："马二退四。"我看爷爷是招架不住了，就帮他，他是弱者，哪个弱我就帮哪个。可爷爷棋阵的大势已去，最终输了。外公哼起歌来："樱桃好吃树难栽，不下苦功花不开，幸福不会从天降……"爷爷不服输，脸变色。他俩旗鼓相当，各有胜负的。

我讨好宽慰爷爷："爷爷，喝口热茶！"

爷爷松开眉头："我孙娃乖！"

"外公也喝口热茶。"我不偏不倚。

外公嚯嚯喝茶："嗯，好茶，我孙娃乖，小乖乖！"

爷爷瞪外公："帅奇是我的孙娃，是你的外孙娃。"

外公说："都是喊孙娃的，呃，我平日里这么喊，你也没有开腔，你今天输了棋，就找些话来说……"

两位老人为这事儿争了起来，素素姐捂嘴笑。

我不知道说啥好，急中生智："哎呀，我的肚子饿了，外公的饺子皮擀得好，爷爷的饺子馅拌得好，我——要——吃——饺——子！"

两位老人都起身，目标一致，争先恐后往厨房走。

素素姐伸手点我的额头："你个鬼精灵！"

我咧嘴笑。

四

我读初一时的寒假，寒风呼呼，我们大队人马再次出发去石龙镇欧阳中医家：妈妈驾驶她的长安越野车，素素姐坐副驾驶位置，后座是爷爷、奶奶，他们护着坐在中间的我。外婆已经走了，不然，她和外公绝对是大队人马中的成员。后备厢里塞满了衣物和日用品，还有便携式运动器材。

强哥哥联系好了欧阳中医为我做包药治疗。他身边有个看起来弱不禁风的瘦高个子中年人，是他的助手。欧阳中医说，他也是包药治疗的能手，喊我叫他赵叔叔。我说赵叔叔好！赵叔叔笑了笑。住下后，我才知道，赵叔叔还是个厉害的大厨，四乡八邻的人都找他去做"坝坝宴"。哈，接下来的日子里，我这个吃货可是有口福啦。

这是我第一次做包药治疗，欧阳中医和赵叔叔将大把草药用石碾子磨碎，加上大葱、生姜和红糖，在柴火灶上的大铁锅里翻炒，边炒边往铁锅里添加药酒。柴烟、水汽弥漫，一股苦辣的味儿直扑鼻子。药炒好后，赵叔叔把药分成小堆，分别用纱布包好，在欧阳伯伯的指挥下，往我的手肘、肩膀、胯部贴，一层一层裹上绷带，我几乎全身都裹满了绷带，成了木乃伊。开先包药处热辣辣的，不多一会儿就全身发热、冒汗。我这个病，很容易因为刺激就紧张，一紧张就痉挛，一痉挛就汗水更多，大汗淋漓。我好害怕，心慌意乱。爷爷就给我讲足球，讲足球明星C

罗、梅西。我虽然不能踢足球，可在爷爷的熏陶下也喜欢看足球比赛。欧阳中医看我紧张，也担心我细嫩的皮肤受不了，本来要包药一天的，四个小时就给我"松绑"了。

取下药包的那一刹那，奇迹出现啦！

我平时僵硬的手脚活泛了，我自己穿衣服，自己走到沙发边坐下，不是平时那样费力地坐下，是自然坐下的。不是我平日扭曲的坐姿，是跟正常人一样的坐姿。妈妈瞪大了眼睛："呀，我儿活动自如了呢！"说不上活动自如，妈妈是在鼓励我。爷爷说："帅奇，踢球，C罗、梅西！"做C罗、梅西踢球的动作，我就跟了做。"嗯，有那个范儿！"爷爷说。爷爷也是在鼓励我。奶奶、素素姐揉眼睛，她们的眼里有泪花。我的妈妈，为我操心的妈妈疯狂地用手机给我拍照，小孩一般地蹦上蹦下，从各个角度给我拍照，拍了好多张，一张一张翻给我看："我儿好帅，我儿又帅又奇！"我小时候喊出第一声妈妈时，妈妈也疯狂过，那天，妈妈下班进屋换鞋，听见我在喊妈妈，她惊呆了，扔下手里的东西奔过来抱住我："哇，我儿子会喊妈妈啦！帅奇，儿子，再喊一声！"听素素姐说，那一天，我妈妈又哭又笑又蹦又跳，疯狂极了。

欧阳中医治疗室里炉火熊熊，人们叽叽喳喳议论，过年一般热闹，一向严肃的欧阳中医也舞手跺脚。

我心舒畅。

晚饭是大厨赵叔叔做的，有红烧鲤鱼、宫保鸡丁、夫妻肺片、回锅肉、麻婆豆腐、蚂蚁上树，还有乡下的香肠、老腊肉、腊猪蹄炖藕汤。可好吃了，腊猪蹄炖藕汤尤其安逸。欧阳中医、赵叔叔、欧阳中医的幺儿夫妇和老奶奶在座，院坝里的大圆桌坐得满满的。我也喝了药酒。欧阳中医说，喝点药酒，有利于治病。

星星、月亮来凑热闹，大家都很开心。

这夜里我睡得香甜，梦见我跟正常人一样走路、跑步、玩耍，不仅是赵莹莹，李俊、何超也都跟我玩，跟我一起踢球。李俊把球传给我，我一脚就把球踢进了何超把守的球门，何超好沮丧。赵莹莹拍手喊叫，俞帅奇好得行！爷爷孩子一般手舞足蹈。我哈哈笑，我踢进球啦……

生活多美，人生多好！

鸡叫三遍了，我还窝在铺盖里大睡，疯狂的妈妈在我耳边学公鸡叫"咕咕咕！"掀开我的铺盖，扶我起床。素素姐为我穿衣服念叨："小小红公鸡，为何五更啼，惊了娃的梦，娃在把球踢。"妈妈笑说，我儿说梦话，踢进球啦！看素素姐，呃，素素，你还挺会说。素素姐说，我二妈教我说的，我改了后面的两句。妈妈问，后面的两句是啥？素素姐红了脸：不说了吧。妈妈说，说来听听。素素姐抿嘴笑："惊了妹的梦，哥在妹梦里。"妈妈击掌，你二妈是要把你嫁出去呢。我不高兴了，不许素素姐离开我。素素姐说，不离开，就在帅奇身边，我哪里也不去。我咧嘴笑。妈妈说，豆浆、油条都热了几遍了，快去吃早饭，之后，做趴地锻炼。我就苦了，还要做地狱锻炼啊，我的生活好苦。

素素姐说，院坝的石头地她已经打扫干净了。

早饭后，我在妈妈的严厉督促下，在院坝里做趴地锻炼，包药治疗后，没有原先那么吃力了，可还是痛苦。

不痛苦的锻炼也是有的，是嘴巴功能的锻炼，理疗科年轻的曹护士带我做。她笑起来甜甜的，带我坐到干净的地板上，她身边有五颜六色的各种吸管、口哨。她戴了手套，先给我按摩一阵嘴巴，之后，教我使用各种吸管，吹各种口哨，教我唱儿歌、读唐诗，说可以帮助锻炼我僵硬的嘴肌。有个小朋友不读唐诗，她不批评他，表扬我，我高兴，那个小朋友就争着读唐诗。我说话清楚起来，跟坚持嘴巴功能的锻炼是有关的。还有就是水疗，妈妈说，水疗是综合治疗少不了的，水温、水压、水的浮力和水里的化学成分，有利于缓解痉挛，增强肌力，增强胆量。素素姐最是辛苦，要为我准备泡澡的水，早先是在木桶里，后来在浴盆里，去游泳池她也一直陪同。婴儿时，素素姐为我做水疗，长大后，素素姐叫我自己做。药物治疗——"肉毒素"治疗也不很痛。注射"肉毒素"，可以缓解肌肉的张力。医生先要用仪器测试我的肌肉张力，肌肉僵硬处，仪器的红灯就闪亮。测试的医生说，我们的俞帅奇小朋友，可真是坚强。说明我全身肌肉僵硬的情况严重。妈妈说，所以帅奇要坚持各种锻炼、治疗，既必要，又必须，不容讲价。

终于坚持做完半个小时的趴地锻炼，我给妈妈讲价，说要出院坝去看看，妈妈点了头，带我出院门，老奶奶背了背篓进来，她背篓里装有草药，说是在后山采的。欧阳中医迎来说，妈，你少背点，不缺你采的这点儿药。他接过背篓，搀扶老奶奶进院坝。欧阳中医也是上年岁的人了,对他妈妈毕恭毕敬。

"妈妈,我要对你好!"我对妈妈说。

妈妈点头:"我儿一直对妈妈爸爸好的,只是有时候不听话,死犟。帅奇,还记得你五岁生日那天写的字不?那阵,妈妈和素素正教你写字。"

我使劲想。

妈妈笑:"你在台历上写的,那一页日历妈妈一直保存着,有了可以拍照的智能手机后,妈妈就拍了照片存在手机里,时常翻看。"妈妈在手机里翻出日历照片,"儿子,你看。"

我看手机照片,那页日历是2003年7月12日,皱褶的页面有我用铅笔使劲写的字,歪歪斜斜,大小不一,我读出声:"妈妈,我爱你,你一天一天老了。爸爸,我也爱你,你也长白头发了。你们都好辛苦的,为我操心。爸爸妈妈,帅奇爱你们!"我眼睛发热,想到辛劳的妈妈爸爸会要更老,又想到老奶奶,"妈妈,老奶奶九十多岁了,得过癌症,还精神头十足。"

"人生路,不问年的。"妈妈说。

"不问啥?"

"不问年,就是不问年龄,高高兴兴活着。老奶奶就是,高龄了,还是该做啥做啥。我们医院里有名的张老中医,古稀之年了,每天还坐堂诊病。他说,心为万法之源、众妙之本,治病要治人的心病,心病这个病根去除了,加以辨证施治,病是可以好的。"

"嗯。"

"你外公说,有个老漫画家,给自己画了一幅骑自行车买菜的漫画,配上他写的打油诗:'生活一向很平常,骑车画画写文章,养生就靠一个字:忙!'说还有个白发老人乐颠颠滚儿童玩的铁环,也配了诗:'管他几岁,青春万岁!'他们都是心态好!"

"嗯。"

妈妈提到了外公,外公下午就来了,带了拉杆箱来。外公说想我了,来看我。外公的额头上捆有渗血的手帕,外公说被偷儿打了。外公坐客车来的,车上有个偷儿偷一个妇女的钱包,外公看见了,吼了偷儿夺过钱包还给了那妇女。那妇女感谢,抓打偷儿喝骂。偷儿是个壮汉,推开那妇女,挥拳头打外公,把外公的左额头打出血了。车上没有人出面抓偷儿,司机停了车,车门开了,那偷儿下车跑了。外公怒问女售票员咋让偷儿跑了。女售票员说,他身上有刀儿,我们经常跑这条路,少惹麻烦。

大家都为外公担心,为没有抓住偷儿愤愤不平。

欧阳中医给外公受伤的额头消毒包好,取了瓶装的中药水剂让外公喝,说是消炎药,喝了预防感染。妈妈埋怨外公不听话,一个人擅自跑来乡下,说外婆叮嘱过的,要外公注意安全,莫傻乎乎啥事儿都往前冲。

外公来看我,我高兴,护着外公,脱口而出:"我的外公是见义勇为,做得对!"

外公洋洋自得。

妈妈笑得灿烂,揉我的脸:"我儿这话说得清清楚楚,嗯,说得好!"

外公亲我的脸蛋："我孙娃乖，小乖乖！"

我问外公当时怕不怕，外公说开始不怕，听女售票员说后，就怕了。我说，车上的人就该帮外公。外公说，我见前面有个小青年起身了，可是车停了，偷儿下车了，车门还没有关严，车就开走了。我说，司机是跟偷儿一伙的。外公说，不像，就像售票员说的，怕惹麻烦。我说，我要是司机，就拿了榔头去打那个偷儿。外公说，我孙娃勇敢！我血往上涌，又泄气，我这个样子，说说可以，不行的。

是不行，我还得吃药、包药、按摩、锻炼，这是欧阳中医伯伯严格要求做的。欧阳伯伯让我练习"打蹲"，站起，蹲下，又站起，又蹲下，反反复复，慢慢加快。

可真是要命！

我含着眼泪做这要命的"打蹲"。

强哥哥来了，戴头盔的他骑了雅马哈摩托车来，威风凛凛。

强哥哥终于发表了论文，算是勉强答辩过关，博士毕业了。这是乔姐姐对我说的。强哥哥还在巴南区医院妇产科工作，他想跳槽到妈妈工作的大医院，乔姐姐在这医院里，可是他发表的论文的啥因子不高，妈妈说，是影响因子，说，强哥哥发表论文的影响因子只有3分多一点儿，10分以上才有可能到大医院。而且，强哥哥跟区医院签订有合同，倘若要跳槽到其他医院，要赔偿好大一笔钱。人都是想往高处走的，可强哥哥难以往高处走，只好还在区医院。他跟乔姐姐结婚，算是圆满，不能在同一所医院工作是不圆满。牛郎织女隔银河相望，他跟乔姐姐隔大山相望，周末才相聚。强哥哥说，开车来往也还方便。

欧阳伯伯家院坝里，小黑狗儿懒洋洋趴在地上看我"打蹲"，一群公鸡母鸡和鸡娃儿在小黑狗儿身边咕咕嘎嘎叫，小黑狗儿视而不见，一双眼睛盯着我，就像是欧阳伯伯派来监督我"打蹲"的监工。此时里，除了狗儿、鸡儿，就是我和强哥哥两人。妈妈回医院上班去了，素素姐在灶屋里帮忙，爷爷奶奶外公走步去了。

"强哥哥，你的大众轿车呢，咋开摩托车来？"我暂停"打蹲"，问强哥哥。

骑在摩托车上的强哥哥神秘地笑："摩托车是我才买的，方便下乡巡诊，今天开来是要奖励你。"

"奖励我？"

"嗯，我跟欧阳中医常通电话，你吃药、包药、按摩、'打蹲'坚持得好，康复有效果，来奖励你！"

"让我骑摩托车？"

"对，骑摩托可以锻炼平衡，锻炼胆量，锻炼你眼观六路耳听八方。"

"好呀，太好了！"

我求之不得，成天做这老一套，我早厌烦了，强哥哥就是强哥哥，晓得我的心思。我朝小黑狗儿挥手，走走走，莫管闲事儿！小黑狗儿就懒洋洋起身，懒洋洋回狗窝去。我抓住强哥哥的腰杆儿，吃力地跨上摩托车，强哥哥反手扶我骑好，给了我个头盔，叫我戴上，我戴上头盔，也威风凛凛。强哥哥加油门，素素姐跑出门来:"帅奇,你干啥,你不能骑摩托!"

强哥哥赶紧松了油门。

爷爷奶奶进院坝来。

奶奶呵斥:"强医生,要不得,你不能做傻事儿,会摔着帅奇的!"

他们早不来晚不来,偏这时候来,爷爷一向跟奶奶唱反调,我朝爷爷投去救助的目光。

爷爷就说:"也不是要不得,是可以试一试。"

奶奶恨盯爷爷。

素素姐说:"帅奇,我跟你妈妈打电话,看她同意不同意。"

"素素姐,莫给妈妈打电话,她肯定不同意。"我求助地看素素姐。

外公进院坝来:"亲家公说的试一试也是可以的,不过呢,得有个条件。"

"啥条件?"我急问外公。

外公说:"你要现场赋诗一首。"

外公说过,赋诗是既要写诗还要朗诵诗,为了骑摩托,我使劲地想,喊叫:"我要骑摩托,摩托喜欢我,锻炼我身心,谢谢强哥哥!"

一阵静默,响起掌声,他们都说要得,可以!

我很得意:"强哥哥,开车!"

强哥哥就加油门启动摩托车,素素姐飞身上车,坐到我身后,搂紧我,说就是摔死她也不能让我受半点儿伤。我说,素素姐,不会的。我心里感激。强哥哥驱动摩托车在院坝里缓缓兜圈子,爷爷奶奶外公早站到屋檐下的梯坎上去。摩托车转圈的速度快了,鸡飞狗叫,小黑狗儿早跑出窝。我说太慢,不过瘾,叫强哥哥再开快些。强哥哥的车技好,开摩托出了院门。摩托车在田间小道、乡村公路上奔跑,车速更快,庄稼、树木、电线杆子在我眼前闪过,耳边风声呼呼。安逸,太安逸了!我从小到大从没有骑过摩托车,还真是要随了摩托车的晃动保持身体平衡,可真得眼观六路耳听八方!素素姐也高兴,她也是第一次坐摩托车,她好看的脸紧贴我的后背,头发在风中飘摆。

大山让路,白云迎来,一群麻雀在我们头上叽叽喳喳。

这一趟摩托骑得开心,中午我多吃了半碗饭。强哥哥说,他有空还来带我骑摩托锻炼身心,绝对保证安全。我学古人抱拳,谢谢强哥哥!素素姐笑。

周六,妈妈开车来了,对于我骑摩托的事情不置可否。

妈妈说,她一直都牵挂我。确实,妈妈一直都牵挂我,可是那一次,牵挂我的妈妈离开我了,义无反顾走了。

2008年的5月12日,我记得清楚。

那天上午,我因为痉挛,没有去上学,缓解后,素素姐说,你今天的算术课不能落下,我帮你看看。我刚发了痉挛,痛得厉害,很疲乏,为了不耽误功课,还是点了点头。素素姐就翻开算术课本为我辅导,今天的算术题难,我一直搞不懂。哎呀,这题好难,太难,我不做了!疲乏的我把铅笔往小木桌上扔,小木桌晃动。素素姐说,帅奇,你又要犟脾气嘛,用那么大的劲儿做啥,把桌子都弄坏了。我没有用力呀,可小木桌是在动,木地板也在动,素素姐,我有魔力呀,咋木地板也跟了动?素素姐说,是啊,是在动。瞪大眼睛,呀,不好,是地震!背了我就往屋外跑,一直跑到小区花园的水池边。

小区花园里已经有很多人,赵莹莹和她爸爸妈妈也在,神色紧张,议论纷纷。素素姐的手机响了,是妈妈打来的,问我们咋样,素素姐刚要回答,电话断了。素素姐看手机,手机没有信号了!我看小区花园四周的楼房,好害怕,房子真要塌下来,谁也跑不掉。

我感到了人的渺小。

赵莹莹来跟我说,她爸爸听广播了,是四川的汶川县发生了7.8级地震。素素姐的手机有信号了,她给我妈妈打电话报平安,把手机给了我。我担心妈妈,哭着说:"妈妈,你怎么样?"

"儿子,你和素素平安就好,妈妈没事儿……"

妈妈回家就取出拉杆箱准备行李,说医院开了紧急会议,传达了市卫生局的紧急通知,要立即组织医疗队奔赴灾区,她在抽调人员之列,当晚出发。妈妈说她这次必须去,妈妈说一不二的。她急匆匆吃晚饭,说外科下午做了一台急诊手术,是重庆市梁平县医院送来的一名多处骨折的学生,梁平县文化镇中心小学的教学楼和综合楼垮了,有五个学生遇难,汶川的地震也波及重庆了。妈妈对素素姐一番叮嘱,说的都是照护好我的话。

我舍不得妈妈离开,担心妈妈,撇嘴要哭。妈妈说,儿子,爸爸说你是男子汉了，你跟素素姐好好在家，坚持吃药，坚持康复锻炼，别耽误功课，我会平安回来。妈妈途中就不平安，妈妈回来说得平淡，我好心惊。妈妈乘坐的救护车开进川西的一个隧道时，救护车突然剧烈晃动，车上人都惊叫。司机猛踩油门，救护车吼叫冲出隧道。"轰"的一声响，隧道被滚石掩埋了。一车人都感谢司机，并互道平安。妈妈在灾区救治病人，为产妇接生，得到了大红奖状。

寒假结束，我们大队人马从石龙镇回到家里，我又得准备上学，又得辛苦学习了。这个周末，春天的太阳亮晃晃的，黄葛树长新叶了。家里来了客人，是一家三口来给妈妈送锦旗，锦旗上有"送子观音"四个字。这对中年夫妇拉了年幼的小男孩朝我妈妈鞠躬，送了锦旗给妈妈。小男孩的妈妈泪眼汪汪对我妈妈说："恩人，大恩人，汶川大地震时，我被解放军从废墟里救出来，人没有被砸着，肚子痛得要命，娃儿要出来又出不来。天哪，解放军救了我一命，未必生娃儿要夺了我和儿子的命去？恩人您来了，喊人给我打针输液，喊解放军找来布单围成一圈，您就跪在地上为我接生，一跪就是两个多小时，你的膝盖都跪肿了……"我妈妈想起来："啊，你是那个胎位不正的难产妇！"小男孩妈妈说："是，您帮我把儿子接生出来，您抱了儿子让我看，说我们来看妈妈，妈妈也看看我们的地震宝宝……"

妈妈好高兴，抚摸小男孩的头："我们的地震宝宝都长这么大了！"小男孩的爸爸说："四岁了，当时我在外地打工，看到他们母子平安,才放心了。埋怨她咋不留下恩人您的大名和手机号,大恩得谢!"小男孩妈妈说:"也是有缘,我老公他们公司迁来重庆了,迁来有一年多了,前几天看电视看见恩人您了,说您是优秀医生……"夫妇俩一定要请妈妈和我和素素姐到南滨路的水上餐厅吃饭。妈妈说:"你们的心意领了,吃饭就不必了。"看我,"我儿子行动不方便。"这对夫妇才看出我有病。

我的站相是扭曲的。

小男孩看见我爸爸给我做的木手枪,眼睛发亮,拿起木手枪:"叭叭叭!"瞄准打枪。

同样是难产,小男孩妈妈生出来活蹦乱跳的地震宝宝,而妈妈生下我这个脑瘫儿,我心悲哀,却也为妈妈骄傲,我的妈妈是"送子观音"!

妈妈不同意我用手机,爸爸奖励给我一部手机。爸爸到成都开会,抽空回了趟家。爸爸说,奖励我儿子帅奇敢于骑摩托车,是个男子汉。当军人的爸爸心还细,买的米老鼠外形的手机,我一看就喜欢。妈妈不同意我用手机是怕影响我上课学习。也是,赵莹莹就没有手机,她妈妈给她买了一块有通话功能的手表。妈妈还是妥协了,爸爸对她说,任何事情都是有利有弊的,相信我儿子会做好权衡的。他说帅奇去乡下治病时,要上班的你不可能都守在儿子身边,有个手机好联系。妈妈就同意了,严令禁止我把手机带去学校,学校也不允许带手机去的。我一口应承,好高兴,却是没法独自享受手机,手机卡是用素素姐的身份证办的,就是说，我办任何事情都得求助于机主素素姐。

初春好冷，冷醒的我打了个寒噤，想念在风雪高原的爸爸，就用爸爸给我买的米老鼠手机给他打电话，却打不出去，急死人了。妈妈捣弄一阵也不行，素素姐说，关机重启。一试，成功了。看来，手机也跟人一样，需要休息片刻。我给爸爸的电话打通后，听见有呼啸的风声。爸爸说，他刚开车进兵站，说我这电话给了他温暖。妈妈拿过手机对爸爸说，天寒地冻的，你要注意安全。爸爸笑着说，晓得，晓得。让妈妈给我说，天晚了，好生睡觉！

我就觉得不冷了。

爸爸给我的这个米老鼠手机，我爱不释手，在小区花园玩耍时，赵莹莹教我使用手机。她妈妈虽然没有给她买手机，可她回家后作业完成快，她爸爸就同意她玩会儿手机。赵莹莹可聪明了，她帮我下载了APP，告诉我如何用微信跟爸爸、妈妈、素素姐聊天，如何看微信里面有知识趣味的东西。有赵莹莹手把手教，我学会了使用手机的许多功能，觉得这虚拟空间的天地广阔、精彩。赵莹莹说，你手机拍的照片多了，可以下载到电脑里保存。

我就叫妈妈给我买一台电脑。妈妈有电脑的，却从不让我碰，说她电脑里有好多科研、教学、科室、学生资料，珍贵得很。妈妈常常夜里加班在电脑上查阅国内外文献、审改研究生论文，妈妈很是辛苦。妈妈聪明得很，就以电脑鼓励我，说我的学习成绩如果门门都在良好以上，加上治疗锻炼坚持得好，就可以考虑奖励我一台电脑。人有了急迫的需要，就会为之努力，我玩命地痛苦地努力。努力有了结果，我的期中考试门门成绩良好，语文考了92分，治疗锻炼也坚持得可以，说不上好，勉强吧。妈妈无话可说，给我买了一台联想电脑。

电脑又是海阔天空的另一片世界。

赵莹莹爸爸早就给她买了电脑，放学后，她来看我的新电脑。接连几天她都来教我使用电脑，素素姐也跟了学。我的脑子反应迟钝，电脑让我脑子的反应灵活。赵莹莹说，顾名思义，电脑就是人的又一个大脑。可不是？我用电脑保存学习资料，随时复习，我把照片保存到电脑里，随时翻阅。爷爷、奶奶、外公可高兴了，我把我给他们拍的照片在电脑上让他们看，他们喊好，说我能干。妈妈也高兴，叮嘱我用电脑不能太晚。

科技改变生活，科技给我治病。

语文老师上课讲成语"乐极生悲"，说快乐到极点，就会转化为悲哀；正当快乐的时候，发生令人悲哀的事情。老师说这个成语在句子中可以充当谓语、宾语、定语。我把这个成语储存在电脑里。电脑跳出个消息：2012年，据说是玛雅人预测的世界末日。我不信，可对于我家来说，还真像到了世界末日。

乐极生悲的事情在我家接连发生。

先是奶奶跳广场舞太高兴，忘了时间，为了接我放学，她急慌慌往学校赶，头撞到树干上脑溢血，住进了医院的ICU。接着是爷爷，他天天守护病重的奶奶，操劳过度，发生急性心肌梗死，安了支架保得一命。跟着是外公，外公到医院照顾两位亲家时，过马路被外卖小哥飞驰的摩托车撞了，右臂骨折，也住进了医院。

事情皆因我起。

妈妈打听到一个脑瘫康复学校，让我去治疗，做治疗那胖胖的阿姨很有经验，她让我走几步，我走了剪刀步，她对我妈妈说，不能这样走步，说我的脊柱弯曲是肌张力不均衡，这样走步会加重脊柱弯曲。她每天使力用手指甲在我身上掐出一道道指痕，以此刺激我肌张力差这一半身体的肌肉神经，增强这一半肌肉的力量。唉，每天的地狱锻炼，现在变成了魔鬼锻炼。开始效果还算不错，脊柱弯曲程度没有那么明显了，妈妈高兴。可没过多久，我的下肢弯曲了，屁股也歪了，坐都困难了，更别说走步了。乔医师说，胖阿姨这种治疗方法，适合那些肌肉张力低的"软瘫"患儿，对于我不适合，会适得其反的，治标不治本，得全面分析判断，综合治疗。老实说，我是抵触这治疗的，可又想早些好起来，就努力把内心的挣扎抚平。大人们还以为我愿意承受这痛苦的治疗，夸我勇敢。妈妈总觉得我的病她有责任。她又强势，她决定的她认为对我好的事情总是说一不二。我对妈妈又爱又恨，尊敬她又怕她，就表面上顺从，我这心口不一害了自己，也让妈妈的努力落了空。好在停止这种治疗后，在乔医师的综合治疗下，我逐渐恢复了以前的走步。可还是让妈妈不放心，而奶奶、爷爷、外公都住医院了。感觉老天爷给我妈妈出了道非常难的无解之题，她一下子蒙了，每天上班查病房、看望三位老人、照顾我，风一样东奔西跑，大声吼素素姐要这样别那样。素素姐理解我妈妈的心情，尽力照办，可妈妈还是不满意。

家里乱作一团。

我这个脑瘫儿雄起了，挺胸发号施令："从今天起，妈妈不许风一样地走路，免得摔跤。从今天起，上学放学我自己去，素素姐要一心一意照顾好三位老人！"

妈妈愣了一阵，舒眉笑："嗯，对，我儿子说得明白，妈妈听得明白，遵命。可是儿子，你能够自己上学放学?"

素素姐附和："就是，你能够自己上学放学?"

"我能！"

我拍胸脯说，其实，有人接送我上学放学，就是那个撞伤我外公的外卖小哥，外卖小哥姓魏，二十岁，我叫他魏哥。魏哥去医院骨科向我外公鞠躬道歉，说他尽量找钱来赔偿。他说他太急于抢单了，外卖送去晚了会遭顾客投诉，要被扣分扣钱。外公说，你要钱就不要命了？魏哥苦脸说，他和妻子都是乡下人，妻子没有工作，昨天才生下儿子，在月子里。外公同情他说，你呢，也难，我不用你赔钱，这样，反正你有摩托车，每天接送我孙娃上学放学，直到我出院，但会耽误你一些生意。魏哥感激不尽，说耽误生意没得事情。魏哥中等身材，挺文静的，戴副圆框眼镜，就一个大学生模样。

强哥哥第一次带我骑摩托，魏哥每天带我骑摩托；强哥哥带我骑摩托看安静的田园风光，魏哥带我骑摩托观喧嚣的山城春色。魏哥戴的头盔有帽檐，给我戴的头盔也有帽檐，我觉得好威风。

妈妈知道后，请魏哥来家吃饭，素素姐做了好多好吃的，我这个吃货大饱口福。魏哥的手机玩得好，教了我许多使用手机的门道，还教我玩手机游戏，素素姐也跟了学，素素姐对我说，可不能让你妈妈知道。我说，素素姐放心，我玩手机游戏与读书学习两不误！

这是不可能的，我的学习成绩下滑了。

赵莹莹埋怨我："俞帅奇，啥事儿要有个度，你玩手机不能过度，尤其是你这种情况！"

可手机游戏实在是太好玩了，尤其是哪吒大战孙悟空的游戏，赵莹莹也是管得太宽了，我这种情况咋了？不就是我是个脑瘫儿吗，哼，你赵莹莹也小看我。我不高兴了，吼叫说："我晓得，我的事情不用你管！"

"你，是你说的哈，那我就不管你的事情了，再也不管了！"

"OK！"

赵莹莹气红了脸，气冲冲走了。

留下我独自站在校园操场边的老黄葛树下。

"尤其是你这种情况！"赵莹莹也这么说我，我这个脑瘫病人跟正常人不一样的，可我在努力做到跟正常人一样。是的，我的智力可以朝跟正常人一样靠拢，可我的体形是永远做不到跟正常人一样的。

小时候，妈妈带我去成都治疗，就是为了治疗我的体形。我第一次坐了绿皮火车，摇摇晃晃一整天，高兴也疲乏。陪同我去的外婆、外公和素素姐就教我打扑克消除疲劳，我学会了斗地主。妈妈对扑克一窍不通，给我们端茶倒水，说我的头脑可以。妈妈总是一听到有好的医生就兴奋，听说成都有个诊所的曹医生是按摩治疗脊柱弯曲的高手，就请假带我去治疗。重庆有山有水，成都一马平川。七弯八拐到一个小巷子里，诊所很小。妈妈说，酒好不怕巷子深。曹医生络腮胡子，样子很凶，他把我倒提来，让妈妈、外婆、外公和素素姐看，说："这娃儿病得很重，全身的肌肉受力不均衡，你们看，弯曲的脊柱，被不同力量的肌肉拉来拉去，脊柱会变得跟麻花一样，甚至于骨头会被扭断，最终痛死……"他倒提我，我害怕，哇哇哭，我一害怕就紧张，一紧张就抽搐，脊柱就更弯曲。曹医生的按摩治疗有些效果，却改变不了我的脊柱弯曲。至于他说的"痛死吆台"也很夸张，我的痛不是常人体会得到的，我身体的痛和心里的痛一直存在，可我还是活下来了，还上学读书了。

赵莹莹说不管我的事情了，再也不管了！我心痛。

李俊来了，展开他的数学试卷给我看，96分。他把我的数学试卷给我，59分。

"俞帅奇，你这种情况，离及格只差一分，可以了。"

他在显摆自己，他在挖苦我，我用刀子般的目光刺他，他无所谓。李俊长得比我高了，算是帅哥一个，他学我走剪刀步，走了。我恨得咬牙切齿，又无可奈何，只怪自己这该死的病。看见敦实的何超独自在操场玩足球，他的两脚灵活，磁铁一般让足球在他的脚上、腿上、胸脯、头上转动，健全人真好。我迈剪刀步走过去。何超把足球踢给我："俞帅奇，接住！"我猝不及防，已来不及躲闪,就用头顶足球,足球朝球门滚去,滚进了球门。何超拍巴掌说:"好,你的头球可以!"我血往上涌,妈妈说我的头脑可以,是说我的思维,此刻里证实,我的头也是有劲的。"何超,你数学考试咋样?"我希望他的得分比我低,哪怕是低一分。何超说:"51分,比上次多了6分!"照球门一脚,足球撞在门框上,弹射老远。

何超的数学低我8分,有他垫底,我郁闷的心平和了些。

五

必须得说说我妈妈,我妈妈叫倪佳渝,都说重庆女子身材高挑,皮肤白皙,面容俊俏,腿杆结实,话如碰瓷,我妈妈年轻时全都有的。这都是外公跟我说的,外公让我看妈妈年轻时的照片,看,你妈妈长身玉立,眉不描而黛,穿米色衣裤,戴鸭舌帽,蹬皮靴,一身男士的打扮,唯有额前若有若无的满天星刘海,透露出姑娘的娇俏。你妈妈年轻时可是个旅游迷,迷得疯狂。

这次进藏,印证了外公说的,感受到了我妈妈年轻时的风采。

重庆对口援藏的城市是昌都,昌都医院举办妇产科医师培训班,是国家继续教育课题,邀请妈妈去授课,还请她对他们医院的妇产科做查房指导。重庆市卫生局也打来电话,说妈妈这个妇产科大专家应该去,也是重庆对口援藏任务的需要。

妈妈没有理由拒绝,还可以去看望爸爸。

妈妈进藏的时间是6月23日,离我放暑假的时间只差几天,我坚持要跟妈妈一起去,说我都读初二了,从没有去过西藏,没有进藏去看望过爸爸。我说我好喜欢雪山、草地。妈妈说高原缺氧,不适合我去。我死犟,说经过这么多年的吃药、按摩、针灸治疗和地狱锻炼,我的身体可以适应。我说妈妈说过的,艰苦的条件可以锤炼人的身心。身,就是身体,心,就是智力,我进藏就可以锤炼身心。爸爸在电话里说,儿子说得有道理,说他想我们母子了。妈妈妥协了,叮嘱我不能过于运动,我应承,全听妈妈的。我心里高兴,可以不做累死人的地狱锻炼了。妈妈去学校为我请了假,说保证把我耽误的功课补上来。

奶奶担心死了。爷爷说,我孙儿跟他爸爸一样,有个性,有勇气。外公就说起我妈妈年轻时进藏的事情,眉飞色舞,滔滔不绝。

素素姐跟了去,她是我的影子。

妈妈驾驶她的长安越野车进藏,车上自然少不了我的药物和锻炼器具。

四月至八月是高原上最好的季节,我的心扑扑跳,哇,雪山、草地、牦牛,我就要见到了!重庆的六七月份热死人,妈妈说,高原这时候还冷,平均气温10摄氏度到20摄氏度,给我带了毛衣、大衣。妈妈说,去西藏昌都,要翻越海拔两三千米以上的大山,第一座山是二郎山。二郎山是座"阴阳山",阳面高寒干燥，阳光灿烂；阴面寒冷潮湿，阴雨连绵。当年，十八军的将士修建二郎山公路时，每公里就有七名军人牺牲。汽车兵留下一段顺口溜："车过二郎山，如过鬼门关，庆幸不翻车，也得冻三天。"驾车的妈妈唱起歌来，素素姐跟了唱："二呀么二郎山，高呀么高万丈，古树呐荒草遍山野，巨石满山冈。羊肠小道呐难行走，康藏交通被它挡那个被它挡。二呀么二郎山，哪怕你高万丈，解放军，铁打的汉，下决心，坚如钢，誓把那公路修到那西藏……"妈妈和素素姐唱得好有感情，我很感动，修路的解放军叔叔们可真辛苦、真勇敢！

　　我们不用翻越二郎山，有二郎山隧道了。妈妈驾车驶过长长的隧道，进入泸定县，看见了泸定桥和脱缰野马般的大渡河，顺大渡河上行，进入斜躺在几座大山脚下的康定城。大渡河水绕城流过，天空瓦蓝，顺山沟刮来的风会刮走帽子，人可以靠着风走。妈妈带我和素素姐逛街，说这是座藏汉等多民族居住的小城。抬眼看，阳光下的跑马山金灿灿的，山头有灵动的云朵。素素姐见景生情，边走边唱："跑马溜溜的山上，一朵溜溜的云哟，端端溜溜地照在康定溜溜的城哟……"老天突然变脸，狂风呼啸，飞沙走石，像一个巨人拿着一把大扫帚在清扫天地。妈妈赶紧拉我和素素姐抱住路边一棵大树的树干。风暴过去，我们成了泥人，一身一脸都是土。素素姐的额头被碎石击中，鼓出一个包，眼睛红红的，用口水抹额头的包。素素姐给我说过，口水可以消毒。我为素素姐吹额头的包，问她痛不痛。素素姐点头。妈妈夸我，说我抱树子的动作快，抱得紧，治疗有效果。

妈妈开车翻越海拔4200多米的折多山，折多山没有妈妈说的二郎山那么险要，山势平缓，树木不多，大片的爬地草，悠闲吃草的牦牛好壮，一身都是毛，有藏族牧民放牧。上山后，下车休息，不远处的山被白雪覆盖，银光闪亮。我兴奋、激动地迈着剪刀步朝雪山走，走得急，呼吸急促，胸口憋闷。妈妈拿了随身带的氧气袋让我吸氧，吸一阵，呼吸平缓了。妈妈说，儿子，跟你说了的，不能过于运动。我说，明白。素素姐搀扶我走，终于走到雪山脚下，我捧了积雪亲吻，扑到雪地里打滚喊叫："雪山，大雪山，我俞帅奇来了！"雪山俯看我，像一位慈祥的老人。"哒哒哒……"传来一阵声响，妈妈指前面说，儿子，快看，野鹿！我扭脸去看，一群野鹿飞驰而过。"哇，好多的野鹿，哈哈，我看见野鹿啦！"素素姐蹦跳拍手："哇，跑得飞快！"妈妈又开车走，说："折多山隧道也在修了，修通就方便了。"我心想，那就看不见雪山了。

继续赶路，阳光很好。

一大团黑云滚来，遮天蔽日，接着是一阵暴风雪。没有防备的我惊得目瞪口呆。我穿得少，冷得打抖，我身边的素素姐说，好冷，紧挨我坐，给我披上呢子大衣。妈妈开了热空调，热气刚来，骤然放亮，天空水洗一般，又是阳光灿烂。正如妈妈说的，高原的天，娃儿的脸，说变就变。

一路美景，一路惊险。

到昌都后，妈妈讲课、查房可忙了，素素姐陪我逛街，督促我吃药、适当锻炼、做功课。

周末，妈妈开车带我去见爸爸，素素姐护着我去。妈妈驾驶越野车一路疾驰。妈妈说，我爸爸所在的兵站海拔4000多米，是川藏线上海拔第二高的兵站，年均气温零下15摄氏度，最低气温低于零下30摄氏度，冰雪覆盖期长达6个月，含氧量只有内地的一半。我说，艰苦可以锤炼身心。妈妈点头，说起她与兵站的不解之缘。

妈妈动了感情，说得绘声绘色、引人入胜。

"帅奇、素素，我跟你们说，我呢，年轻时疯狂地喜欢旅游、摄影，一个人独自开车进西藏。返程的一天，风雪变大，灰蒙蒙一片，分不清哪是天哪是地，一根歪斜的电线杆子下，是我和我的车。我的老长安车熄火了，担心会当'山大王'，就下车步行去前面的兵站，皮靴踩得雪地'嚓嚓嚓'响。"

"妈妈的胆儿大！"我说。

妈妈笑："其实妈妈心里好害怕，妈妈走到兵站时，天已经黑了。考虑到我单人独车，一个姑娘家，兵站大胡子站长同意我住宿一夜。一溜的干打垒土墙排屋，大胡子站长安排我住单间屋，说是首长来视察时住的。我受宠若惊，说随便有个住处就行。大胡子站长说，通铺屋里住的都是男兵。我只好客随主便。"

"大胡子站长的心好！"我说。

素素姐说："好人！"

妈妈点头："我好累，睡得好死，半夜里，被一阵嘈杂声吵醒，是丁副站长的妻子刘慧娟早产了。兵站官兵全是男的，常年过的是'白天兵看兵，晚上数星星'的寂寞生活，没有人会接生。我就让大胡子站长拿来急救药箱，里面有消毒液、剪子、纱布等，又让大胡子站长叫士兵们把屋里的炉火加旺，烧一壶开水，把官兵们都请出屋去。我是妇产科医生，可当时只有自己一人，那样的环境，好紧张。刘慧娟是起夜时不小心摔倒早产的，她痛苦呻吟。我说，刘慧娟，你痛就喊。你大声喊。她就喊，哎哟。哎哟，老丁，老丁呀！我挽袖扎臂为她助产，也为自己壮胆。'嗯哇，嗯哇……'婴儿用哭声宣告降临人世。我抱了婴儿给她看，祝贺你，生了个带把的！儿子出生了，丁副站长却不在刘慧娟身边，他驾驶军车去拉物资。丁副站长回不来了，大雪封山，他当了'山大王'，牺牲在大雪山上。"

"啊，儿子见不到爸爸，好不幸！"我说。

"是呢，这就是人生。刘慧娟就给儿子取名丁爱山，说是等他长大后当解放军，还驻守在这大山里。"

"嗯，丁爱山，丁哥哥！"

"刘慧娟对我连声道谢，说她老公一入伍就分来这兵站，一干就是十多年。她老公说，他已经在这山上选好了坟地。这次应验了，官兵们将她老公葬在了雪山上。"

"英雄！"素素姐说。

"雪山英雄！"我说。

"是的，雪山英雄！帅奇，你说他们苦不苦？"

"苦，太苦了！"

"大胡子站长派人把我那抛锚的老长安车修好了。"妈妈欣慰地笑,"我发动车时,大胡子站长把一包牦牛肉塞给我。我说,站长让我留宿,该我答谢呢。大胡子站长说,谢谢你为我们丁副站长的家属接生。我说,我是妇产科医生,应该的。啊,还谢谢你们帮我修车。大胡子站长指着他身边的一个年轻军官说,是他帮你修好车的。我就谢谢那个年轻军官。大胡子站长就硬推那个年轻军官坐到我车的副驾驶位置,说,他是后勤科长,开车修车的高手,护送你一段路,以防车子再抛锚。我不好拒绝,也不想拒绝。"

"对的,有个修车高手跟着保险。"素素姐说。

"对头。"我说。

妈妈说:"可不是?他一直护送我到康定,说翻过二郎山就是四川的雅安了。"

"这个军官真好,妈妈,我们去兵站能见到他吗?"

"能见到。"

妈妈开车驶进青砖瓦屋的兵站时,披翻毛军大衣的爸爸飞快跑来。妈妈对我笑说,儿子,这就是当年帮妈妈修车的那个年轻军官。哇,哈哈,明白了。我手舞足蹈笑。爸爸妈妈都没有给我讲过他们当年的罗曼史呢。素素姐捂嘴笑。妈妈急着要去看望大胡子站长,说给他带了治腰腿痛的药。爸爸说,站长已经转业去地方了。妈妈好遗憾,说,去见见现在的站长吧,来了,也得跟领导报个到。爸爸说,俞智铭站长接受你们三人的报到。俞智铭是我爸爸,爸爸当站长了,领章上是两杠两星。"祝贺中校爸爸,祝贺爸爸站长!"我说。爸爸刮我的鼻子:"嗯,我儿子的口齿更清楚了呢！"素素姐说："帅奇今天讲得清楚！"妈妈点头："少有地清楚！"我咧嘴笑，见到爸爸真高兴。

爸爸的办公室不大，很整洁。爸爸给我和妈妈泡了酥油茶，重复他跟我说过的话，酥油茶是用酥油、砖茶、精盐制作的，有滋阴补气、健脾提神的功效，喝酥油茶可以强体，增加食欲。我大口喝，确实渴了。素素姐早先引诱过我喝酥油茶，我是当喝药的，喝得多了，觉得也还可以，饭量也增加了。

晚餐由兵站的主厨刘慧娟阿姨亲自做，妈妈和素素姐去帮忙，我旁观。妈妈跟胖胖的刘阿姨说不完的话，刘阿姨谢谢妈妈为她接生，说她儿子丁爱山参军了，继承他爸爸的事业，就在这兵站当兵，开车拉物资去了，一会儿就回来。我好想见到丁爱山哥哥，又莫名担心，担心丁哥哥会像他爸爸那样遇到大雪封山回不来，又觉得自己的担心是多余的，现在的天气很好。

刘阿姨用牦牛肉做了好几道菜。

刘阿姨先是把牦牛肉加洋葱、番茄、胡萝卜一起煮，添了黑胡椒、香叶、桂皮、八角和干辣椒。刘阿姨让我尝了一口，嗯，好吃。刘阿姨又做小炒牦牛肉，加了红酒、花椒、蚝油。她指着灶台上的作料说，按照个人的喜好，可加小米辣、香菜、蒜末这些作料。她又做了牦牛肉烧土豆、牦牛肉萝卜汤、牦牛肉火锅、番茄炒鸡蛋和一些凉拌菜。

酒菜上桌，好丰富。

酒是土陶罐装的青稞酒。刘阿姨说，青稞酒，藏语叫"羌"，是用高原的主要粮食青稞酿制的，是高原人最喜欢喝的酒，逢年过节、结婚生子、迎亲送友都少不了的。说喝青稞酒可以提高免疫力、清肠通便、抑制胃酸过多。说青稞酒的营养成分多，还可以防癌、抗癌。她这么一说，这酒我是要喝的了，是酒也是药呢。

酒席桌是四方木桌，摆放在爸爸不大的住屋中间。爸爸坐首席，在家里是妈妈坐首席的，爸爸是这里的站长，应该坐首席。菜和酒都不错，米饭却是夹生的。爸爸说："儿子，你读初二了，学过大气压的。"我点头。爸爸说："大气压跟海拔的高度有关，海拔升高，气压降低，气压降低，水的沸点就跟着降低。"我说："嗯，这里的海拔高，气压低，水的沸点就低。"爸爸点头："在我们家，水的沸点是100摄氏度，这里呢，80多摄氏度水就开了。所以，这里煮的饭是夹生的。"我夹了牦牛肉下米饭大口吃，心里难受，爸爸这些军人，还有刘阿姨，他们常年吃的都是夹生饭。

风风火火进来一个穿翻毛军大衣的解放军，面色黝黑红亮。刘阿姨指我妈妈对他说："爱山，丁爱山，这就是你成天念叨的你的大恩人倪佳渝阿姨！"丁爱山挺胸并腿朝我妈妈敬军礼："倪阿姨好，战士丁爱山谢谢倪阿姨！"妈妈看他笑："呵呵，爱山都长成大小伙子了，快坐下吃饭！""是！"丁爱山脱下军大衣挨我坐下，看我笑："你就是坚强的俞帅奇吧！""我是，丁哥哥好！"我说。我们的到来，妈妈打电话跟爸爸说了的，爸爸定是告诉刘阿姨和丁哥哥了，说了我坚持治病的事儿。丁哥哥伸出大手跟我握手，好有力量。我指着坐我身边的素素姐："这是素素姐。"丁爱山对素素姐笑："您好！"素素姐回道："您好！"

丁爱山哥哥的到来，为餐桌添了热气，添了热闹。在妈妈的默许下，我多喝了些青稞酒，浑身舒坦。

晚饭后，收拾完餐桌，大家坐下喝酥油茶，吃瓜子花生糖。妈妈默许我不做锻炼，我跟丁哥哥亲兄弟一般交谈。时间晚了，满面酒色的刘阿姨说："我们大家都散了吧，久别胜新婚，让站长跟倪姐好好亲热一下！"刘阿姨安排素素姐跟她睡，我跟丁哥哥睡，叫丁哥哥照顾我。

丁哥哥是军士长，有小单间住屋，我俩挤睡在他的单人床上说话。

"当时有段顺口溜：'天上无飞鸟，地上不长草，风吹石头跑，氧气吃不饱，六月雪花飘，四季穿棉袄。'"丁哥哥说，"那时候，兵站周围十分荒凉，住的土坯房，半夜有狼叫。"

"有狼呀！"

"有的，我爸爸遇见过。"

"打死了？"

"赶跑了。"

"改革开放后，随着国力的增强，国家投入资金，对川藏线上的兵站进行了改造，兵站的条件好多了。说厕所吧，早先是旱厕，用木板钉一下就算蹲位，兵站官兵每年都要掏好多次厕所，到了冬天，大小便冻在一起，像石头一样硬，掏厕所很伤脑筋。厕所离住房远，住站的汽车兵半夜起来解手，冷死人，半宿都睡不暖和。那时候，兵站靠发电机发电，电机功率小，灯泡发出黄色的微光,晚上九点就停电了。没有浴室,汽车兵跑一趟拉萨,一个多月都没法洗澡换衣服。"

"真苦。"

"是苦。早先吧,汽车兵和兵站的官兵是'通信靠吼,指挥靠手'。汽车兵一离开兵站就处于失联状态,兵站也没有电话,车队走川藏线,报饭车走在前面,先到兵站报饭,活像古时候的飞马传信。"

"啊!"

丁哥哥指窗户:"现在好多了,你看,兵站营房的窗户都装了保暖的双层玻璃,冬天不漏风,夏天开窗可透气,光线也好。厕所和宿舍连在一起的,不愁冬天上厕所受冻了,而且都是冲水厕所,很方便。"

丁哥哥说到厕所,我就想撒尿。丁哥哥为我披上大衣,陪我去厕所,比不得我家卫生间的抽水马桶,却也干净。

第二天,丁哥哥发动了五菱小卡车外出拉物资,要经过邦达草原。他同意我跟他去,妈妈不放心,开了长安越野车跟去,素素姐跟随。

邦达草原一望无边,大片红色、黄色、白色、紫色的格桑花聚成圆形、月牙形、蛇形的天然图案,有蜜蜂飞舞。人在花中,花在人中,我开心死了。素素姐高兴地用手机拍照。丁哥哥和妈妈争相讲说,格桑花长在高海拔地区,是象征爱、幸福、吉祥的圣洁之花,是西藏自治区首府拉萨的市花。格桑花喜爱高原的阳光,耐风寒。"格桑"是藏语"美好时光"的意思,有花语:"怜取眼前人。"我就向花儿祈祷，格桑花啊，怜取我这个不幸的残疾儿吧，让我像你一样接受阳光，不怕风寒。素素姐也默默祈祷。丁哥哥说，藏族有个传说，不管是谁，只要找到八瓣格桑花，就找到了幸福。我就迈剪刀步四处寻找八瓣格桑花，功夫不负有心人，我在身上冒汗时，终于找到了八瓣格桑花，是黄色的。丁哥哥说，黄色是阳光的颜色，象征快乐，创造力和智慧，乐观和希望。素素姐高兴地为我祝福。妈妈跳起了藏族的踢踏舞，"踢踢踏，踢踢踏……"，丁哥哥、素素姐跟了跳。妈妈又跳《洗衣歌》，边跳边唱："呃，是谁帮咱们翻了身呃？是谁帮咱们得解放呃？是亲人解放军，是救星共产党……"

丁哥哥要去拉物资，发动五菱小卡车走了。我舍不得离开草原，妈妈说，好吧，我们就在这里住宿。夜幕降落，月亮露脸，星星眨眼，我们三人一起动手，搭建好丁哥哥留下的帐篷。素素姐点燃篝火，篝火熊熊，我们以火为伴，在妈妈的带领下，围了篝火转圈，自右而左有节奏地抬腿扬臂。妈妈说，我们跳的是藏族的锅庄舞。我的剪刀步也有了力度，尽量跟上妈妈的节拍。妈妈说，儿子，这也是锻炼。嗯，是的，愉快的锻炼。

我们回到兵站后，素素姐把她拍摄的照片给我爸爸看，爸爸尤其喜欢我寻找到八瓣格桑花的照片，照片里的我笑得灿烂，身心都融入花海里。我问素素姐在花海里祈祷的啥，素素姐说你猜。我说，祈祷你一生平安。素素姐笑，我祈祷帅奇一生平安。我好高兴。

乐极生悲，丁哥哥翻车了。

爸爸夜里接到丁哥哥打来的电话，立即带了兵站的卫生员开了大卡车赶去，当医生的妈妈跟了去。我哭着要去看望丁哥哥，爸爸就答应了，素素姐陪我去。翻车处是怒江边的72道拐，爸爸说，72道拐在邦达镇嘎玛村的嘎玛沟，绵延有数十公里的坡路，也称99道弯。

大卡车沿公路行驶，公路下面是怒江和怒江桥，车灯光照见路边有人趴地磕头前行，我就想到自己的趴地锻炼。爸爸说，这是磕长头祈福的藏族同胞，他们一直要磕头走到拉萨。

人的意志力不可想象，我也还是有意志力的。

大卡车疾驶到72道拐，我们打手电筒寻找，找到丁哥哥驾驶的五菱小卡车。还好，翻车处的坡度不高，丁哥哥的下半身被卡住了。妈妈为他及时检诊，放心了。爸爸和卫生员用手用工具打开变形的车门，搬开压住丁哥哥下半身的方向盘。我祈祷丁哥哥平安，八瓣格桑花啊，把给我的幸福转给我的丁哥哥吧！爸爸把丁哥哥抱出驾驶室，丁哥哥伸展腰腿，迈开脚步。

丁哥哥没事儿，我们一行人回到兵站，刘慧娟阿姨只对丁哥哥说了五个字："开车小心点。"我见丁哥哥眼睛红红的，丁哥哥昨晚陪我睡，说了许多话，又几次陪我起夜撒尿，太困太累。我心里很是内疚。

刘阿姨为我们做了热乎乎的鸡蛋面条。

我呼噜噜吃夹生面，高原的风雪、艰险，刘阿姨是见惯不惊了呢，对丁哥哥的五个字说得那么平淡。

我高兴至极的是，爸爸答应带我骑马。

兵站的马儿要遛,爸爸带我去遛马。马儿一身雪白,手拿马鞭的爸爸飞身上马,弯腰抱我上马,马儿甩首嘶鸣。爸爸一声吆喝,马儿安静。爸爸抖动马缰,马儿扬动四蹄。我问爸爸,马儿比摩托车跑得快不?爸爸说,儿子,坐稳了,双腿一夹马肚,照马屁股挥鞭,驾!马儿就撒腿奔跑,跑进广袤的雪原。

两人一马,融入皑皑白雪之中。

骑过摩托车的我不害怕,寒风扑面,四围皆白,我嘶声喊叫:"白马,雪原,白色的火焰,寒而热烈的白色火焰,我来啦!"

爸爸催马加鞭:"哈哈,儿子,你在作诗啊,白色的火焰,寒而热烈的白色火焰,很形象呀!"

我咧嘴笑:"外公教过我写诗。"

"你回去说给外公听,外公定会夸你!"爸爸说,"千里雪原,白色火焰,帅奇勇敢,踏雪向前!"

我拍手:"爸爸即兴吟诗,好诗!"

"爸爸不是诗人,爸爸是诗歌爱好者。"

爸爸勒缰抬腿下马,抱我下马。爸爸撒腿跑,我跟着跑,爸爸一直跑,敞开军服跑。妈妈说不放弃,我跟随爸爸跑,浑身发热,也敞开衣服跑。爸爸止住步子等我,我加快步子跑去,我的剪刀步还是可以的。爸爸让我看他手机上的照片,一个只穿了一条腰裤的三四岁的小男孩,在白雪覆盖的公路边跑,他身边是行驶的各种汽车。爸爸说,儿子,你小时候很像他呢。我点头,是像。爸爸说,这小男孩冷得发抖,朝他身后的爸爸喊,爸爸,太冷了，抱抱我！他爸爸却厉声喊，跑，快跑，别停步！知道这小男孩吗？我摇头。爸爸说，他也是脑瘫儿，他爸爸让他雪天里锻炼跑步，苦不苦？我说苦，太苦了。爸爸说，这小男孩后来成了英国剑桥大学的博士后。我说，啊，他好厉害！爸爸说，儿子，你也厉害，上高原了，来雪原了，你妈妈当时犹豫是否让你来，我就同意你来。我说，谢谢爸爸。

爸爸挥鞭直指前方："儿子，你往前看，往最远处看！"

我往前看，往最远处看。

"儿子，你看见天地交会的地平线了吗？"

"看见了，银亮亮的一根线。"

"帅奇，人有命运，也得有理想的，爸爸觉得吧，命运和理想就是天和地的平行，不认命，追求理想，命运和理想就能交会，就如你看到的那根银亮亮的线，很吸引人的。"

"嗯，很吸引人。"

"儿子，永远去追求地平线，人就会有动力，有乐趣，有不达目的不罢休的勇气。"

"嗯，爸爸是要我坚持治病，不达目的不罢休。"

爸爸点头："儿子，人的潜力是无比巨大的，是无可限量的！"

"嗯！"我看远处那给人以动力的地平线，浑身来劲，雄赳赳叉着腰。逆照的阳光把我的影子拉得老长，爸爸在我身前，我说："爸爸，你看影子，我跟爸爸一样高了呢！"

爸爸看影子笑："儿子，影子是你忠实的陪伴，见证你长高长大变得成熟……"

跟爸爸、刘阿姨、丁哥哥在一起的日子真快活,可惜时间太短,妈妈的援藏任务完成了,开车返回重庆。

回程的路上,素素姐伴我坐后座,我对开车的妈妈说:"开车小心点。"希望我们一路平安。妈妈点头笑:"嗯,妈听儿子的。"路途远,我困了,靠倚到素素姐身上打盹,素素姐为我披上大衣。

我们平安到家。

我突然发现,我在这次高原行中没有发病,高原可是缺氧的呢。妈妈说:"儿子,妈给你说过的,我们医院的那名老中医,古稀之年了,每天还坐堂诊病,他说,心为万法之源、众妙之本,说治病要治人的心病,心病去除了,病才能够好。"

我说:"对对对,乔医师给我做针灸治疗时就说,人呢,身体第一,快乐为要。欧阳中医也说过类似的话,他高龄的妈妈得过癌症,至今活得好好的。"

素素姐点头:"帅奇这次去高原,见到了爸爸,见到了丁爱山母子,好高兴的。"

"是高兴,真高兴。"我嘿嘿笑,滔滔不绝,"妈妈说过的,艰苦的条件可以锤炼人的身心。身,就是身体,心,就是智力,我这次进藏,就锤炼了身心……"

妈妈和素素姐都不插话,听我说,等我说完,都说,我的口齿越发清楚了。

这也得感谢赵莹莹,课间休息时,她把一张薄纸放在墙壁上,叫我对着薄纸说绕口令,直到薄纸湿了为止。绕口令也是她教我说的,要我用普通话说:"墙壁贴壁纸,下雨墙壁湿,壁湿壁纸湿,纸湿墙更湿,撕纸换湿纸,湿纸撕下换壁纸,壁纸不湿纸不撕……"这绕口令很难说,很有趣,我经常课间练习,锻炼口齿。赵莹莹说,小时候,她爸爸就教她说绕口令,所以她的普通话比赛获得全校第一名。我对妈妈和素素姐说后,她们都感谢赵莹莹,妈妈呵呵笑,原来如此啊!

这天夜里,我去敲素素姐的门,已经睡觉的素素姐披衣服开了门,问我咋啦。我说难受。素素姐担心我生病了,摸我额头,没发烧呀。我说,睡不着,难受。进屋坐到她的床边。发病了?素素姐坐到我身边,关心问。

我摇头:"素素姐,我想睡你这床,我小的时候一直跟你睡的。"

素素姐摇头笑,怨艾说:"你那是小的时候。"拉我站起,"帅奇,你看,你都比素素姐高了,你长大了呀,快回自己的小屋去!"推我出门,关死屋门。

关门的那一刹那,我见素素姐的脸红了。

这夜里,我做梦了,梦见小时候跟素素姐一起睡,梦见我尿床了,醒来发现,我的内裤湿了。老师给我们上过青春期课,我知道,自己遗精了。这次去高原我私下给爸爸说了,爸爸呵呵笑,我的儿子长大了,这是正常的生理现象,说明我儿子的身体可以！爸爸说我长大了，又说我还小，叮嘱我要把精力用在读书学习上，用在坚持治病上。

是的，我长大了，我们都长大了，赵莹莹、李俊、何超都长大了。

赵莹莹还是一如既往地关心我，时常帮我补习功课，而我，却对她有了莫名的疏远感。她那青春的气息，那双明亮的大眼睛，那笑起来的兴奋，总让我心跳加速。心跳啥啊，人家是美丽的优秀学生，自己是啥，脑瘫儿，学习成绩一般般。我不知道她为啥一直关心我，应该是优秀的学生一切都优秀吧，包括人品。是的，赵莹莹人品好，不歧视残疾的我。这么一想，心中释然，就把她当成要好的同学吧。

天真快乐的赵莹莹也犯愁了，我关心问，你怎么了？她直言说，她爸爸妈妈在闹离婚。清官难断家务事，我不知道对她说啥好。她说谢谢我的关心，说没事儿的，不管他们离婚不离婚，都永远是我的爸爸妈妈。

唉，命运多舛，人生总有不顺。

父母离婚这天下难解之事，儿女是帮不上忙的。这是李俊说的，他父母离婚了，他跟他爸爸，他妈妈每月付给他抚养费。他说，他爸爸妈妈不是夫妻了，还是朋友，还一起给他过生日。他不喜欢的是他爸爸娶的那个后妈，后妈也有一个儿子，总是对她的亲儿子偏心。

赵莹莹虽然有烦心的事儿，周末还是来我家为我补习功课。赵莹莹不仅漂亮，也很聪明，她见素素姐摆在茶几上的一盒瓜子、一盒点心，两个包装盒一样大小，她吃了瓜子、点心后，就把点心盒放在瓜子盒的上面，说，这样放，剩下的瓜子发潮就慢。素素姐拍手，对呀，我咋就没有想到，就怕吃不完的瓜子发潮呢！妈妈说，我也没有想到呢。我说，赵莹莹聪明。赵莹莹得意地笑。

赵莹莹走后不久，妈妈的学生章哥哥来了。

妈妈跟我说过章哥哥，说她没见过的章哥哥给她发邮件，说他是小儿麻痹后遗症患者，报考了妈妈的研究生，问我妈妈收不收他。我知道，妈妈从不挑选学生，妈妈说，能够考上的学生都得行，一旦进入课题组，进入团队，只要努力，都会出成果，毕业是没有问题的。妈妈回他邮件说，你考上我就收。章哥哥很努力地考上了，硕士顺利毕业，分配在他家乡城口县医院的检验科工作。他每天坐电动轮椅去医院上班，挂双拐做化验，发表了学术论文，是副主任医师了。可喜的是，尽管历经挫折，他还是跟他同乡的女同学结婚了，他妻子是健康人，他们的女儿三岁了。

章哥哥带来了城口的老腊肉和香肠，看着就嘴馋。

妈妈埋怨他说："城口离重庆主城恁么远的路，你每年都跑来，要不得的。"

章哥哥说："要过年了，来看望恩师！"他一说话脸就红。

"带了这么多东西，坐客车来，好费力啊！"妈妈说。

"不费力，开车来的，小区的门卫好心，同意开车到老师的家门口。"章哥哥说，脸更红。

"你妻子开的车？"妈妈问。

"不是,她上班,我自己开车来的,我拿到驾照了,刚买的新车。"章哥哥自豪地说。

妈妈感动,留他吃午饭,素素姐去了厨房。

章哥哥是提着装了腊肉、香肠的麻袋,拄了双拐杖进门的,他走路比我走剪刀步还困难,他咋能开车?我很好奇,向他提了一连串的问题。

章哥哥的脸不红了,放下茶杯,拄双拐杖领我出门,吃力地下弯拐的石梯,带我走到黄葛树下一辆绿色的小车前,说这是改装的富康残疾人用车。他开了车门,费力地坐到主驾驶位置,我兴奋地拉开副驾驶车门,费力地坐进去。

章哥哥随心自如地边操作边对我说:"你看,这是控制杆,连接刹车和油门,用它操控汽车。"

我看他脚下:"下面有油门和刹车踏板,你……"

"油门和刹车踏板是预留的,我腿脚不方便,手灵活。"章哥哥左手掰动控制杆,"下压控制杆是刹车,上拉控制杆是加油。"右手挽方向盘,"驾驶员可以单手掌控方向盘。"

我激动地喊:"章哥哥,开车,开车!"

"OK!"

章哥哥用左手下压控制杆,用右手打火,汽车"突突突"响。他将挡位调至前进挡,放下手刹,抬动控制杆加油,手握方向盘,汽车就缓缓开动,围绕黄葛树转圈。

我拍手喊:"快,加快!"

章哥哥就加快车速,开去小区花园,围绕着池塘转圈。

我心痒痒："章哥哥，我想开车！"

章哥哥笑："帅奇，你要先拿到驾照，再呢，我直说了，开车是要上街上高速路的，你得要先治好你的病。"

章哥哥这一说，我就如同鼓胀的气球，彻底泄气："章哥哥，我这病治不好的。"

章哥哥给我打气："哪有治不好的病啊！"

素素姐跑来，围绕池塘反转圈，拦住车："章医生，帅奇，吃饭了！"

章哥哥下压控制杆，汽车停住。

素素姐也很好奇："章医生，开后车门，我上来看看！"

章哥哥开了后车门。

素素姐飞快上车："开车，开车！"

汽车启动，围绕池塘转了几圈，径直开到我家门口的黄葛树下停住。

素素姐竖大拇指："章医生，了不起，你太了不起了！"

章哥哥红脸笑。

午餐安逸，有城口的老腊肉和香肠，章哥哥把他的一张装好框的全家福照片送给妈妈，说留作纪念，感谢恩师的培养。我拿过照片看，章哥哥笑容可掬，他身边的妻子说不上漂亮，却顺眼，他们的女儿坐在中间，眯眼笑。

章哥哥也是残疾人，却娶了健康人作妻子，女儿好乖，我羡慕章哥哥，崇拜章哥哥，章哥哥是我的榜样。章哥哥说，哪有治不好的病啊！我的心怦怦跳，希望我的病能治好，至少能减轻，能做健康人做的事情。

六

过完春节、寒假，又要上学读书。

初三的学习好紧张。妈妈说，不紧张不行，得考上高中才行。我们幼儿园的四个小伙伴，学习成绩还是赵莹莹第一，李俊第二，我第三，何超最差。

要是在全班比，我属于中等稍微偏上。

奶奶说，我孙娃能有这样的学习成绩，很了不起啰！她说要未雨绸缪，做好中考的诸多准备。我脑子乱了。奶奶说，一切皆有可能，一切皆无可能。我脑子更乱。

奶奶说的诸多，其一，要稳住学习成绩，只能往上不能下落，这是大家都希望的，我当然也希望，却也担心，赵莹莹、李俊我是赶不上的，要是落在何超后面就丢人现眼了，压力山大。其二，究竟报考哪一所高中？妈妈的意见是，就报考我现在就读的大河中学的高中部，离家近。这所学校，成绩好的学生可以直接进入高中，我这成绩得中考来定。奶奶坚持报考市里的重点中学一、三、八中。妈妈说，即便考上其中的任何一所学校都得搬家。奶奶说，无须搬家，租房子，帅奇这种情况住学校的集体宿舍不行，就租紧挨学校的房子。奶奶是区房管所的退休职工，提劲地说，租房子的事她负责。其三，要集中全家人的力量，发挥大家的智慧，保证我读书、治疗、锻炼都不误。

爷爷跟奶奶唱反调，坚决站在妈妈这一边。外公附和奶奶的看法，说我孙娃有能力读重点高中。素素姐赞同妈妈的意见。

爸爸打电话说，儿子的想法就是我的想法。

爸爸这样说了，我就做决定了，可以先按妈妈说的，报考大河中学高中部。赵莹莹跟我说了，她要报考一中，叫我也报考一中，可我心里发虚，怕考不上一中，但又不甘心，真希望继续跟赵莹莹在一个学校读书。李俊已经明确表态，还在大河中学读高中，说他爸爸去问了，他的成绩可以直接进入高中。何超说，考得起就读，考不起就要。

我心里矛盾。

妈妈开始忙，上班之余便是找人，首先想到的是大河中学的曾校长，希望能帮我这个残疾儿进入高中。我有二级残疾证，二级残疾是指运动能力受到限制，生活自理能力部分丧失，需要持续康复治疗和护理。妈妈问了，我这二级残疾证可享受加分政策，可以加20分到60分，可还有一条，最高加分不得超过该科目满分的20%。我的体育肯定不行，化学难说能否及格。保险起见，得落实才行。妈妈脸皮还是薄，毕竟是大医院的教授，我读初中已经麻烦过曾校长了，不好再去麻烦人家。外公说，不找曾校长，找教育局的人跟曾校长打个招呼。妈妈早想到了，又去找那女记者？妈妈觉得不好开口了。

赵莹莹热心帮我补习化学，我长高了，她也长高了，长成白净漂亮的小姑娘了。她来到我课桌跟前我有些不好意思，她却大大方方，翻开绿皮小本指点："这是我抄的去年的化学试题，你看，请解释物质的密度是什么，如何计算密度？答案是，密度是物质的质量和体积的比值，计算密度的公式为：密度=质量/体积，单位为克/立方厘米。还有，解释酸和碱的性质及相互中和反应。答案是，酸是指具有酸性质的物质，常呈酸味，可以与碱发生中和反应；碱是指具有碱性质的物质，常呈苦味，可以跟酸发生中和反应……"她把这绿皮小本送给我，说仅供参考，还是要把现在的化学课本学深学透才行。她的字写得好，如她本人一样美。我感谢她一如既往地帮助我这个残疾儿。人是有知己的，赵莹莹就是我的知己。李俊见赵莹莹帮我补习化学，也来帮我补习化学，他现在不给我冷眼了。可赵莹莹的妈妈还是看不起我，赵莹莹来家给我补习化学，她妈妈就撵来拉她回去。何超现在不学我走剪刀步了，还指点我如何结合自身的情况锻炼，提高体育成绩，他的体育成绩好。我也帮过何超，我的作文可以，帮他修改作文，他的作文得了71分。

爷爷给我说辩证法，不变中有变，变中有不变，概而言之，一切都在变。

暑热天，蓝天白云。

校园里的黄葛树越发浓绿，一棵黄葛树就是一把巨大的遮阳伞，黄葛树与生俱来就是抵抗烈日给人以凉爽的。中午走步锻炼的我，擦汗到操场边的黄葛老树下歇气。穿蓝色短裙的赵莹莹走来："俞帅奇，中考准备得咋样了？"我说："还可以吧。"她走了几步又转身，对我比出大拇指头说："必胜！"跟蓝天一色的短裙飘摆，脸上洋溢笑浪，她笑得开心。赵莹莹有女明星一般的美丽，心也好，我不知道世上有没有完人，赵莹莹就是……李俊、何超跑过来，都说这棵树是校园里最大的最遮阴的黄葛树，他们都关心我的中考。

同学就是同学，我心感动，看黄葛老树这报恩树想，所有关心帮助过我的人，我都感恩他们，要是我们四个人还能读同一所高中就好。

考试那天，妈妈免除了我每天早上必做的锻炼，我现在不做趴地锻炼了，初三之后，妈妈就让我走步锻炼了，还是每天早中晚各一次。素素姐为我做了她说是最正宗的重庆小面，微辣。她说小面好吃，免得尿多。爷爷奶奶外公一大早都来家了，都说要送我去考场。妈妈命令他们都不许去，妈妈请了假的，她和素素姐送我去考场。

老人们面面相觑，不得不服从。

我第一次进入中考考场，感觉这教室像一张无形的大网，大网中有许多无形的小网，无形的小网把每一个考生罩在座位上，不能逾越半步。灯光明亮，照着白晃晃的试卷，一片寂静，只有钢笔尖划纸的沙沙声。监考老师严肃安静地巡视考场，走过我身边时，我很紧张。爸爸一早就打来电话，儿子，考场就是战场，你是男子汉，是勇敢的战士，战必胜！

我努力，战必胜！

终于考完最后一门课，我长舒口气。赵莹莹、李俊、何超陪我走出考场校园的大门。赵莹莹还是报考的大河中学，她爸爸坚持要她考这所学校，说离家近，关键是她在这里是拔尖生，信心满满，如果读一中，尖子生多，会影响信心的。妈妈和素素姐笑着迎来，她们身后还有爷爷奶奶和外公。有同学陪伴，有家人迎接，我真有战士凯旋的感觉。妈妈的手机响了，是爸爸从风雪高原打来的。妈妈让我接电话。爸爸说："儿子，不论考试的结果如何，你都是爸爸的好儿子，没有过不了的火焰山，你今天不想别的，痛痛快快地放松休息，你这个吃货吃好点！"

我还是担心化学，化学也许是我永远都无法逾越的障碍。

奶奶说的中考的诸多准备，该做的能做的我都做了。奶奶说，一切皆有可能，一切皆无可能。就这样吧，听天由命了。

结果出乎意料，我的化学还是没有及格，却收到了大河中学高中部的录取通知书。我亲吻我可爱的印有"中华人民共和国残疾人证"烫金字样的绿皮二级残废证书，翻开内页，亲吻"中国残疾人联合会"的大红印章，亲吻证件上我的照片："我的宝贝证件，你为我加了分啊！"

妈妈说，曾校长说了，我加分后还差三分，是根据我坚持学习、锻炼，还有助人为乐等综合表现录取我的。

我沮丧，咋就还差三分！

奶奶正色说，拿到了录取通知书，我孙娃就是合格的高中生了。

开学后，我和赵莹莹、李俊在校园里的那棵黄葛老树下相聚，少了何超，他没有考上，我们都好遗憾，也高兴我们三人还是同班同学，又能在一起读书学习啦。

"祸兮福所倚，福兮祸所伏。"

外公说我吃的苦多，回报也来。

团年的饭菜热了几遍，晚上八点十二分，风尘仆仆的爸爸进屋来。我一直在看墙上挂钟的。素素姐把饭桌上的菜又热了一遍。圆桌子，年岁最高的爷爷坐首席，奶奶挨爷爷的右边坐，外公坐爷爷的左边，依次是爸爸、妈妈和素素姐，我正对了爷爷坐。妈妈说，坐我这位子的人是出团年饭钱的。我就拿来我的存钱罐打开，把里面的纸币、硬币全数倒在桌子上："我16岁了，就存了这么多，不晓得够不够。"

爷爷呵呵笑："够不够心意都领了，放回去，快放回去，存钱罐里的钱是不能随便动的，我孙娃成年后会派上用场的。"

我赶紧把纸币、硬币放回存钱罐里："我听爷爷的。"

大家都笑。

素素姐挨我坐的，一直都在忙，做菜、上菜、斟酒，妈妈当素素姐的下手。终于开席，爷爷、奶奶、外公三个老人家一起举杯，祝福全家新年快乐，干杯，干杯！喝的白酒，菜是辣子鸡、红烧肉、糖醋鱼、回锅肉、粉蒸肉、青椒肉丝、蚂蚁上树、麻婆豆腐、夫妻肺片、腊肉、香肠、莲藕炖猪蹄子、鸭子海带汤，还有年糕、糍粑、烧卖、水饺、糯米饭、甑子饭。

年味十足。

我这个吃货不客气，大吃大喝。

水饺上桌,像一个个白色的元宝,我吃水饺,想到高原上的白雪,兴奋地喊叫:"白马,白雪,白色的火焰,寒而热烈的白色火焰,我来啦!"

大家都看我,爸爸会心地笑。

外公击掌:"白色的火焰,寒而热烈的白色火焰!嗯,有情有景有诗意,好,顶好!"

我嘿嘿笑,吟诵:"千里雪原,白色火焰,帅奇勇敢,踏雪向前!"

外公又一番夸赞,我说这是我爸爸在雪原即兴吟诵的。外公就对我爸爸比大拇指。团年饭,连夜饭,一家人其乐融融。我趁兴弹钢琴,我的钢琴弹得可以了,我弹了《跑马溜溜的山》《北国风光》《我是小哪吒》《牧童之笛》等歌曲。大家都鼓掌叫好。

遗憾的是我发病了,痉挛得厉害,我的头歪斜,眼睛、鼻子、嘴巴拧成一团,手脚内踡。我心里清楚,我喝酒喝得太急太猛。这时候发病好尴尬,好扫兴。我痛苦不堪,我无能为力,我是个脑瘫儿。一家人都为我忙,素素姐早成了半个医生,给我喂药,为我消毒扎银针,爸爸给我按摩,好有力度。妈妈是见惯不惊了,在屋里走来回步,说一会儿就好,一会儿就会缓解。妈妈失算了,我这次发病的时间好长,电视里的春节联欢晚会结束半个多小时了,才慢慢缓解。

我全身都是汗,疲乏极了,迷迷糊糊入睡。

我梦见八瓣格桑花,梦见雪山、阳光、地平线,梦见妈妈跳踢踏舞,"踢踢踏,踢踢踏……",是爸爸带我骑马白马儿奔跑的蹄声。"驾……驾驾……"我大声喊叫,惊醒。

爸爸坐在我床边:"我儿子骑马奔向地平线呢,爸爸给儿子拜年啰!"

妈妈端来热茶:"妈妈也给儿子拜年,来,喝口热茶!"

"我给爸爸、妈妈拜年!"我缓缓起身喝热茶。

爸爸妈妈都看我笑,可怜天下父母心。

爸爸从我的枕头下取出六百元钱给我:"儿子,你妈妈爷爷奶奶外公和你素素姐都给了你压岁钱,这是爸爸给你的,六六大顺!"

我接过钱:"谢谢爸爸!"穿衣下床,放进存钱罐里,看妈妈,"妈,我不会随便用的。"

妈妈笑:"你这存钱罐里的钱,妈妈都有数的。"

又得了压岁钱,我既高兴,又难受:"爸,妈,我这个病,治不好了。"

爸爸为我整理衣裤:"儿子,别说泄气话,没有过不了的火焰山!"

妈妈抚摸我的头:"儿子,妈给你说过,我们医院那名老中医说,心为万法之源、众妙之本,心病这个病根去除了,加以辨证施治,病是可以好的。你不要一发病,心病就跟了来。妈妈是西医,西医的药物治疗、运动锻炼都是有效的,你坚持得不错,你的病不是比以前好多了吗!"

我点头:"嗯,章哥哥就说过,哪有治不好的病啊!"又摇头,"章哥哥是给我打气,他的希望美好,可是……"

"可是啥?"爸爸问。

"可是,这病总是缠着我,像我的影子一样跟随,甩也甩不掉。"我心痛苦,"从我懂事起,那些发病的情景,想起来就害怕。"

"你为啥不想高兴的事情呢?"妈妈说。

爸爸点头:"影子吧,是甩不掉,它忠实地伴随你,你在雪原看自己的影子好高兴的,影子伴随你长高长大变得成熟。你妈说得对,你要多想高兴的事情,心情就好。"

"你去高原就没有发病啊,你发病的次数在明显减少呢。"妈妈说。

爸爸说:"儿子,人生就像筷子,历经酸甜苦辣,才能品尝到人间百味,人生美好的事情多,不能总活在痛苦之中。"

倒是,不能总活在痛苦之中,我的病确实是在好转,高兴的美好的事情好多,我这个残疾儿也是高中生了呢。

素素姐端来碗微辣的小面:"素素姐给帅奇拜年了!"

"我给素素姐拜年!"我说,肚子饿了,呼噜噜吃小面。

素素姐看着我吃,嘴巴跟着动:"我们帅奇能吃能喝能睡能走,好着呢!"

素素姐也是我的影子,每时每刻都伴随着我,我小时候,她陪我睡觉,为尿床的我换床单,为我穿衣、喂饭、接大小便,按摩、抱我、背我。直至今日,我去医院、乡下治病,去高原,都离不开她。我的大包小包、书和照片,她都帮我整理,过年了,还伴在我身边,她就是我们家的一员。遇到素素姐是我的福气,素素姐说我好着呢，是鼓励我，也有道理，相对于我过去的病情，我确实好着呢。吃完素素姐做的面条，身上有了劲儿，我出门走步锻炼，我必须坚持走步锻炼。我要更加自立，让素素姐少些辛苦。

阳光很好，黄葛树的叶隙间洒下炫目的金辉，冬天的阳光总是使人愉快。我迈剪刀步朝池塘走，走着，眼前一亮，赵莹莹走来。她抱拳说："拜年，拜年！"我抱拳回道："新年好！拜年，拜年！"赵莹莹嘻嘻笑，兴奋地说："我爸爸妈妈和好了呢，昨天晚上和好的！"

啊，李俊说的这天下难解之事也化解了，难解并非无解，好事情。

赵莹莹说，她爸爸妈妈要带她去武隆的仙女山住两天，看看雪景、滑滑雪，初四回来。我说，武隆的特产羊角豆干好吃。她说，是好吃，给你这个吃货带些来。我要给她钱，她说又不贵，送你。

初四这天，家里就我和爸爸两人。素素姐跟老乡朋友聚餐去了。妈妈接到急诊电话，赶去医院了，妈妈总是忙。爸爸说，儿子，我们出去吃午饭如何？我说，好呀！

小区门外有家叫名叫"爱La小鱼"的小店，我看招牌，不明其意。爸爸看招牌下的一行小字，念道："不只是爱辣的小鱼，更是爱那小鱼的味道。"吃鱼啊，我高兴。爸爸领我走进小店，选了阳台上的餐桌，这里挨临嘉陵江，视野不错。爸爸知道我的口味,点了球溪鲶鱼、耗儿鱼、酸菜粉丝汤、油炸花生米,要了两瓶山城啤酒。现杀现做的球溪鲶鱼是我的最爱,一端上桌,就扑鼻香,入口又鲜又嫩。爸爸给我倒了半杯啤酒,说,剩余的酒他喝。他说酒喝多了伤身,适量喝酒可以促进血液循环,这是我当医生的妈妈的金口玉言。我嘿嘿笑,其实我可以喝三杯啤酒的,我知道,爸爸是关心我,我团年饭时喝多了。

酒肉下肚,我说:"爸爸,我们还是头一次单独小酌呢!"

爸爸笑:"小酌,嗯,我儿子说得好,用词恰当。"

女服务员来上菜,爸爸把手机给女服务员,请她帮我们拍照,女服务员帮我们拍了照。爸爸即兴发了微信,题头是:"父子小酌,剩下的鱼肉晚上下面条。"爸爸笑说,你妈妈爷爷奶奶外公和素素都会看到。

爸爸这微信一发,不承想刷屏了。

爸爸一条一条翻给我看,点赞的、留言的好多。妈妈回得快:"刚下手术台就看见了你们的午饭呢!"挂了三个笑脸。爷爷奶奶外公和素素姐都点了赞。爸爸的战友点赞多:父子俩好有雅兴;两个帅哥;生活品质高;幸福情深;难得父子都好有时间好有心情;羡慕啊,值得纪念;晚饭吃鱼肉面条,安逸;站长咋这么节俭,四季财哟,划不来哟;这种相聚好有感觉;说不完的话啊……

有说不完的话。

爸爸说:"信息时代,人与人还是要多沟通好。"

我点头。

爸爸跟我碰杯："儿子，你的压岁钱不少了吧？"

我点头："爸爸，我吃穿都不愁，我不会乱用的。"

"爸爸相信儿子，你爷爷说得对，你成年后会有用场的。"

"嗯，呃，爸爸，一直想问你个问题。"

"你问。"

我眯眼笑："爸爸，当年你护送妈妈到康定城，就跟妈妈好了吧？"

爸爸也眯眼笑："是，也不是。"

我不解。

爸爸说："爸爸那次是完成站长交代的任务。"

"那个大胡子站长？"

爸爸点头："站长让我护送你妈妈到康定。"

我狡诈地笑："那一路好远，说了些啥？"

"一路无话。"

"不可能！"

"爸爸护送你开车的妈妈到了兵站，爸爸下车时，你妈妈说了话！"

"说啥？"

"谢谢。"

"妈妈也是，就两个字，哼，这么吝惜！"

"不是你妈妈说话吝惜，你妈妈那时候还是个姑娘家，单独跟爸爸这个男军人在车上。"

"妈妈害羞？"

"是吧,那个时候,是那样的,儿子,爸爸高攀不上你妈妈。"

"爸爸自卑?"

"是呢。"

"爸爸可是解放军的军官,不该自卑。"

"是呢,不该自卑,爸爸搭乘进藏军车回到驻守的兵站后,站长说了我。"

"说啥?"

"他指我鼻子说,没有勇气的家伙,给了你这么好个机会,你倒自己放弃了。站长一直愁我找不到对象。"

"大胡子站长心好!"

"是心好。"

"你还是跟妈妈结了婚,是妈妈追你的?"

"是爸爸追你妈妈,我一见你妈妈就喜欢她,大胡子站长把话一说穿,爸爸的军人劲儿就上来,给你妈妈写了好多封信。"

"妈妈感动了?"

"你爷爷给你说过,世上无难事,就怕有心人。爸爸有心,不管你妈妈有心无心,爸爸就是穷追不舍,你妈妈开车来兵站了。"

"来看你?"

"来办婚礼,大年三十,就在兵站食堂办的。团年会餐,官兵们都来敬酒,大胡子站长高兴,喝醉了。"

"在高原办婚礼啊,好浪漫!"

"那天晚上，你妈妈哭了。"

"妈妈高兴哭了？"

"在简陋的新房里，你妈妈捶打我说，天哪，我怎么会嫁给了你！"

我的眼睛热了："之后就有了我俞帅奇……"

说到大胡子站长呢，他就来了。

我和爸爸回家不久，他来了，不是我想象中威严的大胡子军官，胡子剃得光光的，穿跟我爷爷一样的蓝布棉袄，提了水果、点心。他从彭水县来市里开会，看见我爸爸发的父子小酌的微信，很有感觉，他知道我家的地址，就抽空来看望老部下。爸爸说，谢谢老领导，谢谢彭水县的顾县长！他呵哈笑，是副县长，顾副县长。妈妈和素素姐回来了，做了丰盛的饭菜，喝的妈妈珍藏的陈年茅台酒，素素姐一直忙个不停。

爸爸向顾副县长敬酒："老领导，我们一口闷！"

顾副县长痛快，干杯。

妈妈也向顾副县长敬酒："谢谢您，月老！"

顾副县长干杯："缘分，你们是有缘！"

我也向顾副县长敬酒："谢谢顾伯伯让我爸我妈走到一起，才有了我！"咧嘴笑，喝了一大口酒。

顾副县长干杯，呵哈笑："帅奇这话对头，我狡猾地，不，我智慧地让你爸护送你妈，就是希望有戏，不想好事成真……"

有人敲门，素素姐开了门，是赵莹莹提了两盒包装精美的羊角豆干来。顾副县长看见，眼睛放亮："啊，这可是下酒好菜！"

我迈剪刀步跳动到门口,赵莹莹把两盒羊角豆干交给我:"怎么样,我说话算数吧?""算数,算数!"我高兴地笑。妈妈过来热情招呼:"赵莹莹,进来一起吃饭!"赵莹莹妈妈急步走来,拉了赵莹莹走:"个死女子,就不听话,老往这里跑……"我好遗憾。

七

　　春风解冻,散而为雨,雷公活跃,惊出泥土里的大小虫子,草儿你追我赶冒芽,树子争相换叶,飞鸟叽叽喳喳,天气乍暖还寒。

　　我起床后,去小区的庭院里走步锻炼,我加快剪刀步走,脚上带着风。我围绕池塘走了几圈,突感身子僵硬。我这病易受天气影响,倒春寒,一冷一热,影响我的下肢运动。不仅影响下肢,也影响我的肩膀,致使我的头歪斜。"俞帅奇,走路把头放正!"跑步锻炼的赵莹莹大声喊。她多次大声喊叫纠正我走路的姿势。我尽力把头放正,对她强笑。她如一阵春风从我身边掠过,留下一股馨香。赵莹莹跑远了,我完全不能动了。我欲哭无泪,我无能为力。素素姐来了,我说过,她早成了我的半个医生,她带来了我的腋拐杖。我自从参加强哥哥和乔姐姐的婚礼后,就很少用拐杖了。素素姐把腋拐杖的把手放到我的腋下,我的手也僵硬,素素姐就为我搓手,朝我的手呼呼吹热气,搀扶我走。我的脚指头也僵硬,一使劲,脚指头就内踡。素素姐就蹲下身子背我走。我比她高了,她背得吃力。我说,素素姐,我自己走。素素姐不吭声,咬牙背我回到客厅里。我腰肌两边的张力不对称,麻花一般扭曲。素素姐费好大劲儿才抱我坐下。她端了洗脚盆来,用热水为我烫脚,挽袖扎臂为我搓脚,不停地按压我腿上、手上、肩上的足三里、内关、肩井穴等穴位。

做医生的妈妈给我讲过我的病,我也看过有关医书。久病成医,我知道,人的运动要靠神经支配,我全身的神经,从中枢神经到末梢神经,都会受天气变化的影响。我体会,神经就如电站的电网,电压不稳电流不均,电灯就忽闪。神经有障碍,就会引发痉挛,就会肢体僵硬、行动不便。

这难以言说的痛苦只有我体会得到。素素姐说,她也体会得到。素素姐就是我如影随形的影子,是我的保护神。

素素姐端洗脚盆去倒水,一个趔趄,摔倒了,水洒了一地。我没法去扶她,她爬起来,端了洗脚盆去卫生间倒水,拿了拖把来拖干地上的水,又装了热水袋给我保暖。我鼻子发酸,我没有姐姐,素素姐就是我的姐姐,亲姐姐!

我僵硬的身子终得舒缓。

今天是星期天,成天忙的妈妈又去医院了,星期一上面的检查组要来检查,科室里的好多事情要她定夺。

素素姐煮了鸡蛋面条,我俩对坐了吃。

"这次老乡聚餐,听到我妈妈的消息了。"素素姐吃面条说,她啥话都爱对我说。

"找到你妈妈了!"我高兴。

"我爸爸彭水老家的邻居李群华说,她在深圳街上见到过我妈妈。"

"好呀!"

"下公共汽车,人多,一晃,她跟我妈妈没说上话,就被挤散了。"

"啊,好遗憾,说明你妈妈还在深圳!"

"嗯,我还不懂事时妈妈就走了,我只是在她跟爸爸的结婚照上见过她的模样,爸爸说,我妈妈叫田淑珍,说我很像她。"

"照片在吗?"

"爸爸放在彭水老家屋里的,其实,我跟妈妈没有啥感情,可我毕竟是她身上掉下的一块肉。"

"骨肉亲。"

"嗯。"

"你怨她吗?"

"怨,也不怨。我小时候怨,长大后不怨了。老话说,天要下雨,娘要嫁人,大人的事情,儿女管不了。"

"你妈妈另外嫁人了?"

"我不知道,我爸爸说,妈妈非要跟他离婚,一办完离婚手续,妈妈就哭着去深圳了。"

"离婚了也还是朋友,我同学李俊的爸爸妈妈离婚了,还一起为他过生日。"

"夫妻一场,是该还是朋友,我爸爸说,妈妈去深圳后,就一直没有她的音信。"

"唉!"

我这声叹沉重,想到我的爸爸妈妈对我这么好,素素姐却是爸爸去世,妈妈没有音信,好悲哀。人来到这个世上,本该是幸福快乐的,却有了苦恼,我有病痛的苦恼,素素姐有寻找妈妈的苦恼。

"素素姐,会找到你妈妈的。"我宽慰她。

素素姐说:"但愿吧,人都有父母,我要找到妈妈,也不知道她现在咋样。她富有,我不靠她,她贫穷,我供养她。"

"素素姐心好!"

我知道,素素姐一直在攒钱,她是想她妈妈。素素姐给我说过,现在家庭保姆每月的工资一般是2500元,熟手3000元,包吃包住。我妈妈给她3600元,包吃包住。素素姐很感谢我妈妈。我说,应该的。我想,等我成年后能挣钱了,就包了素素姐的医药费、养老费。可我这个病人能够成年吗?九九八十一难,孙悟空随唐僧取经历经磨难,我也是历经磨难。还有磨难呢,我成年后挣钱,我能够挣到钱吗,怎么挣钱……

我妈妈回来了,风风火火进门,翻箱倒柜找东西。素素姐问她找啥,妈妈说找一个本本。素素姐就帮她找,没有找到,妈妈急得跺脚:"放哪儿去了呢,放失手了呀!"

我问妈妈:"很重要吗?"

妈妈说:"说很重要也很重要,说不重要也不重要。"

我嘿嘿笑:"妈妈学我绕口令呀。"

妈妈噗嗤笑,又锁眉头:"妈可顾不上绕口令,妈得赶快找到,不检查呢不重要,要检查了就很重要,就一个科室奖金分配的记录本,一直是护士长管着的,护士长也是发昏了,那天非要我看看,我正下班出医院大门,她塞到了我的拎包里。我是科主任,奖金分配这些鸡毛蒜皮的琐碎事儿,我从来不管的。"

我想起来:"妈,是不是一个蓝皮本子,厚厚的?"

"是,儿子,你知道在哪里?"妈妈急切地问。

我从妈妈那放满书籍的书柜里寻出个蓝皮的厚厚的本子给妈妈:"妈,是这个吧?"

妈妈如获至宝:"是,妈也是,东放西放,放书柜里了!"

"妈,是我放的。"我说。

素素姐说我:"你咋乱放你妈妈的东西?"

我说:"那天晚上,妈妈打瞌睡,这本子掉地上了,我就捡起来放进了她的书柜里。"

妈妈捧了我亲吻:"嗯,我的乖儿子,知道妈妈的东西重要,放进书柜对的!"

我咧嘴笑:"妈妈前些天买来给我的《假如给我三天光明》的书,我也放在妈妈给我买的小书柜里的。"

妈妈问:"看了?"

"看了。"我说,"素素姐也看了。"

素素姐就跑去我小屋取来彩色封面的《假如给我三天光明》:"好看,很感人!"

妈妈接过书:"儿子,考考你,这书谁写的?"

"海伦·凯勒。"我脱口说,"她了不起,著名作家马克·吐温说,十九世纪出现了两个了不起的人,其中一个是海伦·凯勒。"

妈妈问:"谁翻译的?"

我取过妈妈手里的书:"翻译家董继平译的,这书是世界名著。"

素素姐接话:"海伦·凯勒出生不久,就因生病失明,耳朵也聋了,她以惊人的毅力克服了常人难以克服的困难,读书学习,永不放弃,最终考取了哈佛大学的女子学院,后来,成了著名的作家、慈善家。"

妈妈点头:"素素看得细。"

"我也看得细。"我说。

"说来听听。"妈妈看我。

"海伦·凯勒假设自己能拥有三天的光明,第一天,她不仅要看老师、朋友和她的狗,还要去森林看大自然。"我说,"第二天,她要去博物馆看人类发展史,看雕塑、绘画、戏剧。第三天,她要从长岛的家里出发,去纽约环游,看看这座城市。"

妈妈点头:"我儿也看得细。"

"好看,我拿到书就放不下。"我说。

素素姐接话:"海伦·凯勒处处都注意学习,她用手看形形色色的世界。"

"对对对,她用手感知世上的花朵、房子、大理石雕塑、剧场,用各种感官理解莎士比亚戏剧的剧情和人物。"我说。

妈妈高兴:"嗯,学习,书本的、社会的、人生的,要学的多……"拍脑门,"啊,还有急事儿呢!"她拿了本子起身,风风火火出门,"素素,中午加个肉菜,奖励我儿,也包括你!"

素素姐说:"好的,一定!"

哈哈,我这个吃货又有口福啦。

素素姐加的肉菜是红烧肉,我吃得满嘴油。晚饭吃的麻辣小面,妈妈没有回来,我帮素素姐收拾碗筷。赵莹莹来了,帮我补习化学。高二的化学更难,化学考试我很难及格。赵莹莹指着课本、作业本对我一一讲题。赵莹莹讲得很有耐心,我真心感谢她。妈妈一夜没回,我夜里醒来,睡不着,起身披衣去推素素姐的门,门关死了的,我想敲门,没有敲,素素姐说我比她高了,转身回屋睡觉,梦见赵莹莹帮我补习化学,我使劲理解她说的,唉,化学对于我太难了。

第二天,妈妈按时下班回家,很疲乏的样子。妈妈科室接受检查好多次了,每次妈妈都好累。我问妈妈检查组看了那很重要的本子了吗。妈妈摇头,说医院领导陪同检查组的人来科室转了转,她和护士长做了口头汇报,他们就去其他科室了。我就担心,问妈妈检查的结果咋样。妈妈说,院长说过关了。我舒了口气。

五一放假,妈妈还在病房里忙,妈妈为强哥哥难产的妻子乔姐姐做剖腹产手术,强哥哥得了个六斤七两的儿子,小名安安。熬红眼睛的强哥哥乐颠颠跑来跟我说。我说去看小弟弟安安,素素姐说,错,是小侄儿安安。我摸头想,噫,我也是长辈了呢!

强哥哥带我去医院的妇产科，素素姐跟了去。

妇产科病房在外科楼七楼，我出生时是在另外一幢病房楼的三楼，我是第一次来妈妈这妇产科病房。秀气的护士姐姐不让我们进病房，强哥哥说，我是16床产妇的丈夫。秀气的护士姐姐说，下午才是探视时间。强哥哥说，我是倪佳渝主任的博士，也是妇产科医师。秀气的护士姐姐就让强哥哥进病房，拦住我和素素姐。强哥哥指着我说，他是倪主任的儿子。指着素素姐说，她是他的素素姐。秀气的护士姐姐就露齿笑，都放行了。

走进病房，一切皆白，白墙白门白窗白柜台，无孔不入的阳光抚照着穿白色衣裤的忙碌的医护人员。强哥哥领我和素素姐走到16床病房门口，乔姐姐的床前围了一大群白衣人。强哥哥说，正查房呢，我们等会儿进去。我探头看见穿白大褂的妈妈，她正严肃地对着身边的医生、护士说话，医生、护士有的点头，有的在做着记录。强哥哥说，围在你妈妈身边的是下级医师、进修医师、研究生和护士，你妈妈正在下医嘱。医嘱我知道，我住院时医生为我检查完后就要下医嘱。妈妈转身出门，她身边的一群人跟着出门，强哥哥拉我站到门边。妈妈抬头往隔壁的病房走，一群人紧紧跟随。我就想到强哥哥结婚时他们乡坝的那群鸭子，领头的鸭子昂首走在前面，鸭群"咕嘎咕嘎"跟随，不同的是，跟随妈妈的一群人鸦雀无声。鸭司令呢，三军司令啊，呵呵，我的妈妈像个司令！

乔姐姐还是那么漂亮，但显得很疲劳。我急于见到小侄儿。乔姐姐说，在婴儿室里。按了床头的按铃，秀气的护士姐姐快步走来，乔姐姐对她耳语，她点头。不一会儿，秀气的护士姐姐抱来我渴望见到的小侄儿，白白胖胖的。我伸手挠他的小脸蛋，肉嘟嘟的，他哇哇哭。秀气的护士姐姐说，安安能吃。乔姐姐就给儿子喂奶，说母乳喂养好。想想我也幸运，吃妈妈的奶水到三岁。乔姐姐给儿子喂完奶，强哥哥抱了儿子亲吻，手舞足蹈。他们结婚几年才有了这个宝贝儿子安安，真是不容易。

世上容易的事情常常会淡忘，唯有不容易的事情难以忘怀。

情之所至，金石为开。老天保佑，保佑我这小侄儿安安健康成长，出息成才。对于我，又何尝不是如此？

强哥哥在医院食堂的小灶为乔姐姐炖有鸡汤，陪乔姐姐一起吃午饭。我跟素素姐在妈妈的办公室吃盒饭，是妈妈叫我们去的，她去工作人员食堂打来三份盒饭，有菜有肉有萝卜汤，好吃。妈妈说她看见我们了的，但是查房的事情更重要。

我说："妈，乔姐姐脸色不好呢。"

妈妈说："剖腹产也是手术，术后都这样。"

"妈，你对乔姐姐很好的，查房咋那么严肃？"

"我是对身边的工作人员和学生严肃，工作要一丝不苟，防止出差错，防止术后感染……"电话铃声响，妈妈接电话，对素素姐说，"我有个全院会诊，你带帅奇回家去。"

妈妈实在忙。

下午，我在家里看电视，放假时间，妈妈允许我看电视，看体育频道的足球比赛。赵莹莹来了，说何超请吃饭。好久没见到何超了，我当然去。素素姐要陪我去。赵莹莹说，素素姐放心，我陪他去，我们是同学相聚。素素姐就对我一番叮嘱。

我和赵莹莹打的去了较场口一家馆子二楼临江的包房，李俊已经坐在圆桌边喝茶。穿西服便装的何超给我和赵莹莹端来热茶，他长胖了，眯眼笑，我们四个老同学难得聚会，龙井茶，尽管喝！他转身下楼去。

"咋就请吃小面？"我这个吃货不满意，何超不读书当小老板了，小老板咋这么小气？

李俊说："何超现在是这家'重庆小面馆'的实权老板了，我也是来了才听他说的，这小面馆是他爸爸开的，他爸爸全权交给他经营。"

何超提了一箱山城啤酒来，朝楼下喊："细妹儿，快端来！"

"来了。"

秀气的细妹儿陆续端来卤猪耳朵、油炸花生米、折耳根、回锅肉、爆炒黄喉、青椒肉丝、红烧肉，都是我喜欢吃的。

"何老板，面条啥时候上？"细妹儿问。

何超说："等哈儿上，你跟厨师说，拿出他的拿手绝活儿来！"

"要得。"细妹转身下楼。

何超给我们都斟了满杯的啤酒，举杯说："我们老同学聚会，今天不醉不归！"说罢，喝干了杯中酒。

李俊干杯。

赵莹莹喝了口酒："喝高兴就行，别喝醉，俞帅奇，我晓得你有酒量,自己要把握好。"

我点头,喝口酒,赶紧吃好吃的菜。

酒一喝,席桌就热闹。

"我呢,不是读书的料。"何超面有酒色,"我爸爸说,读不进书就不读,来给老子经营面馆,你妈妈病死得早,我也累了,回农村老家享清福去,当甩手老板。亲兄弟明算账,父子也要明算账,你赚的钱我们对半开,我得的一半当作你给我的养老费。"

"你赚钱了?"赵莹莹问。

何超自豪:"赚了,我何超也是有钱人了。"

"有好多钱?"赵莹莹笑。

"富不露财,喝酒,吃菜!"何超说,"读书呢,必须得读上大学,读上硕士、博士,才能有前途。这对于我,是登天的难事儿,做生意也难,对于我还不算难。"

"读书也不只为升学,多读书多学些知识。"李俊喝口酒。

"对的,读书有用。"赵莹莹说,看我,"你说是不是?"

我嘿嘿笑,吃爆炒黄喉。何超这么一说,我心动了,是呢,能够读书就读,读不下去就另找门路。可我一个残疾人,有啥门路?管他的,车到山前总有路的,乔医师说得好,身体第一,快乐为要。是呢,努力治病,高兴就好。我喝干杯中酒。

细妹儿端来四碗红油麻辣小面,看外观就很享受。

我吃了一口:"嗯,好吃!"

赵莹莹、李俊也说好吃。

"招牌写的'重庆小面馆',就得名副其实。"何超说,"我跟你们讲，一方有一俗的，说吃面吧，武汉人喜欢吃热干面，兰州人喜欢吃拉面，北京人喜欢吃炸酱面，山西人喜欢吃刀削面，吉林人喜欢吃冷面，河南人喜欢吃烩面，杭州人喜欢吃片儿川面，昆山人喜欢吃奥灶面，镇江人喜欢吃锅盖面。重庆人呢，就喜欢吃小面，吃在嘴里丰富得很，家乡的味道。"

赵莹莹嘻嘻笑："何超，一日不见，当刮目相看啊，你竟然熟悉全国的面食！"

"干一行要精一行。"何超灌酒，"如今，重庆小面声名鹊起，外地游客都来打卡品尝。当年，我曾爷爷开办这小面馆时，门口挂有'愈炸愈强'的牌子，食客说，好，不惧日机轰炸，格老子的，这牌子要得，就在这里吃！那时候，面馆的室内狭长昏暗，我曾爷爷下的面条利索抻展，拌上姜葱蒜辣子花椒酱油醋，添几匹泛亮的菜叶，麻辣爽口。我曾爷爷可以双手端四五碗小面上桌，滴汤不漏。我爸爸跟我说，我曾爷爷讲究的是打作料，面条就是个面味儿，全凭作料增添味道，即便是素面条，也要有上好的作料。"

"嗯，重庆小面是重辣偏麻的，一碗红油小面，惹人流口水。"我说。

"'重庆小面馆'，你这招牌大呢！"李俊说。

"这面馆来之不易。"何超说，"当年，我曾爷爷是靠沿街卖担担面起始的，后来，在朝天门码头搭竹棚卖摊摊面，他做的小面好吃。那些吃面的人是不顾及啥子淑女、绅士形象的，吃得那个香哦。无论是棒棒、学生、市民、商人、军人、官员、洋人，为的就是一碗麻辣爽口的重庆小面。外出回来的重庆食客大声喊,整一碗麻辣小面解馋!"

"嗯,解馋,解馋!"我呼噜噜吃面,"这面条不是高手做不出来!"

何超眉飞色舞:"那是当然!我跟你们说点儿门道,作料是小面的灵魂,酱油要黄豆酱油,生抽和老抽并不合适,生抽发酵浅,颜色寡淡,老抽色素深,汤色难看。味精、鸡精二选一,土产的含盐味精霸道。油辣子是小面灵魂中的灵魂,选料和制作尤为考究。新鲜花椒香一些。猪油入汤可以增味,不吃猪油的可用菜油、香油、色拉油。少不得葱花、榨菜、芽菜、白芝麻、碎花生。姜蒜、香油要适度,醋看食客的喜好。筒子骨熬汤,是小面上好的汤料。水开后,先下菜叶子后下面,煮到断生即可。"

"断生,怎么掌握?"李俊问。

"捞起根面条掐断,没有白点即可。"何超说。

"呃,'干馏'是啥意思?"赵莹莹问。

"就是干拌面。"何超说,"还有'提黄',就是面条要偏生硬,当然,这生硬的拿捏呢,要看是细面、韭菜叶子面或是宽面,要拿捏得当。"

"啷个得当?"赵莹莹问。

"这,只可意会不可言传。"何超龇牙笑。

赵莹莹抿嘴笑,吃面条:"还想再辣点儿。"

"细妹儿,把酥油辣椒端来!"何超扯声喊。

细妹儿端了一罐酥油辣椒来。

赵莹莹添了辣椒,吃得虚呼虚呼:"啊,好辣,辣得痛快!"

何超高兴,大口喝酒:"这油辣子是自家做的,选料重要,要选用肉厚籽少颜色油润红亮的干辣椒,要讲究辣椒的搭配。我们用的是贵州的朝天椒、川西的二荆条、合川的小米椒,以2比2比1的比例搭配,用微火烘干,在碾钵里捣碎。这样的辣椒面,就有朝天椒的红、二荆条的香、小米椒的烈,入眼亮,入鼻香,入口没得说。"

"吃辣椒粉?"我问。

"那是湖南人的喜好,重庆人喜好油辣子。"何超说,"油辣子的原料不光是辣椒面,还要有菜油、白芝麻、大葱、生姜、十三香。先把菜油倒进锅里,烧到六成热,放入葱白丝、生姜丝,用筷子缓缓搅拌,加入少许十三香,待其炸干变黄,捞出来,倒进垃圾桶里。"

"倒了,好可惜!"赵莹莹瞪大眼睛。

"味道留下了。"何超说,"之后,把葱丝入锅,用小火煎,煎出香味,也捞出来倒进垃圾桶里。关火,等油温降至五成热,取少许辣椒面放到炉灶边的碗里,把五成热的油全倒进碗里。而后,一边搅拌一边加入适量的白芝麻,搅匀后,等一分钟,又倒进些辣椒面搅拌。油温更低时,再倒入剩余的辣椒面搅匀,等其冷却。冷却后的油辣子红亮亮的,扑鼻香。这才是重庆小面用的正宗油辣椒。"

"不想有这么多门道,真是行行出状元!"赵莹莹拍手。

何超得意地说道:"辣椒面为啥要分三次放?第一次高温时

放,熟油有鲜香;稍冷时第二次放,辣椒面不会糊;最后一次放,是为保持辣椒的原味。喜欢吃花椒的,可适量添加,有麻辣味道……"

何超这请吃,吃得讲究,吃得安逸,让人晓得了重庆小面制作的不少门道,我回去给素素姐说,她会学得很快的。

李俊还要跟何超喝酒,赵莹莹搀扶我下到一楼,我细看这小面馆,内饰古朴,木门木墙木椽,回字形木窗棂,笨拙的木桌木凳。都没有上漆,露着原木本色的纹理。生意好,食客打拥堂。何超读书不行,经营这小面馆倒在行,当然,主要是他爸爸的功劳。我兴奋,要是我读书不行了,就也开个小面馆,重庆人太喜欢吃小面了,当然,开个饭馆也行。本钱呢,可以找爸爸妈妈爷爷奶奶外公共同投资,赚了钱给他们分红,由素素姐全权经营,我当甩手老板。我把这想法对赵莹莹说了,她嘻嘻笑,扶我出门:"俞帅奇,你行呢,吃个小面,把将来都设计好了。"

我挠头笑:"我是残疾人,要想好今后的路怎么走。"

夜幕降临,华灯初放。

较场口以前称较场坝,重庆言子说,较场坝的土地管得宽。确实管得宽,不是四岔路口,是五岔路口,有木货街、百子巷、磁器街、草药街、鱼市街等。素素姐带我来过,是素素姐给我说的,说这里有人才市场,她在这里等过雇主。

五月的重庆就热,我和赵莹莹都穿得少,她穿的短袖蓝花裙子,我穿的短袖长裤,她搀扶我沿临江的人行道走,她那柔滑的肌肤有电流。我四处看,高楼林立、店铺众多,较场口中心花园里的霓虹灯闪耀,迷人的色彩映照迷人的赵莹莹,活像仙女。

"看,十八梯!"赵莹莹搀扶我走到临江的山崖边。

连接重庆上下半城的十八梯灯火点点,可见下半城密集的房屋、沿江的马路。马路上汽车的道道车灯如同跃动的彩虹,可见夜色中静静流淌的长江和江对岸的南山。素素姐跟她爸爸在十八梯住过,素素姐说,十八梯有七街六巷,有名特小吃担担面、糍粑块、麻糖、醪糟汤圆……说得我眼馋嘴馋,我要到十八梯走走看看,海吃小吃。只是我腿脚不便,上下十八梯很困难。此刻里,天上的月辉、星光与十八梯和大江的灯火交融辉映,令人遐想。

"哇,俞——帅——奇!"比我矮的赵莹莹兴奋地笑,仰脸看我,"梦幻夜色下的你,活像个电影明星!"

我很开心:"我可比不得电影明星,我的五官倒是端正,只要不发痉挛。"

秀色可餐,美丽的赵莹莹在我身边,我来了勇气,我要到十八梯走走看看,对她说话。

"你的眼睛在说话。"赵莹莹看我。

"你,看出来了?"我紧张。

"嘻嘻,你有欲望。"

"欲望,我,没有欲望!"

"无欲者必守旧,不会去追逐新奇……"

一辆出租汽车开过来,赵莹莹奔过去招手拦住车,回身过来,搀扶我到车边,打开后车门扶我上车,她坐到副驾驶位置。

来的时候也是这么坐的,她说她请客她付车费。

我感谢她,也莫名地泄气。

八

"他说风雨中,这点痛算什么,擦干泪不要怕,至少我们还有梦……"台湾歌手郑智化含泪唱的这首歌我很喜欢,每次在电视里看到他拄拐杖唱这首歌,我都好激动。

"人生这个大舞台,意志坚强、不服命运的残疾人都是你学习的榜样。"爸爸给我说过这话。爸爸就是以郑智化为例说的,说他两岁时患小儿麻痹落下腿疾,却并没有影响他的顽皮。三岁至六岁,是他与医生、药物持续抗斗的童年,那时他喜欢上绘画,立志当画家,第一张画画的关公。七岁时,他做了手术矫治,可以拄拐杖走路。

爸爸笑说:"他最拿手的三件事是做小买卖、打架、追女孩。"

"他还追女孩?"

"怎么不可以追?他人残心不残,追上女孩结了婚,还有了女儿。"

倒是,妈妈城口的学生章哥哥就患小儿麻痹症,他每天坐电动轮椅去医院上班,开残疾人汽车来看望妈妈,跟他身为健康人的女同学结了婚,有了宝贝女儿。他们都是我学习的榜样。

"儿子，你快要考大学了，你今后也要成家立业的。"爸爸说。

　　是啊，转眼间，我高中就要毕业了，想到高考，我就跃跃欲试。我的学习成绩比原先好，化学考试及格了，语文作文得了95分，写的我去高原的事情："目光无限延伸，向西，群山莽莽，便有了'窗含西岭千秋雪'的意境……"曾校长看了我这作文，说："不仅有景有情，还有思考有追求，难得的一篇好作文。"外公说："饱含诗意。"

　　这点痛算什么？从精神上讲，不算什么，可具体到自己身上痛死人。身体一向很好的素素姐感冒了，传染给了我，对于身为健康人的她，吃药、发汗就没事儿了。可对于我这个病人，就又是一次痛苦不堪的煎熬。我的体温飙升到40摄氏度，如不打退烧针，我的整个身体就会变成一个持续加热的火炉。妈妈用了物理降温的办法，对我全身都用酒精棉球擦抹，我的额头还是滚烫，素素姐给我刮痧也没用。接连几天高烧，我烧得说胡话，更可怕的是诱发了痉挛，身体僵直，翻白眼，手反向扭曲，脚挛缩成一团，晚上无法入睡，白天吃不下饭。去医院急诊科打针输液，才慢慢降温。我身无力眼无神，觉得我所有艰苦持久治疗的成效全都付之东流了。这不是一点痛的事儿，是无可救药的失望、绝望，我又想到了死。身为大教授的妈妈也一筹莫展，苦着脸给爸爸打了电话。爸爸不是医生，给我治疗心病："儿子，没有过不了的火焰山，你努力的所有成效都不会付之东流的，把你那95分的高分作文再看一遍，爸爸读了也精神倍增……"爸爸这"药方"有效，我的作文治我心病，仿佛孙悟空在太上老君的八卦炉里炼了七七四十九天，出炉后，腾空十万八千里。我又能吃能睡精神起来。"心为万法之源、众妙之门。"名老中医这话对。

我身上有了劲儿，还练拳脚，军人的爸爸会打拳，教过我打拳。爸爸说，这也是锻炼。星期六下午，我在小区的池塘边练拳，妈妈开了她的越野车过来："儿子，妈去洗车，你去不？"

"去！"我拉开后车门上车。

妈妈给素素姐打了电话，说我跟她洗车去了。

小区附近就有洗车场，妈妈没有停车，东弯西拐近半个多小时，开进一家洗车场，招牌是"李明儿洗车场"，两个洗车屋里都有正在洗的汽车。妈妈说，这洗车场洗车的姑娘、小伙全是跟我一样的脑瘫病人，她是听同事说后来这里洗车的，洗得干净，服务态度好。我明白妈妈为啥舍近求远多花了汽油钱带我来这里洗车了。妈妈把越野车停在院坝里，洗车姑娘就来开了后车门，戴橡皮手套的手罩住车门的上沿，我下车吃力，她扶我下车。我说："谢谢啊！"她说："不谢，你们这车可以，没得丁点儿划痕。""你看了？""必须看。"妈妈出驾驶室时，高个子的男洗车小伙儿也用戴橡皮手套的手罩住车门的上沿，护妈妈下车。

妈妈下车后看手机，我看五男一女洗车工。

洗车姑娘老把式呢，高压水枪喷出的水柱龙飞凤舞，水到灰尘除。她擦车卖劲儿，对着车门车尾疯狂擦，一对小辫儿跳动。她走路是剪刀步。五个高矮胖瘦不一的洗车小伙儿，有的走剪刀步，有的笑脸怪异。女孩洗车的很少，这洗车姑娘还是脑瘫病人，我关心说："你别太使劲。"

她依旧疯狂擦车："不使劲擦不干净。"

"你慢点儿。"

"不能慢，多洗车多挣钱，外婆等钱治病。"

她说到外婆，我就想到我可亲可爱走了的外婆："我叫俞帅奇，比喻的'喻'去掉口旁，帅气的'帅'，奇怪的'奇'。"

"我叫曹慧莲，曹操的'曹'，智慧的'慧'，莲花的'莲'。"

"曹慧莲，你好！"

"俞帅奇，你好！"

"你外婆在城里？"

"在乡下。"

"跟你爸妈在一起？"

"我从没有见过爸爸，我五岁时妈妈病死了，外婆把我养大。"

我同情她。

曹慧莲使劲擦干净车窗："好了！"对我一笑，她五官端正。

同病相怜，我说："你洗得很干净，我跟妈妈说，多给你钱。"

"那才好呢，只是我们老板不许，雇主多给一分钱都不许要，否则，要受处罚。"她迈剪刀步走，去洗另外一辆车。

妈妈一直注意着我："儿子，看见了吧，人家跟你得的一样的病，还要卖力干活。"

"妈是说我吃闲饭?"

"妈可没这么说,她洗车,你读书,读书并不比洗车轻松,甚至更累更苦。妈是说,你的家庭条件比她好,更应该努力读书。"

"嗯。"

一个胖胖的男人过来给我烟,我摇手。

"李老板,来你们这里洗车的不少,赚钱了吧?"妈妈问他。

李老板抽烟说:"洗车的这些娃儿都是病人,开始亏损,现在赚钱了。"

"名声大了。"妈妈笑。

李老板点头:"顾客说我们服务好,有的是来献爱心。"

妈妈说:"李老板,你做善事儿呢,我以后都来你这里洗车。"

李老板笑:"谢谢啊,我呢,也还为我儿子。"

"为你儿子?"我问。

李老板指着卖力洗车的高个子男孩:"那是我儿子李明儿,脑瘫病,有这洗车工作后,跟大家一起拿工钱,成天乐呵呵的。"

"李明儿,洗车场用的你儿子的名字命名啊!"妈妈说。

李老板点头:"倪主任,我婆娘想向你问问她的妇科病,她管账,就在办公屋里。"

妈妈说:"要得。"跟李老板去办公室。

我的手机响了,是何超打来的,说他小面馆那细妹儿想找个名医看病,他说我妈妈就是名医,可是挂不上我妈妈的号。我说，这没问题，我给妈妈说，给她加号。跟何超通完电话，我见曹慧莲在跟一个方脸男人解释什么，就好奇地走过去。曹慧莲指着皮卡车车头的划痕笑说，洗车帕是擦不出划痕的，你开车来我就看了，还跟你说了的，这里有划痕，你点了头的。方脸男人瞪眼，我是摇头，我这车没有划痕！他身边的两个崽儿瞪圆眼睛，其中一个说，赔钱，少说也得五百块！曹慧莲说，这划痕是旧痕！方脸男人说，是新痕，赔钱！曹慧莲说，人要讲道理……三个男人就大吵大闹，扬言要砸洗车场！

一双怒目对了他们，是我的怒目。

我把拳头捏得死紧，虽然爸爸教我练过拳脚，我知道，我打不过他们，我把脸凑拢方脸男人的脸，愤怒地说："我也是来洗车的顾客，这划痕分明是旧痕，你们要敢砸洗车场，我……"

"你要啷个？"方脸男人盯我。

"我，我送你们去派出所！"

方脸男人说："派出所有我哥们儿！"对身边的两个崽儿，"砸，砸了这洗车场！"

七双怒目对了他们，五男一女洗车工加上我。

方脸男人和两个崽儿不虚我们几个残疾人，依旧喊赔钱，威胁要砸洗车场。李老板夫妇和我妈妈赶来。妈妈对方脸男人说："派出所有你哥们儿又咋啦，你们要敢砸洗车场，就把你们抓起来！哼，我认得你，你个'车闹'，竟敢跑来这里讹钱！"方脸男人看到我妈妈，脸变色，招呼两个崽儿上皮卡车，骂骂咧咧地开车走了。

妈妈开车回家时,我问妈妈咋说"车闹"。妈妈说,医院有"医闹",我看他们就是"车闹","李明儿洗车场"周围新完工了好多楼房,多了几家洗车场,他们不定是拿了哪家洗车场的好处来捣乱的,想搞垮生意不错的"李明儿洗车场"。我点头,妈,你真的认识那个方脸男人?妈妈摇头,不认识,他带人来讹诈洗车场,不会是好人,我也讹他,三十六计就有"无中生有"一计。我说,妈这计策用得好,把他们讹住了,他们心里有鬼,跑了。

回家后,我把"李明儿洗车场"的事儿对素素姐添油加醋说了,素素姐惊叹,说我勇敢,有同情心,有正义感。素素姐做了丰盛的晚餐,饿了的我大饱口福。

我身体的多个部位欠灵活,嘴巴却很灵活,因为喜欢吃,我的舌头、嘴唇锻炼得很灵活。越灵活就越喜欢吃,良性循环,我这个吃货名副其实。素素姐跟我说过,我幼年时,发育、反应都比同龄人迟钝。那个夏天,她抱我出门散步,见赵莹莹在她爸爸身边吃牛奶冰糕,就抱我过去,想看看我的反应,"奇迹"出现了,我不像平日呆呆的样子,一直盯着赵莹莹吃冰糕,小嘴咂吧吞口水,舞动手脚朝赵莹莹身边凑。素素姐高兴,觉得我有这反应,就不是个傻子,兴冲冲抱我去小区门外,买了块牛奶冰糕给我吃。我把一块冰糕吃完了。素素姐回家一说,家里人有了久违的笑声。因为我喜欢吃,才没有变成一个傻娃儿。这是素素姐说的,她说,从那以后,不管啥东西,只要是可以进嘴的,我都吃,看到吃的,我眼睛就发光。当然,我这病是运动神经受阻,发病时，味觉也受影响，妈妈就用麻辣、酸甜、鱼香、泡椒味的饮食刺激我的食欲。对于我吃的食物，讲原则的妈妈就不讲原则了，妈妈说，恨不得把天上的星星都摘下来给我吃。家里做的，外面卖的，妈妈都想方设法让我吃。重庆的名菜邮亭鲫鱼、来凤鱼、北渡鱼、豆花鱼、老鸭汤、哑巴兔、水上漂、梁山鸡、辣子鸡和一些网红菜我都吃过，还给予评说。爷爷说，我孙儿当不了品酒师，可以当品菜师。

吃，让我觉得生活美好，我几次发病与死神擦肩而过，都与我能吃有关。那年去乡下治病，水土不服、病毒感染，我的舌头、嘴唇都溃烂，吃饭痛得哇哇哭。奶奶边给我喂饭边落泪，说，孙儿，痛就不吃了吧。可我还是边哭边吃，把饭菜吃完了。人是铁饭是钢，吃饱吃好可以抗病。欧阳中医晓得我怕吃药，也晓得我爱吃，就把鱼头、猪心子、油炸蝎子、油炸蜈蚣做成药引子，吃起来香脆，苦药和可口的药引子就一股脑儿下肚。我开先不知道，被"利用"了好多次，这"利用"有益于治疗我的病。那次骨折，我住进ICU，上全麻保证我的骨折愈合，三个月后，才拔掉诸多管子、氧气罩。长期没有进食，我的消化功能退化，咬东西费力，吞咽困难，稍大稍硬的食物都会呛着。我这个吃货还是一口一口咽下难吃的营养液，吃下细面条、软包子、糯烧白，吃下果酱奶油味儿的马卡龙，食欲得以恢复。

吃，吃遍天下的美食，是我的渴求，是我治病健身的动力。

这一点，妈妈跟我高度一致，妈妈也喜欢吃，还跟我抢着吃。外公打击我们说，将来人工智能时代，吃几颗药丸就可以生存，你们这么吃不行的，费力又费神。我反驳外公，外公说得没有道理，不吃健康好吃的东西，人活起还有啥子意思？外公呵呵笑，我是担心你们吃坏了肚子。说到健康好吃的东西，爷爷有他的看法，爷爷说，健康的东西都不好吃，好吃的东西都不太健康，劝我年轻时要注意养生，老了后才能保持活力。我反驳爷爷，年轻时就该放飞自我，使劲吃，老了后才不会有遗憾。奶奶说，我孙娃说得对。我嘿嘿笑，总之是，爱吃的人，运气都不会差的。素素姐点头笑。妈妈笑说，我的这个吃货儿子啊，将来会有前途的！

妈妈笑得开心，凶起来也让人害怕。

记得小的时候，因为怕痛，我死活不穿矫形鞋，妈妈不顾大家的反对，把我关进我的小屋里，锁死屋门以示惩戒。爷爷奶奶外公外婆一直视我为掌上明珠，出面求情也没用。素素姐落了眼泪，爸爸给妈妈打电话说道理她也不听。妈妈还把我小屋的电闸拉断，晚上屋里漆黑。我又饿又怕，哇哇哭，声嘶力竭哭，妈妈都不动心。"你穿不穿？"妈妈就这句话。我实在熬不过了，呜咽说："穿，我穿，妈妈，你打开门……"妈妈才把门打开，大家进来，见我一脸泪水一身是汗，都好心痛。我很怕妈妈再把我关进小屋，忍痛穿了矫形鞋，脚痛，却比关在屋里又饿又怕好，穿得久了，也就适应了。

这天傍晚，何超带了细妹儿登门，拿了鲜花提了水果抱了陶罐装的油辣椒，说是来答谢妈妈给细妹儿加号，耐心给细妹儿看病。妈妈说，医院有规定，不许送礼。何超说，鲜花不算礼品，就算是也请收下，这些东西是送给我同学俞帅奇的。妈妈盯何超，你厉害呢，有办法堵我的嘴。妈妈闻到了油辣椒的香味儿，何超打开陶罐，妈妈用筷子挑油辣椒品尝："啊，好辣，辣得痛快！"

"妈，这是何超他们自己做的！"我说。

妈妈让正在厨房下面条的素素姐用这油辣椒做作料，喊她多下两碗面条。细妹儿就跑去厨房帮忙。

五碗拌着油辣椒的杂酱面上桌，味道麻辣鲜香，我吃完一碗还想吃。素素姐说，经了细妹儿的点拨，又得了下面的窍门。我说，细妹儿是何超那"重庆小面馆"的得力助手。吃完面喝茶，妈妈亲自泡的山城沱茶，说是清香养胃。何超说他有胃病，今后多喝这茶，还要向我妈妈赔礼道歉。妈妈不解。何超说，他有错，不该学我走路，不该打我。对我妈妈抱拳说，还请倪主任多多海涵！妈妈笑说，你那时候小呀，那时候，你跟帅奇都不懂事，你没得错，用不着道歉。是呢，那时候我跟何超都小，现在都长大了，我对何超说，你打过我，我以牙还牙也打过你，我们扯平了。"以牙还牙"是妈妈给我说的，她那时说，只要你在理，何超打你，你就以牙还牙。妈妈也说，儿子，你打不过何超的，要晓得保护好自己。

何超喝口茶："倪主任，今天来，还有个事儿。"

"啥事儿？"妈妈问。

何超说："倪主任，您说的那个'车闹'，就是个'车闹'。"

"真的,还让我说着了。"妈妈说。

何超点头:"俞帅奇给我说了'李明儿洗车场'的事后,我就常去那里洗车,仔细观察了附近的几个洗车场,发现其中一个洗车场里有个方脸男人,我就找了私人侦探跟踪。"

"有私人侦探?"我问。

"有,他们查清楚了,那家伙不仅是'车闹',也是'医闹'。总之,哪里需要就去哪里闹,为的就是一个字,钱。"

"把他抓起来!"素素姐说。

"那家伙警惕,溜了,溜得无影无踪。"何超说。

大家都好遗憾。

九

唉!我长叹口气。赵莹莹问我咋啦,我目视校园绿茵场,我们三班正跟一班进行足球比赛,队员们你争我夺,一个个生龙活虎,前锋李俊满场奔跑。我却没法上场参加我喜爱的足球比赛。我仰头看操场边这黄葛老树的树叶,春天换下的树叶随风飘落:"我是会落叶的,会竹篮打水一场空的。"

"你是说学习?"赵莹莹问。

"春天过了是夏天,高考就来了,我这个残疾人费心费力读书,可要是考不上大学,我所有的努力就全都白费了。"

赵莹莹怼我说:"给你说个故事,水桶甲和水桶乙被吊在井口上。水桶甲问水桶乙，你咋闷闷不乐，有啥不愉快的事儿？水桶乙说，真是一场徒劳，好没有意思，刚装满了水，跟着就空了。"

"可不是？空了。"

"水桶甲说，非也，我们是空空地来，却装得满满的。"赵莹莹看我，"人生哲理的故事，同样的一件事情，从不同的角度去看，就会有不同的心态。俞帅奇，你的所有努力怎么会白费呢。你学到了知识，认识了老师，结识了同学，病情大有改善，越来越成熟。你与其自寻烦恼，倒不如换个角度，转变一下心情，往好处想，你会快乐，钻牛角尖，你会悲观，是也不是？"

我动了下眉头。

"俞帅奇，我一直很佩服你，你坚强好胜乐观。莫灰心，你能考上大学的，从幼儿园到高中，我们一路走来，你我都是相互的见证人。"

"赵莹莹，我怕考不上。"

"即便是考不上，也不会竹篮打水一场空的，何超连高中都没有考上，现在不是当老板了，还是重庆市小面协会渝中分会的副会长了！"

"他是健康人。"

"你是残疾人中的佼佼者，市残协表彰了你的！"

"这是压力，我得考上大学回报。"

"嗯，我们都得考上大学，包括李俊。"

"你和李俊是没有问题的，可我……"

"毅力,你要有毅力,呃,那天你给我说鲶鱼有毅力,刚说,上课铃声就响了,讲讲。"

我想想,说:"海里那鲶鱼抓到老鼠了,按理说,机警狡猾的老鼠生活在陆地上,鲶鱼抓到老鼠是不可能的,可鲶鱼就是抓到了。"

"鲶鱼厉害。"

"鲶鱼是夜间出来觅食,它游到浅滩处,把尾巴伸出水面,用鱼腥味儿勾引老鼠,它可以等老鼠到天亮,等不到,第二天又来,有时会等上一个月。"

"啊!"

"老鼠饿了,闻到了鱼腥味,发现了鲶鱼尾巴,没敢轻举妄动,就用爪子拨鲶鱼尾巴,或是咬一口就跑。鲶鱼忍着痛,尾巴一动不动,老鼠放松了警惕,以为是条死鱼,张口咬住鲶鱼的尾巴往岸上拖。"

"鲶鱼被老鼠抓了?"

"说时迟那时快,鲶鱼使出浑身解数,尾巴使劲一摆,把老鼠拖进水里。鲶鱼可是鱼呢,一场鱼鼠大战就是一场生死搏斗。鲶鱼用锯齿般的利牙咬住老鼠的脚往深水里拖,老鼠在水里没法呼吸,拼死挣扎,最终被淹死。鲶鱼美美地饱餐了一顿。"

"嗯,有趣,鲶鱼有毅力!"

"我外公看的书多,他给我讲的。"

"你外公是要你有毅力。"

我点头:"外公说,鲶鱼抓老鼠有两个关键点,一是鲶鱼有耐心；二是鲶鱼能忍痛。概而言之，是鲶鱼有信心，有毅力。"

"你外公说得对。是呢，生活中的好多事情，就跟鲶鱼抓老鼠一样，看似没法实现，却是可以实现的。俞帅奇，你有鲶鱼的耐心，你也能忍痛，概而言之，你也有信心和毅力的！"

是啊，我得把事情往好处想，我为啥只想到高考落榜呢，为啥就不想我能金榜题名呢？即便是考不上大学，我也可以去"李明儿洗车场"跟同病相怜的人一起洗车呀。这么想，心里难受，不是我没有能力洗车，是觉得屈才。

"我——要——考——上——大——学！"我心里呐喊。

足球飞来，滚落到我脚下，我飞起一脚，足球朝跑来的李俊射去。李俊抬脚接球，球反弹老远："哇，俞帅奇，你的脚力好大！"他奔去追球。

不想我的脚力还可以，我得意地笑。赵莹莹看我笑，扶我到球场边看足球比赛。球赛接近尾声，争夺白热化。我和赵莹莹跟三班的其他同学们齐为我们班的球队呐喊助威，加油，加油！我喊得声嘶力竭。5比4，我们班小胜，赵莹莹、李俊蹦跳欢呼，我也蹦跳欢呼。

生活多好！

可我想到过死，想到过安乐死。

网络上有人讨论安乐死，这话题我纠结过，原因是我的病。我从小到大都有家人、素素姐的照顾，有老师、同学的关心，我应该知足了。但是，我总是受病痛的折磨，尤其是冬天。重庆的冬天多雨，湿度大，寒气袭人，健康人不惧寒冷，可以上班、跑步、逛街，何超、李俊还游泳横渡长江、嘉陵江。我发起病来痛不欲生，精神崩溃，就想到死，希望自己在不知不觉中死去。我觉得安乐死是一件好事情，顾名思义，安静快乐地离开这个世界。网上有正反两种意见，认同者以为，全瘫患者生活极度困难，晚期癌症病人剧痛难忍，与其活受罪，不如早些解脱，应该尊重病人的选择，病人有权决定何时结束自己的生命，这些病人解脱了，也有利于医疗资源的调配，让其他病人得到更好的治疗，一举两得。不认同者以为，人在痛苦的情况下，意识是不清楚的，极端痛苦时，会冲动行事。尊重病人的选择，判断的标准怎么定？至于医疗资源的调配，难道就靠在这些病人身上打主意吗？我的看法经常变，早先，我一痛苦就想到死，可身体好起来，立马会打消这念头，觉得安乐死可以存在，有法律约束就行。我痛苦至极时说到安乐死，妈妈说，谁来为你实施安乐死？妈妈这话把我噎住了。妈妈说，儿子，你在ICU看到过的，那些饱受疾病折磨的病人，那些不省人事的病人，他们的家人不敢也不愿意拔掉维系他们生命的那些管子，我是你的妈妈，是救死扶伤的医护人员，又怎么会做这事儿……

我的手机响，是何超打来的，说他今晚又要请我们吃喝，说他的面馆里挂了"重庆市小面协会渝中区分会副会长单位"的牌子，要庆贺一下，叫我务必转告赵莹莹和李俊，务必按时到。又有好吃好喝的了，我这个吃货开心。我对赵莹莹、李俊说了。赵莹莹揶揄说，何超请客以前都是叫我转告你们的，现在让你转告我们了，俞帅奇，何超心目中有你没有我了呢。我嘿嘿笑，他是有求于我。李俊问，求你啥事儿？我说，求我叫我妈妈给细妹儿加号看病。李俊说，世上的事儿都不是无缘无故的，世俗如此也。赵莹莹说，也是哈。李俊怪笑，何超说细妹儿是他馆子里的帮工，我看是他的相好。赵莹莹说，有可能也没有可能，可能呢，是细妹儿长相不错，人也勤快；不可能呢，是细妹儿是乡下妹儿。

我同意赵莹莹的分析，管他的，去宰何超一顿，去大吃大喝！

太阳在笑，为校园的草木、教学楼和我们三人镀上了一层金，我眼前一派迷蒙的辉煌，校园外的小溪金波闪烁。

我是会游泳的，我婴儿时就做水疗，不怕水。

妈妈为治我的病，无时无刻不在寻找各种有效的药方和科学的方法，妈妈说，她带学生提的口号是"严谨创新，永不放弃"。给我治病亦是如此。妈妈儿童医院的专家同学给她说，不光水疗，帅奇得学会游泳。研究证明，游泳组患儿的肺活量可提高百分之七十四；经常游泳的患儿，血液中免疫球蛋白的指标较高，可少生病；患儿游泳时，充分地接触阳光、空气、水，可促进机体对维生素D的吸收，有利于体格发育；游泳能锻炼患儿的神经系统，增强心理承受力。这么多的好处，身为游泳高手的妈妈就带我去少年宫、文化宫的游泳池，手把手教我游泳。妈妈说，游泳也是锻炼治病，其他锻炼方法我常抵触，而游泳我不抵触，很喜欢，每次游泳后，我的四肢都特别放松，运动量大，能吃能睡。我开始是狗刨,后来蛙泳、仰泳、自由泳都会。我走路是剪刀步,在水里就是水浒传里的浪里白条张顺,这是外公夸我说的。

重庆的春天刚走就热,繁多的作业、高考前的复习,头晕脑胀,就想到游泳,我跟外公说了游泳之于我的诸多好处。外公说,晓得,我的女儿你的妈妈早就对我说过的。今天周六,素素姐参加老乡聚会去了,急诊说来就来,妈妈去医院手术室了,外公来家陪我。外公的诗集《纸上墨韵》出版了,装帧不错,签名送给我一本。我翻阅一阵,有感而发:"纸上群蚁排衙,墨韵自然潇洒,心雨注入笔端,神游四海天涯。"

外公一怔,叫我再诵一遍,我就再诵了一遍。

外公惊叹:"嗯,我孙娃这有感而发的诗好,首句就好,末句似可斟酌,不过呢,神游天涯,旅游天下,健康身心,可以的,好诗!"外公不管爷爷高兴不高兴,不叫我外孙,叫我孙娃,"少日不见,我孙娃写诗大有长进,呵呵!"他嚯嚯喝茶。

"外公,我们去嘉陵江边凉快一下。"

"想去游泳?"

我点头。

外公说:"你妈带你去嘉陵江游泳,我跟去过,晓得你的水性好。不过呢,尽管你是嘉陵江边长大的崽儿,尽管我夸过你是浪里白条张顺,可你还是只能在河湾的浅水处游,你晓得的,我不会水。"

"要得,听外公的!"

天热，心热，我和外公来到嘉陵江边。我在家穿好游泳裤的，脱去外衣裤，走到江边，扑到水里。河湾的流水平静，我在清凉的江水里扭动身子，一头扎进水里。缓流中，河底细沙间的鹅卵石在水波的折射下闪亮，像一颗颗珍珠，有鱼游过，我去抓，鱼儿逃之夭夭。

"帅奇，你游到哪里去啦？"

我从水中亮出头来时，听到外公的喊声，我抹去脸上水珠敬礼："报告外公，我在这里！"

外公立在岸边朝我瞪眼。

我朝外公做鬼脸，一个鹞子翻身仰游，温顺的嘉陵江水托举我，欢跃的浪花拍打我。我眼前一亮，看见抱着儿子的强哥哥、乔姐姐来到江边，跟外公打招呼，向我招手。我的小侄儿安安来啦！我奋力挥臂蹬腿朝江边游，游着游着，右小腿一阵钝痛，我伸手去捏，痛得更是钻心。抽筋了，我的右小腿像是被一只魔掌拽住，提不起，动不得，身子往下沉。刚才还是那么温顺的江水，此时里发了疯，掐我的脖颈，淹没我的肩头，江水毫不留情地往我的嘴巴鼻孔里钻。我憋不住，咽下一口水，又咽下一口水。我心急害怕，拼命往水面钻，断续看见外公、强哥哥在江边焦急喊叫，乔姐姐急得跺脚。外公不会游泳，要是妈妈在就好了，妈妈教会我游泳，鼓励我游泳的。强哥哥飞扑进江水，江水迅速包围了他，他站在岸上是那么稳，在水里却力不从心，他拼命朝我伸手，我使力去抓，可那仿佛坠了千斤石头的右脚拽我下沉……一个人把我顶出水面，是曾经想带我投江的妈妈，妈妈一只手从我后背伸进我的腋下,死死抱住我,另一只手怒打江水往江边游。

我得救了,强哥哥却被江水吞噬。

瓦蓝的天空聚来云朵,每一朵云都是一颗巨大的眼泪。傍晚,才在嘉陵江下游打捞到强哥哥的遗体。暮色中的嘉陵江水呜咽流淌,哭成泪人的乔姐姐亲吻强哥哥苍白的脸,他们幼小的儿子安安在我妈妈的怀里哇哇哭。

"强哥哥,我的强哥哥,都怪我啊!……"我泪流满面,心痛欲裂。

人啊,会在无意中做出一件终身遗憾而又没法弥补的天大错事,要是时间能够倒流的话,我宁愿热死,也不会下河游泳的!强哥哥一家三口周六来看望我们,屋门锁了的,他给我妈妈打了电话,做完急诊手术的妈妈给外公打了电话,听说我下河游泳,担心不已,急慌慌赶来江边,才救了我。而我的强哥哥走了,不会水的他冒死救我。我呆呆地躺在床上,不吃不喝,两眼无神。我没有发病,我已经好久没有发病了。家人们、素素姐都宽慰我,叫我要吃饭要喝水。我吃不下喝不下,比亲哥哥还亲的强哥哥走了,我可亲可爱的外婆也走了,他们离开人世都跟我有关。

乔姐姐抱着幼小的儿子安安来了,说她怀中的儿子在叫我俞叔叔,说俞叔叔要吃饭要喝水,是他爸爸说的。我泪水夺眶。乔姐姐明显瘦了,两眼噙泪,接过我妈妈手里的鸡蛋面条递给我:"帅奇,身体重要,你得吃得喝,你要努力考上大学,是你强哥哥托梦给我说的,你得听他的话……"

乔姐姐够痛苦的了，强哥哥走了，安安还小，她还带着儿子来宽慰我，我的泪水一直流啊流，没法止住。我接过面条，泪眼汪汪，吃完面条，喝干面汤。强哥哥，我吃我喝，我不会辜负您的！

高考到来，我迈着坚定的剪刀步，倔强地走进考场，为了强哥哥，我要努力考上大学，第一科考的是语文。

考前夜以继日的复习、饮食物品的诸多准备、大人们絮絮叨叨的叮嘱，紧张，累人，烦心。怕这里那里没有复习到，怕这样那样没有准备好，担心试题难，担心发病，等等。可坐到考桌前，这些都烟消云散。如同小说、影视里的攻坚战，战前的等待、焦虑，一旦开战，则烟消云散，只管呐喊冲锋，夺取胜利。考场就是战场，纸笔就是武器。

瞌睡了来个枕头，作文试题叩击心扉，正是我要说的话。

试题是：阅读这篇故事素材，写一篇不少于800字的文章。"《庄子》记载了一个耐人寻味的故事，子舆天生浑身缺陷：驼背，隆肩，颈脖超大。有人问：'你一定为你的形象很头痛，很苦恼吧？'子舆昂然回答：'如果老天把我的左臂变成一只公鸡，我就让它高亢鸣叫，为人们报晓；如果老天把我的右臂变成一只弹弓，我就用它打下斑鸠烤了吃；如果老天把我的脊柱变成一辆马车，我就用骏马拉车驰骋天下。我为什么要头痛、苦恼呢？'"

切肤之感，感同身受，我略加思忖，挥笔写下标题：给生活加点糖。

我是个吃货,酸辣苦甜都吃,奶奶说要少吃糖,我才不管,水果糖、麻糖、米花糖、巧克力、冰淇淋、奶油蛋糕、酥皮曲奇来者不拒。我这个脑瘫病人,身心经受的酸甜苦辣,经受的磨难好多,我一直头痛、苦恼,苦不堪言,可我还是坐到这敞亮的高考考场来了。落地窗外的夏日跟浮动的乌云碰面,考场的光线时而强时而弱,不会是永远阳光,也不会是永远昏暗,阳光、昏暗是永不分离的伙伴。苦的反义词是甜,苦甜亦是生活中永不分离的伙伴。给生活加点糖,甜蜜会改变心态,会变劣势为优势,就如子舆所言,为人们报晓,打斑鸠烤了吃,扬鞭催马驰骋天下。给生活加点糖,拥抱这个喧嚣的世界,追求给人以快乐的地平线,享受可口的美食,感恩亲朋好友同学,旅游天下,领略人世华彩。人世间甜蜜的事情好多,为什么要头痛、苦恼呢……

思路一打开,心泉奔流,笔尖在纸上舞蹈。

走出考场,阳光灿烂,逆光下,爸爸正微笑走来。爸爸是来为我高考助力的,爸爸说,儿子,你妈妈说得对,永不放弃,考不上就复读一年,复读一年会学到更多的知识,知识就是力量。爸爸陪我走,他的军人步走得标准,我的剪刀步走得舒展。

首战告捷吧,我是这么认为的。

爷爷奶奶外公向我祝贺,妈妈让爸爸上茶上酒,叫素素姐多加肉菜。爸爸就端了高原的酥油茶、青稞酒上桌,重复他说过的话,酥油茶滋阴补气、健脾提神;青稞酒提高免疫力、清肠通便,有利于我儿再上考场。是呢,我考的理科,还有数学、物理、外语、生物、化学等科目。我锁紧眉头。妈妈看出来了,朝厨房里的素素姐喊,素素,想起来,我今早买的鱼别清蒸,做糖醋鱼,我儿说了,给生活加点糖!素素姐在厨房里应答,要得,糖醋鱼就得加点糖!糖醋鱼我喜欢吃,妈妈说了我喜欢听的话,我的眉头松开。

再难的路也得走,再难的题也得做,我没有选择,必须在考场上过五关斩六将。最后一门是化学,这道关口最难。屋漏偏遭连夜雨,到考场后感到头涨,摸额头发热,我知道,发烧了。打退堂鼓放弃?不行,我没法放弃也不能放弃。赵莹莹为我辅导化学尽心尽力,我也刻苦复习了化学,看试卷后,觉得应该可以及格。笔尖在试卷上走步,如同我发病时走路,歪歪倒倒。我担心时间不够用,咬牙坚持在规定的时间里做完。交卷后既忐忑也放松,短暂却漫长的高考答题终于完成。摸额头有细汗粒,不烧了。奇怪,这次发烧来得快走得快,啥原因?久病成医,我的病容易导致发烧,再就是感染。可这次咋退烧这么快?这真是难解的退烧之谜。素素姐说,是我外婆和强哥哥在天有灵保佑我,是我喝了爸爸带来的酥油茶、青稞酒,提神健脾,增强了免疫力。带我长大受我医生妈妈熏陶的素素姐常说些医学名词。而爸爸说,是我强烈的求胜欲激发了防病抗病的潜能。

爸爸说得不无道理。

高考前那场暴风雨来得突然,许久没有下雨了,天忽然变黑,暴雨倾盆,风声呐呐,电闪雷鸣。我和赵莹莹、李俊放下手中的课本纸笔,齐刷刷站在教室门外的走廊迎接风雨,期待下一次电闪雷鸣。那是我们班高考前的一次压力释放,是一次各自奔赴前程扬镳前的风雨聚会。狂风送大雨，大雨打湿了我们的衣裤。班主任老师呵斥我们回到教室里，曾校长走来，她站立在讲台说，同学们，你们敢于迎接暴风雨，也敢于迎接一年一度的高考挑战……"求胜欲激发了防病抗病的潜能"，爸爸这话对，我那天的衣服裤子全都打湿了，也没有生病发烧。可赵莹莹却生病发烧了，不是淋雨后的感冒，是白血病，住进了我妈妈医院的血液科。晴天霹雳，我惊呆了，就要高考了啊！天有不测风云，人有旦夕祸福，在我身上是脑瘫，在赵莹莹身上是血癌。赵莹莹很坚强，坚持参加高考。市招生办为她在病房里设了"特殊考场"，跟我们考试的时间同步，招生办有专人送去试卷，有老师在场监考，有一男一女两位警官在场守卫，全国统考的试题不能外泄。经管赵莹莹的医生是赵哥哥，他是我妈妈的博士后，刚出站不久。赵哥哥说，赵莹莹是戴着监护仪，输着血输着液考试的，考完了全部科目。我感谢赵莹莹一直对我的关照，钦佩她的顽强。我是经受慢性病的痛苦折磨，她是经受急性病的致命打击。我的病在逐渐好转，她在病房里等待合适的干细胞。赵哥哥说，造血干细胞是造血与免疫系统的起始细胞，从供血者体内取出造血干细胞，然后清除受血者的造血与免疫系统，用供血者的造血干细胞予以重建，是造血干细胞移植术，移植治疗后，病人可以治愈。

爸爸接我回到家，我往小区的花园走，说去轻松一下。

爸爸陪我走："儿子，爸爸犯错误了。"

"爸爸也犯错误？"我心一震，瞪大眼睛。

"人非圣贤，孰能无过。"

"啥错误？"

"不假外出。"

"问题大不？"

"军人不假外出，是很严重的错误。"

"爸，你该请假呀！"

"是该请假，可爸爸把你高考的时间记错了，查看手机记事才发现，给副站长交代几句，急慌慌动身，途中给上级领导发了短信请假。"

"那也算请假了。"

"上级领导说我胆子不小，说等着回去接受处分。"

"要处分啊，唉！"

"爸爸要延续假期。"

"那不处分更重啊？"

"是上级领导叫我延续假期。"

"上级领导好，有人情味儿。"

"儿子，爸爸要去彭水县。"

"我要去！"

"去，你妈妈和素素也去。"

"好呀，'养儿不用教，西秀黔彭走一遭'。素素姐给我说过，重庆东北山区的酉阳、秀山、黔江、彭水，贫穷却山清水秀，我一直都想去看看……"

考试完了，一身轻松，等待结果，忧心忡忡，过程既紧张也还算美好的。管他的，给生活加点糖，旅游天下，去乌江边的彭水县看看，领略重庆的边城风光。

妈妈驾驶长安越野车，爸爸坐副驾驶位置，我和素素姐坐后座。妈妈随爸爸去彭水县也算是公私兼顾，妈妈所在医院有帮扶彭水县医院的任务，少不得要去县医院查房指导。妈妈一路兴奋，说她第一次随医院组织的医疗队去彭水，走的水路，那时候交通不便，医疗队坐客车到涪陵码头住下，凌晨起床登船。是一艘冒黑烟的小火轮，突突逆水上行，遇到险滩得靠人工绞滩。彭水有首民谣："彭水一大怪，姑娘睡门外，乌江做枕头，蓝天做铺盖。"我叫妈妈解释，妈妈卖关子，到了你就晓得。

爸爸替换妈妈开车，一直开车进彭水县城。

彭水是重庆管辖的苗族土家族自治县，城区是跟重庆主城一样的半岛，山势没有重庆巍峨，却十分险峻，乌江、郁江绕城流过。越野车过桥时，我看明白了，远处那山像一位仰躺的姑娘，飘逸的长发亲吻江水，可不就是乌江做枕头，蓝天做铺盖吗，民谣是说这县城依山傍水。我这么一说，妈妈爸爸都说对头。素素姐鼓掌，我还没有看出来呢！素素姐爸爸的老家在彭水县三义乡，她爸爸是去荣昌万灵古镇做活路时认识她妈妈的。

爸爸开车直奔彭水县医院，妈妈买了鲜花、水果、点心，我们一行人去到医院心内科病房，爸爸的上级领导得到大胡子站长心肌梗死住院的信息，指示爸爸去看望老站长，带去慰问。妈妈医院心内科的主任早已赶来会诊救治，妈妈跟心内科主任通了电话，回答安装心血管支架后，病情已经缓解。爸爸给病床上的大胡子站长现彭水县的顾副县长献花，转达了部队上级领导的问候，说他这个现任兵站站长代表全站官兵感谢劳苦功高的老站长！顾副县长恢复得不错，说道谢哕！妈妈送上水果、点心，说给月老补补身子。顾副县长呵呵笑，我这个月老不客气，收下哕！他拉我到他身边说，帅奇精神，考大学了吧？我点头。爸爸说，帅奇考完了所有的科目。妈妈说，帅奇的高考作文不错，说了大意。顾副县长点头，嗯，给生活加点糖，领略天下风采，好！啊，对了，彭水的阿依河就美，美死人，帅奇一定要去看看……彭水县医院妇产科主任匆匆进病房来，二话没说，拉了妈妈就走，妈妈来前给她打过电话。

妈妈抢救了一位难产的产妇，妈妈也好紧张，是产科的一种高危急症，母子都平安了。我说，妈妈了不起，妈妈伟大！妈妈说，要说伟大，是医护人员伟大。

妇产科主任请我们到乌江边桥头的餐馆吃晚饭，县医院的院长也来了。街灯、桥灯、河灯闪亮，睡门外那"姑娘"笑望星空，小城的夜景安逸。我吃了当地最负盛名的太子豆花，吃了地道的腊猪蹄炖藕汤，吃得快活。院长热心安排了我们的住屋，妈妈爸爸住专家住的大屋，我和素素姐各住一间小屋。

第二天早饭后，妈妈去县医院妇产科查房，之后，开车去顾副县长说的美死人的阿依河。素素姐一早就不辞而别坐客车去三义乡了，妈妈说好开车送她去的。素素姐在电话里对我说，三义乡太偏远，不麻烦你们了。她说老家的亲人就她二爸二妈和两个堂弟,来都来了,要去看看。

行车途中,路过乌江彭水电站。妈妈参观过,说这水电站是彭水人一直的梦想,有这梦想的还有一个人,是卢作孚。卢作孚啊,我晓得,外公让我看的长篇小说《长河魂》,就是写一艘小船起家的卢作孚的,很了不起的人!妈妈点头,卢作孚很早就说过,这个地区最惊人的是水力。他在美国 Asia and the Americas 杂志发文说,长江三峡水电站是最大的水电站,但绝不是唯一的水电站,上游沿江及其支流,将会找到许多适合的地点修建比较小的水电站,其发电总能力超过三峡水电站也毫不奇怪。他带人勘探乌江,把轮船开到了彭水和龚滩古镇,没有机械化的船运,彭水电站是难以修建的。爸爸点头,乌江不宽啊,水流量大不?妈妈说,大,大得很,相当于黄河的水流量,落差两千多米……

话多路短,到阿依河景区了。

我穿上救生衣,顿感强壮。我跟随爸爸妈妈和游客们登上竹筏排排坐。筏上立着位披红挂银的秀美的苗族导游姑娘,走路一步三响。导游姑娘说,苗家女喜欢佩挂银器,吃穿不愁。我们坐在后排,妈妈说方便拍照。我们身后是两位手持长桨的彪悍的苗家阿哥,挥桨拨水,竹筏缓缓前行。

阿依河水好绿。

导游姑娘讲说山水,山壁上的人兽图案,好奇妙。更奇妙的是,行至深处,突闻天籁之音,一只小小竹筏从河湾里驶出,一位披红挂银的苗家女在竹筏上对了划筏的阿哥挥桨唱歌。挨临我们的那只竹筏上的年轻的划筏阿哥就尖了喉咙回唱挑逗。那划筏女离我们近又不近，唱歌回应，引得大家嘻哈笑。两个划筏的彪悍阿哥粗声回唱。导游姑娘启齿笑了，舒展歌喉：

"我一定是在梦里见过你，透明的眼神我的娇阿依，乘上梦的小船漂流在你怀里，那是一种怎样的福气，天注定我们必须要相遇，因为那一段缘分清澈见底，不需要演技你世上最美丽，你轻轻触摸我就能把烦恼全平息……"

原生态的山水，清脆的歌声，忧烦一空。

阿依河迎了乌江去，一头扎进乌江的怀抱，如画的游船载我们观赏如画的乌江。我说乌江好温顺。妈妈说，这一段乌江是温顺，千里乌江呢，险滩、暗礁好多，仅彭水县境每一公里就有一处险滩。我点头："峡涨千山雪"就是形容这里的险滩多。妈妈看我，你还会这古诗？我说，外公到过彭水，他会。"沿流如著翅，不敢问归桡"也是外公吟诵的。诗歌爱好者的爸爸凑兴："挽舟如登天，捷足困盘跚，放舟若悬溜，瞥眼过重峦。"妈妈惊叹，你两爷子都是诗人啊，记性怎么好！我嘿嘿笑，来之前复习了的，爸爸说他来之前也复习了的。原来如此。妈妈摇头笑。我说，妈妈的记性才好，把彭水的事情说得一清二楚。妈妈说，我跟彭水有缘，来过好多次，我带的一名彭水考来的博士，很优秀的，出国去了。一阵吆喝声，一艘木船驶过，船屁股歪斜，我觉奇怪。导游姑娘过来说，这艘歪屁股船，是当年乌江船运的主力，还有蛇船，那个四川总督丁宝桢，开凿了乌江木船纤道，贩运盐巴、煤炭、杂货的"盐船帮""乌金帮""杂货帮"就多起来了……

旅游乌江，话题多多，长知识了。

游船靠岸下船，导游姑娘领大家沿了江边的小路走，太阳跟着我们走，我的剪刀步跟不上，走几步，跳几步，汗流浃背。妈妈在我身前，爸爸殿后，都没有扶我，我倔强地走。终于走进一座飞檐翘角的瓦屋大院，一群苗家女捧了米酒给大家敬酒，请大家到院坝里跳舞，有打击乐伴奏，边跳边唱。我和爸爸妈妈跟了大家跳舞，好开心。导游姑娘看我的剪刀舞步笑，我回她笑。

她舞过来，关心地问："脚走痛了？"

我早已适应人们的询问："我从小得了脑瘫病。"

导游姑娘不笑了："啊呀，下船后走了一里多路，没有注意你，很累吧？"

我实话实说："累。"

导游姑娘说："对不起，没有关照好你，歇歇吧。"领我出队列，"你多大了？"

"18岁，你呢？"我问。

"17岁，我叫刘素云。"她大方说。

"我叫俞帅奇……"

一位苗族阿姨跟我妈妈边走边说过来，爸爸跟在后面。

苗族阿姨指着我妈妈，对刘素云说："女儿呃，快，快些谢谢大恩人倪主任，妈给你说过的，妈生你时难产大出血，当年年轻的倪医生抢救一夜，你才来到人世！"

刘素云两眼蓦然发湿，向妈妈鞠躬："谢谢，谢谢倪主任！"

"医生该做的。"妈妈对苗族阿姨说，"不想导游姑娘是你的女儿，好水灵乖巧，很尽职尽责的!"对我说："儿子，这是你的莫阿姨。"

莫阿姨抚摸我的头："恩人的儿子啊，够坚强的!"泪水出来，"老天爷不公啊，恩人接生下我的女儿，健健康康的，可恩人的儿子……"

"莫阿姨，我也健健康康的!"我马上走了几步，朝莫阿姨笑，心里难受，感谢她的真诚同情，不想让她母女看出我心里的自卑。

莫阿姨用衣袖擦抹眼泪："嗯，健康，健健康康!"

刘素云看着我，目光中带有佩叹："妈，带恩人他们去坐坐，喝老荫茶，吃瓜子、花生、麻糖。"

"对对，过去坐坐，凉快一下!"

莫阿姨领我们到院坝边的小卖部前，说是她开的铺子，说她一眼就认出我妈妈来了。她说去找我妈妈看病的邻居回来说，我妈妈当主任了，还说我妈妈还是那么年轻。小卖部挂有琳琅满目的蜡染，摆有杂货，有宽大的竹棚遮阴，有厚实的木桌木凳。刘素云热情地给我们端茶，送瓜子、花生、麻糖，说茶是彭水老荫茶，爽心养胃。我喝茶，吃瓜子、花生、麻糖，惊叹偏僻山乡竟然有这古朴气派的高屋大院，有这么美丽热心的导游姑娘。莫阿姨一定要留我们去她家住上几天，给我们做好吃的苗家腌肉、连心鱼、血灌肠、腌菜，请我们喝瘪汤喝咂酒。我真想住几天，享受乡下的美食、咂酒，听刘素云说山乡的民俗故事。苗家姑娘刘素云能说会唱，伸臂跺脚的舞姿优美，她是这如画山水的化身，是我想象中的娇阿依。妈妈却再三道谢,说要回医院上班,安排有手术。莫阿姨好遗憾,从小卖部里挑选了三块有老虎、天使、山鹰图案的蜡染送给我们。她说这是她母女制作的,蜡染是用蜡刀蘸上熔蜡绘在布上,用蓝靛浸染,布面就出现预设的图案,浸染中,蜡会龟裂,布面的"冰纹"很好看。她说蜡染是三大印花技艺之一。她说老虎图案的送给我,她算出我属虎;天使图案的送给我妈妈,说倪主任就是天使;山鹰图案的送给我爸爸,说我爸爸是雪山雄鹰。妈妈感动地说,真是太珍贵了!要给钱。莫阿姨说,倪主任要是不收下,就是看不起我们苗家人。

妈妈只好收下,交给了我。

我爱不释手:"素素姐来就好了。"

刘素云问:"你有姐姐?"

我说:"素素姐自我出生就照顾我,比我的亲姐姐还亲。"我真希望给素素姐带块蜡染,"啊,我给钱,帮她买一块蜡染。"

刘素云说:"不要钱的。"垫脚挑选了一块丹顶鹤图案的蜡染给我,"丹顶鹤勤劳、善良,送她合适!"

我坚持要给钱。

莫阿姨说:"论年龄呢,你是哥子,你不收下,就是看不起素云妹儿!"

我看妈妈。

妈妈点头:"就帮你素素姐收下。"

回程的路上,爸爸开车,妈妈坐副驾驶位置,我和电话相约赶来上车的素素姐坐后座。素素姐看到丹顶鹤蜡染,很喜欢。我给她说了图案的意思,她更喜欢,说要好生保存。这一切皆因妈妈为难产的莫阿姨接生下刘素云,我大声说:"我的妈妈是送子观音!"

爸爸大声说:"你妈妈就是送子观音!"

十

"给生活加点糖",我的高考作文得了满分,意外之喜!

外公说:"不仅满分,还该加分。"吟道,"酸甜苦辣给生活加点糖。孙娃,你接下联。"

我拍脑壳想:"吃尽苦头为希望努把力。"

外公也拍脑壳想:"'吃尽苦头'呢,可改为'苦尽甘来'。"

"我的'苦'是没有尽头的。"

"又说泄气话,不改也行,将就。"

"不能将就,改成'回味无穷为求学再迈步'。"

"嗯,可以。横批?"

"'残而不残',残废的'残'。"

"不是残废的'残',是残疾的'残'。"

"外公咋咬文嚼字?"

"残废是废了,残疾则没有废。不残而残,不如残而不残,残缺的玉器补好更美。"

我嘿嘿笑,外公说到我心里了,残而不残,我居然考上了大学。又得感谢妈妈，是妈妈叫我填报她所在的渝都医科大学，不管什么大学，能够考上就行，学医也好，毕业后可以自己给自己看病。尽管我的作文满分，也没有上分数线，渝都医科大学的职工子女有10分的加分，加分后我刚上线，够悬的。

我去医大报到那天，赵莹莹也来报到。

她报考的北大，生病的她没能上北大的分数线，读医大的分数绰绰有余。好人有好报，真是庆幸，她等到了适合的干细胞供血者，及时做了干细胞移植，恢复得很好。赵哥哥说，没有问题了。我为她高兴，为优秀生的她没能读上北大遗憾。她说，你不想再跟我做同学？我说，想，当然想！是她自己要读医大的，她的命是赵哥哥等医护人员救过来的。赵莹莹说，她爸爸妈妈一定要请赵医生吃饭，答谢救命之恩。我说，没问题，他是我赵哥哥，又说，不行，我妈妈从来不接受病人和家属的请客吃饭，医院有规定。赵莹莹说，我是赵医生的家门，你就不肯帮我这忙？赵莹莹一直关心帮助我，我不能不答应，拍胸口说，这事儿包在我身上。赵莹莹爸爸是富有的生意人，我提醒赵莹莹，就吃一般的饭菜，酒呢，重庆的诗仙太白酒就行，不能给赵哥哥送红包，莫把他害了！赵莹莹看我笑，你还挺正经。我说，你答应我说的，我就帮你请赵哥哥。她说，要得。去的"老四川餐馆"，按我说的规格上的酒菜。赵莹莹做东，她爸爸妈妈作陪，我和素素姐是特邀嘉宾。赵莹莹心细，说请素素姐参加，是让她妈妈跟素素姐和好。赵莹莹大难不死，她爸爸妈妈都感激涕零，感谢恩人赵医生，感谢我请来赵医生，也谢谢素素姐。她妈妈还是要给赵哥哥红包，赵哥哥拒收。赵哥哥喝高了，红脸说，下次我请！妈妈给我说过，赵哥哥读她的博士后时，获得了国家优青，妈妈很自豪。赵哥哥是个人才。

三缺一，李俊没有考上大学，李俊说绝不复读，我们幼儿园的四个小伙伴，就我跟赵莹莹还在一起读书。

大学校园可大了，草木葳蕤，教学楼、办公楼、实验室、动物房在绿荫里。运动场了得，我们新入学的学生穿上军装军训。我的腿脚背叛了我，我一生都得走剪刀步。严肃的解放军教官看出来，关心地让我跟在队尾。赵莹莹也来队尾，她来了，我就来劲了，努力跟上队伍。当代医学真是神奇，赵莹莹做干细胞移植治疗后，幸运地度过了排斥反应关、感染关，跟原先一样地活泼、精神。她说榜样就在眼前，要学我，学我跟病魔斗。

阶梯教室有点像妈妈带我去过的音乐厅，宽敞、安静，随便坐。早到可以选好的座位，不管早到晚到，赵莹莹都跟我坐一起，她也读的医学系，跟我同班。连教授上课不走正门，瘦高个头的他越窗而入，上讲台就挥手跺脚吵闹，突然安静，愣盯我们，扭腰转身，在升降黑板上写下"精神病"三个大字。我们开始惊愕，继而哄笑。连教授用形体语言告诉我们精神病人的临床表现。学习后，我才把"精神病"与"神经病"分清楚。这是两类不同的疾病，前者是精神行为异常，后者神经系统病变，两者病因不同、表现不同、治愈的可能性不同。前者治愈的可能性较小，后者治愈的可能性较大。

我不是精神有病，是神经系统受损，这堂课过后增强了我治病的信心。

我怕上解剖课，又必须上，这是医学的基础。初进解剖室，阴森恐怖，平躺、侧躺、俯卧着一具具大小尸体，福尔马林味儿直冲鼻子。还没有解剖的尸体好吓人，解剖后的尸体尽显人体的206块骨骼、各部位的肌肉、纵横的血管、左右大脑、交错的神经。孟教授带我们到一具尸体前，她肃然鞠躬，我们跟着鞠躬。这是孟教授老师的遗体，已经被许多医学生解剖过。孟教授说，她老师解剖了许多尸体教学，病故前留下遗嘱，捐献了自己的遗体。

伟大的医学前辈！

风韵犹存的孟教授，大学一毕业就分到解剖教研室，一干数十年，她和她的老师教了一批又一批医学生，已是白发苍苍。她念诗："春蚕到死丝方尽，蜡炬成灰泪始干。"她说，我的老师，还有众多捐献遗体者，他们是无言的良师，他们的奉献精神，是我，也是同学们学好解剖学、研究解剖学的动力，人的疾病的预防、治疗，离不开基础学科解剖学。孟教授给我们深入浅出讲解，手把手教我们动手解剖尸体。我不怕了，专心关注大脑、神经的形态、走向和功能，还联想到西医对我的思维、语言功能的锻炼治疗，中医对我的针灸按摩治疗。了解了我的病是什么，开始理解了为什么。内外科的老师给我们讲具体疾病的症状，说症状是"是什么"，知道"是什么"容易，记住这些症状即可，难的是弄清楚"为什么"会出现这些症状。这就需要学习，学习好解剖、病理、生理、药理、微生物、物理、化学等基础学科。有了扎实的基础知识，才能学好临床课。知道"是什么"是应用研究，弄清楚"为什么"是基础研究，应用研究和基础研究是医学生、医师、教授永远没完没了的研究课题。

我对医学有了兴趣，医学博大精深。

进医大校园后，我没有发生过痉挛，是医学殿堂镇住了病魔，还是日积月累坚持治疗锻炼的结果？哪有治不好的病啊！章哥哥这么说。米哥哥也说，哪有治不好的病啊，关掉了一扇窗户，却打开了一扇大门，一扇战胜病魔、充满希望的大门！

我的自理能力强了，妈妈找了学校的有关部门，多缴房费，住的单间。我不再睡懒觉，闹钟一响就起床洗漱，拿了英文课本去校园的林荫下死记硬背。妈妈说，这也是智力锻炼。妈妈的英文好，从小就教我英文。妈妈说，学医少不得英文，不说出国深造吧，学医了，就必须不断地阅读外文文献，了解国外飞速发展的医学进展，新的医学基础和应用研究的成果，不断改变着人们对传统医学的认知。赵莹莹也来林荫死记硬背，背得脸都变色了。我们各自从相反的方向走，是会碰面的，谁也不看谁，眼睛不是看书就是看天，拼命要把铅印的英文刻印进自己的大脑。我的神经有损伤，让我走剪刀步，记忆却没受影响，治疗加锻炼，我说话更清楚了，"啾啾"的鸟语为我的英语背诵伴奏。

"哇，俞帅奇，你的英语好标准！"再碰面时赵莹莹惊叹。

"我妈妈从小就教我英语。"我说。

"真羡慕你有个医学大专家的妈妈，我爸妈是无能为力的，只能靠自己。"

"你的英语比我好。"

"那是高中，现在你在超越我。"

初晨的第一缕阳光拍打在赵莹莹笑起来有股兴奋劲儿的好看的脸上，这大学校园的林荫里有情侣相依走相依坐相依低语，我指给她看，她已背诵英语走远。我有种莫名的失落。她就是热情关心我这个残疾的同学，好同学，而已。我这么想时，赵莹莹回身朝我走来说："你晓得李俊的近况吗？"

我摇头。

"他确实没有复读，自己开公司了。"

"自食其力，好。"

"也许是皮包公司，嘻嘻。"

"不是吧？"

"但愿不是。"

我的手机响，是素素姐打来的，从我入学到大三，她都时不时给我送早点来，我说不用送，我吃学校食堂。她还是要送，说是我奶奶叫她送的。素素姐送来的早点有牛奶、豆浆、稀饭加面包、馒头、包子。都是我喜欢吃的。其实，这些学校食堂都有。素素姐是关心我。妈妈有时会开车接我回家吃晚饭，晚饭可丰盛了，爷爷奶奶外公常来陪我吃晚饭。奶奶听我说上人体解剖课的事儿，脸都吓白了。爷爷说活人死人都是人，有啥害怕的。外公吟诵："'春蚕到死丝方尽，蜡炬成灰泪始干。'千古绝唱，感人，励志！"也许是妈妈托了人，也许因为我的残疾，年级老师、班主任、班长都视而不见，按照校规，学生是不能随便离校的。

素素姐进不了学校大门，赵莹莹陪我到大门口，素素姐送来的是保温壶盛的水饺，还有加了香醋的麻辣佐料。素素姐在校门外的台阶铺了塑料布，摆上水饺、佐料，我和赵莹莹大口大口地吃。素素姐心细，晓得我常跟赵莹莹一起晨读，带来的早点够我们两人吃。赵莹莹吞下饺子，对素素姐说，真好吃，谢谢素素姐，素素姐真好！我也吞下饺子，素素姐就是我亲姐姐……我见赵莹莹妈妈提了包东西走来，赶紧背过身子，进出校门的人多，不想让赵莹莹妈妈看见我们。那天在"老四川餐馆"吃饭，赵莹莹妈妈当了赵哥哥的面，感谢了我和素素姐，表情还是很勉强，我担心她会出言不逊，担心她又会跟素素姐吵起来。

"莹莹呃，你咋在校门口吃东西！"赵莹莹妈妈看见了我们，盯素素姐，"家有家规，校有校规，你啷个随便送东西来？"

素素姐看赵莹莹妈妈手里提的东西，揶揄说："你手里提的是啥，不是东西？"

赵莹莹妈妈脸红筋胀："我女儿上海的小姨来重庆出差，给她带的参考书，大学生看书，天经地义！"

赵莹莹赶紧拦住她妈妈："妈，给你说过好多次了，不要来学校，周末我会去看望你和爸爸的。"赵莹莹推她走开。

我感到悲哀，我都是大学生了，赵莹莹妈妈还是看不起我。

我们是要临床实习的，把书本知识与临床相结合，我亲自参与了诊治、抢救病人，深感医生的责任重大。

我去涪陵区医院临床实习，实习结束回到家里，奶奶都不认识我了，客气说，啊，又来客人了。爷爷锁眉头，啥客人，是你的孙娃帅奇，大学四年级了。我才知道，奶奶得阿尔茨海默病了，妈妈把奶奶爷爷接来家里住，让素素姐照顾奶奶，素素姐可忙了。素素姐她二爸二妈叫她去彭水老家相亲的，她只好不回去了。我学过阿尔茨海默病，是起病隐匿的进行性神经退行性疾病，临床表现是记忆障碍、失语、失用、失认、功能障碍，病因迄今未明。65岁以前发病称早老性痴呆，65岁以后发病称老年性痴呆。

天有不测风云，人有旦夕祸福，在我身上是脑瘫，在奶奶身上是老年性痴呆。

除服药外，妈妈每天都给奶奶布置家庭作业，其中有做蜡染。彭水的莫阿姨和她女儿刘素云来城里进货，来看望我妈妈，妈妈就托她们母女教我奶奶做蜡染，奶奶开始不理她们，她们很耐心，逗奶奶说笑，奶奶才学做，做得认真。妈妈还买了"神奇书法练习布"让奶奶写书法，写唐诗宋词。这练习布不用墨，用水，用毛笔蘸上水书写，跟墨写的字一样黑亮，却是不久就干了复原，又可以在上面再写字。妈妈说，儿子，奶奶从小就喜欢你，趁有假期，你多跟奶奶说说话。

我满口应承，我是医学生。

奶奶这病她自己和我们都累，她时而焦躁时而抑郁，因为共济失调还步态不稳，又失眠。我跟她耐心说话，如同我小时候她跟我耐心说话，我跟她说爷爷小时候的事情："爷爷放学回家，夏天多半会手拿苍蝇拍和火柴盒。'除四害'，要多打苍蝇装进火柴盒里交给老师点数。山腰那露天粪池的苍蝇多,有次打苍蝇掉进了粪池里,记不得怎么回家的,哇哇哭。曾奶奶对了天喊爷爷的名字,叫他回来,快些回来!爷爷好像就没哭了。"奶奶想了想:"嗯,记得,你爷爷说过,他那时候还小。"爷爷惊叹:"我孙儿厉害,让你奶奶想起了早先的事情!"妈妈和素素姐都高兴。可我高兴不起来,知道这病很麻烦,但帮助病人恢复记忆是必要的。我又给奶奶讲我小时候的事情:"奶奶,那时候我从一个婴儿长成大孩子了,婴儿舱装不下我了,只好和大人一样进大舱治疗,穿上棉衣戴上氧气罩,蜷缩坐。高压氧舱里升压降压耳朵都痛,奶奶、外婆和素素姐就用口香糖教我,做出使劲咀嚼的样儿……""嘻嘻,你治疗的时间长,其他病人换了,你还天天'坐飞机'。我们认识了好多病人,他们来打听哪个防耳朵痛。"奶奶说完就不说话,又发呆。一向乐呵的爷爷也瘦了,唉声叹气。

疾病就是这样,遇上了躲不掉,身心都疲惫,只能尽心尽力想办法医治,大家对我的病就是这样。爸爸回来过,跟奶奶说话,爸爸说,没有我跟奶奶说话的效果好。妈妈说隔代亲嘛。素素姐说,就是。爸爸说,我儿子学医了,知道疾病的来龙去脉,效果当然好。妈妈说,我还是老医生了呢,效果也没有我儿子好。爸爸说,青出于蓝胜于蓝,我儿子会是一个好医生。

可我实习时被病人的儿子打了,说我是坏医生,草菅人命。

我在肾内科实习时被病人的儿子打了,我跟着带我的何老师分管这病人,他儿子在病房的走廊里遇见我,向我问他父亲的病。我正要赶去给一个病人做穿刺活检，回答说，是尿毒症晚期。他眼睛瞪大，说我打胡乱说，刚才他问过护士，护士说是腰子有病，咋就是晚期了？我解释说，腰子就是肾脏，尿毒症是肾脏的病……我话没说完，他就在病房里大吵大闹，说我是坏医生，草菅人命误诊了，要赔偿损失！他突然打我，我挨了几拳，鼻子出了血。何老师和护士长赶来护住我。他就到医生办公室里大吵大闹。医院分管医疗的副院长和医务处长带人赶了来，病人的儿子吵闹了好些天。护士长斥责了那个护士，说应该说医学术语。带我的何老师客气地安慰我，叫我今后跟病人或家属说话要讲究方式方法。

妈妈听我说后，叹口气："儿子，你今后还会遇到这样的事情，咳，医患矛盾何时了啊。"

我就想到妈妈被那羊水栓塞产妇的丈夫打晕住院的事情："会解决的吧。"

我给妈妈讲高兴的事情，因为我询问病史仔细，问出病人有吃蛇胆中毒的病史。何老师说，这病史很重要，看来，这病人的高血压跟肾脏有关。我不明白。何老师说，蛇胆中毒会损害肾脏，高血压的病因有肾性高血压。

"是呢，询问病史可不是走过场，关系到对病人的诊断、治疗。"妈妈也高兴，"嗯，我儿子是当医生的料，还给你奶奶治病呢！"

"奶奶从小就疼我，一直关心照顾我，应该的。妈，我一直有个担心，担心我毕业后的工作。"

"会有工作的。"

"在妈妈的医院吗?"

"妈妈这医院是教学医院,要求高,妈妈带的博士也没能都留下,博士也要发表有高分的SCI论文,或是有科研课题,有国家发明专利,本科毕业生很少有留下的,优秀的也是招聘。"

"招聘也行啊!"

"倒是,可是……儿子,现在别想这些,好好学习功课,毕业再说,车到山前会有路的。"

希望会有路,我知道难,妈妈说的可是,定是指分配进医院要做体检,我是个脑瘫病人,体检过不了关的。

我的乔姐姐有男友了,强哥哥走后,她一人带着3岁的儿子安安,好孤单好难。想起为救我去世的强哥哥我就难过,我永远也不能原谅自己。乔姐姐的男朋友是救治过赵莹莹的赵哥哥。赵哥哥穷追乔姐姐说安安就是他的儿子。乔姐姐见他态度诚恳,就答应了。我好高兴,赵哥哥是国家优青,跟乔姐姐结婚是男才女貌呢。

我期盼的暑假来了。

我是贪玩的,可也还是放心不下学业,耍一阵就翻翻书,查阅些医学文献,"学无止境"。爷爷奶奶已去了南山一家养老加医疗、护理、康复、养生的养老院,那里环境、食宿都好,老人们相聚快乐。爷爷坚持要去的,说我妈妈太忙,素素太累,读大学的我还要抽空回来看望他们,给奶奶做治疗,于心不忍。他们去养老院，有专人关照，有医护人员给奶奶治疗、护理，一举多得。妈妈同意了。素素姐的二爸二妈又催她回老家去相亲，可她放心不下我，没有回彭水老家。

我的思想跳跃，乔姐姐最关心我，我想利用假期去跟她临床实习一下，多学些治病救人的本领。乔姐姐说："治病救人是医生的天职。"妈妈没反对，还说，帅奇临床实习过的，就跟在你身边。妈妈叮嘱我要多学多问，一切听乔姐姐的，自己也不要太累。

重症医学科 ICU 的仪器设备齐全，病人多，医护人员很忙。乔姐姐叫我一直跟着她，她分管了一个重症病人明显好转，欣慰也压力很大，6床病人能否好转很难说。中午，我们正吃盒饭，护士跑来，说6床病人不行了！我跟乔姐姐立即赶去。6床老年男性病人濒危，呼吸困难，乔姐姐立即为病人气管插管，她的下级医生和我当助手，抢救持续了两个多小时，病人最终没能救过来。乔姐姐拉被子罩住死者的脸。我好难受，看惯了生死的乔姐姐也两眼发热，这位老人是从外地来看望他幺女儿的。

又有抢救！呼吸机突发故障，乔姐姐分管的重症流感女病人张口呼吸，心电图显示宽大混乱频发的室性波。送来呼吸机需要时间，不解决呼吸问题病人救不过来，乔姐姐取下女病人戴的呼吸机面罩，取下自己戴的口罩，对了女病人口对口人工呼吸。在场的医生、护士和我都瞪大了眼，都感动、震撼。乔姐姐使尽全力对了女病人的嘴吹气，一次两次三次四次五次六次……女病人的脸渐渐转红。护士长推来呼吸机，推开乔姐姐：你会感染的！

立即为女病人戴上呼吸面罩，用上这台呼吸机后，女病人缓解过来，乔姐姐又对她做了应急处理。在医生办公室里，从军医大学附属医院转业来的科主任对乔姐姐说，乔医生，好样的，就像打仗的战士扑向敌人，你是奋不顾身扑向感冒病毒，救了病人的命。

乔姐姐感染了，住进了ICU。

赵哥哥心急如焚，日夜守护乔姐姐。

我也守护乔姐姐，赵哥哥喊我回家去，说我不能太累。我祈盼乔姐姐早日康复，她是我学习的榜样。

安安闹着要去小区花园池塘看金鱼，我带了他去，门外石梯边的黄葛树看着我们这一大一小，飘来金黄色的落叶。

我带了鱼食，叫安安撒给金鱼吃。安安边撒鱼食边喊叫："金鱼，金鱼，来吃饭饭……"我就想到自己小时候在这池塘喂金鱼，也是这么喊叫。何超学我喊叫，学我走剪刀步，赵莹莹说了他，李俊说没有学我走剪刀步，赵莹莹就对他笑，一晃，我们都长大了。

金鱼懒懒地吃鱼食，摇尾巴游动，安安跟着金鱼围了池塘走，把我带的三包鱼食全都撒了喂鱼。金鱼有了劲儿，游得快。安安高兴地拍手喊叫："金鱼吃饱饱，金鱼游得快……"又蹦又跳，踩着了池塘边的一只花猫。花猫厉声叫，抓了安安的手，安安哇哇哭，我看安安右手，有花猫的抓痕，花猫跑了。

糟了，安安被猫抓伤了，要赶快打破伤风和狂犬病疫苗！

我赶紧抱安安回家，为他的抓痕处擦抹碘伏，包上创口贴。

妈妈在医院救治病人，我好着急，安安是强哥哥留下的宝贝独苗，乔姐姐还在住院，赵哥哥一直守护她，安安可千万不能被感染啊！否则，我怎么对得起因为我走了的强哥哥，怎么对得起还在康复中的乔姐姐，还有就要跟乔姐姐成婚的赵哥哥。我得要带安安去打针。我给妈妈打了电话，妈妈着急不已，说大医院打不了破伤风和狂犬疫苗。我问为啥，妈妈说好像是有规定。我问妈妈哪里可以打，妈妈这个大教授也不清楚，想一阵说，啊，想起来，有个学生被实验室的大白鼠咬了，听她说，是去社区医院打的。妈妈说她要进手术室了，叫我赶紧网上查一下。妈妈是妇产科医生，这事儿也不清楚。儿科大夫呢？我想到身为儿科副教授的米哥哥，立即给米哥哥打电话，说了情况，米哥哥帮我查到了我们小区附近的嘉陵社区医院，微信发了定位。我连声道谢。米哥哥说，他上网查了，嘉陵社区医院下午五点半下班，要赶快去。素素姐二话不说，抱了安安出门，说她带安安去打针，我说，我是医学生，我得去。

我们赶到嘉陵社区医院时是下午五点二十一分了，坐诊那秀气的女医生说，下班了，明天来。这可不行，得及时打疫苗。我和素素姐再三求她，安安哭兮兮的。女医生说，我开了处方，你们再去缴费、取药，他们那边也就下班了。她收拾听诊器，脱白大褂。

唉，这可咋办啊？

心急中，我想到老同学李俊，他的公司开张时，请了我和赵莹莹、何超去，宴席丰盛，酒过三巡，他炫耀说，他二妈当上一个社区医院的医务科长了。那医院虽然比不得大医院,也还是窗明几净,科室齐全,大医院有大医院的好,小医院有小医院的妙,你们万一有啥需要,说一声,我找二妈帮忙办!我赶紧给李俊打电话,接电话的是他的女秘书齐艳,说话娇声娇气,说李总正跟人谈一笔生意。我见过齐艳,编话说,有笔大生意,事情紧急,快请李总接电话!齐艳就把手机给了李俊。我给李俊说了情况十万紧急,说了我正在的社区医院。李俊呵呵笑,你找对人了,我二妈就是嘉陵社区医院的医务科长,我马上给她打电话。不一会儿,女医生的手机响了,接完电话,她态度大变,是李科长的熟人,早说啊!她立即开了处方。素素姐飞跑去缴费、取药,也都顺利。素素姐取来药后,女医生给安安打了破伤风和狂犬病疫苗针。我打电话谢谢李俊,李俊说,老同学不言谢。

狂犬病疫苗打一针不行,要打五针,时间是当天、第三天、第七天、第十四天、第二十八天,还要往返几次啊。后来的几次妈妈出面了,一切顺利。

妈妈夸我:"儿子,安安及时打疫苗是对的,一旦狂犬病毒感染,死亡率可是百分之百。"

安安说:"打死狂犬病毒!"

我对安安说:"俞叔叔我是医学生,要当医生的,叔叔帮你打狂犬病毒。安安,快些吃菜吃饭,啊!"

安安就大口吃饭吃菜。

妈妈看我:"你还会诓哄安安。"

素素姐笑:"就想起你小时候,我们诓哄你吃饭。"

我咧嘴笑，对安安说："我们的安安快些长大，将来也当医生……"

十一

乔姐姐、赵哥哥的婚宴热闹，宴会厅几乎满座，他俩的老师同学亲朋好友来了不少。我和妈妈、素素姐参加，被赵哥哥救过命的赵莹莹和她爸爸妈妈也来了。李俊电话帮过给乔姐姐儿子安安打破伤风、狂犬病疫苗的忙，乔姐姐特地叫我请了他来，他带了女秘书齐艳来。何超也来了，带了细妹儿来，说今天这对新人常去他的面馆吃面条，还说是我介绍他们去的，都夸他的"重庆小面馆"名不虚传。

我们四个老同学再次相聚，说到了生老病死，谈到了我的爷爷。在养老院，奶奶患了重症感冒，照顾她的爷爷受她感染走了。爸爸赶回来为爷爷送葬，悲伤至极。我宽慰爸爸，爷爷是照顾奶奶太劳累，奶奶经过救治已经没事儿了，她不离开养老院，说养老院好，爸爸要想开些。爸爸点头，儿子，好好学，学好本领治病救人。我说，爸爸，我的学习成绩不算优秀，也还算良好，我参加了临床实习，收获不小，学了诊治疾病，学了如何当个好医生。妈妈点头，医生要有本事，还得要有爱心。

新郎新娘来敬酒，跟我们一一碰杯。

穿婚纱的新娘乔姐姐好美，人美心灵美。口对口呼吸抢救病人的她,获得了科室和医院的表彰。我们都向她敬酒,夸赞她。我们也向西装革履的新郎赵哥哥敬酒,他是医院血液科的副主任了。赵哥哥比乔姐姐小一岁,他是头婚,乔姐姐是二婚,还有安安。外公说,姻缘这事情说不清楚,就是个缘分。

"李明儿洗车场"的洗车工曹慧莲迈着剪刀步来给我敬酒,我喝酒后问她,你咋来啦?她笑说,我咋不能来?说我妈妈经常去他们洗车场洗车,还帮忙招揽生意,今天这对新人都开车去他们那里洗车,他们洗车工要看病,妈妈和这对新人都帮忙。她说他们洗车场的李老板和他儿子李明儿也来了。苗家导游刘素云也来敬酒。我呵呵笑:"定是我乔姐姐、赵哥哥帮你看过病吧?"刘素云点头笑:"他们下乡医疗,给我们好多人都看过病,他们是妙手回春的白衣天使!"我高兴,我也是白衣天使的一员。刘素云说她妈妈也来了,正跟我妈妈喝酒说话。

婚礼是友聚的盛会。

我叫服务员加凳子加碗筷,叫曹慧莲、刘素云坐我们这一桌,给老同学们一一介绍。何超笑说,两位美女呢,俞帅奇有美人缘啊!曹慧莲、刘素云都红脸笑。我盯挨何超坐的细妹儿和挨李俊坐的齐艳:"你们一个有美女在面馆里管账,一个有美女秘书鞍前马后跑,也有美人缘啊!"何超解释,细妹儿是他面馆里跑堂的,细妹儿就狠掐他。李俊说,我一个老总,少不得美女秘书的。齐艳扬扬得意。赵莹莹揶揄说,我就不是美女啊?何超说,是美女,大美女!大家都附和。我说,我素素姐也是美女。大家也都附和。素素姐抿嘴笑,比起你们,我老啰。赵莹莹说,素素姐不老，风华正茂。素素姐确实不老，还是那么好看，她为我付出了青春年华！

我们这一桌都是年轻人，朝气蓬勃。

中午的婚礼宴，随便吃喝，下午打麻将，晚上还有饭吃。妈妈不反对我打麻将，说也是智力锻炼。她说只能偶尔打打小麻将，不能迷恋。麻将桌前，我们轮番上阵，素素姐和赵莹莹不会打麻将，就在我身后助阵。我是赢多输少。何超、李俊说美女都在帮我的忙。倒还真是。

这一天真快活！

快活后第二天，我跟妈妈去了监狱。

俯视大桥的山崖上有座横径大于直径的高墙楼房，密布的窗户似一只只贪婪窥视的眼睛。渐渐近了，高墙是浅灰色的，铁窗道道。妈妈开车带我过桥时，看见过镶嵌在崖壁上的高墙楼房，这是座监狱。

我第一次走进监狱。

妈妈带我来探视她的学生我的米哥哥，是我坚持要妈妈带我来的。米哥哥常年给我看病，在我的印象中，他是一个和善、勤奋、尽职的人，医术和服务都好。他很会开导人，看我吃苹果说，每个人都是被上帝咬过一口的苹果，都是有缺陷的人，有的人缺陷比较大，是因为上帝特别喜欢他的坚强。就像帅奇你，因为你不服输不放弃，上帝就狠狠地咬了你一大口，所以你才收获了很多人得不到的爱。那次我感冒了，他让我多喝水，我感冒就好了,他带了女友方蕾在万灵古镇请我和素素姐吃翘壳鱼,真好吃。

警察带妈妈和我进到探视室里。铁窗内,米哥哥来了,不是我想象的胡子叭槎、头发蓬乱,他依旧衣着整洁,蔚蓝色的劳改服平平整整。

"老师、帅奇来了。"他平静地说。

"你……"妈妈忍下了责问的话。

"受贿61万,我认了,药商秦有志栽了,供出了我……"他自己说。

妈妈开车来时给我说了,秦有志是米哥哥的高中同学,老实巴交的,是妈妈科室的老护士长接生他来到这个人世的。成为医药经销商的他找了米哥哥,要请他吃饭,说是谢谢他为他女儿治病。米哥哥说,你我老同学,应该的。知道他是药商,婉拒了。后来,秦有志又来找米哥哥,跟他念叨:"我不想说我压力大,我不想说我风险高,可是谁了解医护人员的辛劳。疾病善变如妖,医护技术翻新如潮,病家还要指手画脚。医疗收费究竟谁定,创收指标把我压倒,究竟为什么推我偏离正道。可怜身在江湖,时势非因我造,只能充当受气包。悬壶济世不善弄潮,为何被搅进商业和纠纷的困扰。多些理解,少些干扰,请让我专心研究医学之道。我上有老我下有小,我只想要公平回报,可知我工作超时家难照料,就算累得病倒医药费还要自掏腰包……"米哥哥听了笑,你写的?秦有志说,我哪会写,网上看到的,我略有添改。说医护人员好难,一番夸赞,弯弯绕说到他自己。说他的经销任务重,办事情难,麻烦米哥哥看在老同学的情分上帮帮忙,多开他们公司的药,有回扣的。米哥哥说,你要找哪个医生或是哪个专家看病我绝对帮忙,说他不该这样。秦有志说,他工作兢兢业业,年年都是公司的先进。米哥哥说,那你就更不应该做这种害人害己的事。秦有志说,都是这么做的,你放心,法不责众的。他们高中同学聚会时,秦有志给米哥哥敬酒,为他点歌。秦有志沙了声唱:"你挑着担,我牵着马,迎来日出送走晚霞。踏平坎坷成大道,斗罢艰险又出发,又出发。啦啦啦,一番番春秋冬夏,一场场酸甜苦辣,敢问路在何方,路在脚下……"他走进了监狱,把米哥哥带进了监狱。

我静听妈妈跟米哥哥说话。

妈妈长声叹:"你为啥?"

"她看上了江北嘴那套房子,210万。"米哥哥说。

"方蕾护士?"

"嗯。"

"没听她跟我说过这事儿,她非要你买那房子?"

"她说在那江景房办婚礼。"

"你,你们!咳,怪我,不该把她介绍给你,她找我看过病。"

"不怪老师,我是真心喜欢她。"

"你就收了秦有志的钱?"

"秦有志来得勤,说我们是高中同学,求我帮忙。"

"他混蛋!"

"他说都是这么做的,怪我自己,没有守住底线。"

"这个方蕾,她倒是出国去了,她是自费出国,你给她钱了?"

"给了。"

"多少?"

"90万。方蕾说,她去德国镀金两年,回来后我们就结婚。"

"她知道你出事儿了?"

"我没跟她说。"

"她得等你。"

"谢谢!人生苦短,世事无常。"米哥哥怅然吟诗,"'世事一场大梦,人生几度新凉?夜来风叶已鸣廊,看取眉头鬓上。'"

我知道米哥哥喜欢诗文,问:"谁写的?"

"苏轼。"米哥哥说。

"你自己也写诗,读诗写诗可以怡情养性。"我宽慰米哥哥。

"嗯,帅奇说得对。"米哥哥笑。

妈妈把布包从窗口塞给米哥哥:"你喜欢喝咖啡,这包里的咖啡是雀巢速溶的。有件毛衣,我去商场买的,天气转凉用得着。有本新版的《实用儿科学》,我去新华书店买的。有三千块钱,说里面可以刷卡消费,你收下,来之安之吧。"

"谢谢老师,我出来后还……"

开车回家的妈妈跟我说后,我才知道,米哥哥赔退受贿所得,还被开除公职。宣判那天妈妈去了的,判刑一年,在提起公诉前,能真诚悔罪全额退赃有重大立功表现的,可以从轻。可惜了，米哥哥的副教授、硕士生导师资格都没有了。妈妈说，好在他有医术，儿科又是社会需要的，民营医院多，他出狱后，会找到工作的。

妈妈这么说，我心里好受了些。

妈妈说米哥哥犯罪是自食其果，都是一个儿科专家了，咋就把持不住自己，咋就挡不住诱惑。客观原因也有，怪秦有志，怪方蕾，怪自己不该当这个月老。妈妈打手机问过方蕾，方蕾说德国的医院缺护士，那边的待遇可以，她已经嫁给了一位德国医生。妈妈斥责了她。她在电话里哭了，说她在国外也好难，说不出口的难，说了好多声对不起。

妈妈叮嘱我："儿子，一个医生，要把控好自己，把控好自己不亚于你治病的难，诱惑太多，你当医生后，要记住你米哥哥的教训。"

我说："妈妈说的话我都记下了，妈妈放心。"

妈妈点头，妈妈的眼睛湿了。

我们四个老同学又聚会时，我说了米哥哥的事情。信了佛教的李俊说，世界的本质是苦的，因为世上的一切都是无常而不断变化的，有所得必然会导致因失去而带来的苦果。说世法皆是相对的，有生就有死，有聚即有散。苏轼就说，人有悲欢离合，月有阴晴圆缺。

赵莹莹说："李俊，你咋信教？"

李俊说："烧香拜佛噻，生离死别是少不了的，所以我们要看淡这个纷扰的物质世界，去追求内在的真性本来。有两层含义，其一是世间的人无常，也就是人心叵测的意思；其二是世间的事无常，世间的万物都是变化的，难以捉摸的，一成不变的事物是不存在的。"

何超摇头："李俊，你是走火入魔了……"

他们说时，我发痉挛了，没有小时候厉害，很尴尬。

上过中医课的赵莹莹用手指掐捏我的百会、大椎、肾俞、肝俞、脾俞、足三里、关元穴。

我缓解过来，好久都没有发痉挛了。

赵莹莹见我缓解了，显摆说："还可以根据你的情况，掐捏印堂、环跳、秩边、阳陵泉、外关、阳池、绝骨、昆仑、三阴交、太溪穴，每次选主穴2至3个，配穴4至5个，要是有针灸盒就好了。"

李俊惊叹："赵莹莹不愧为优秀医学生，记得这么多的穴位！"

何超说："以后我们就找赵大夫扎针。"

李俊说："对头，近水楼台先得月。"

赵莹莹说："我是西医学生，中医博大精深，我只晓得些皮毛……"

我也记得这些穴位，比赵莹莹记得更多，我是病人，自己给自己扎过针，确实有效，一会儿就缓解了："呃，你们就不找我这个俞大夫扎针啊。"

"当然要找，俞帅奇大夫也不是吃素的。"何超说。

李俊笑："何超，我两个有福气呢，看病拿药，有两个老同学大夫关照。"

在何超"重庆小面馆"临江的包房里,细妹儿陆续端来凉菜、卤菜和麻辣细面,李俊娇滴滴的女秘书齐艳为我们斟葡萄酒。

大家吃菜喝酒吃面。

何超对我说:"我这麻辣小面里,姜葱蒜辣椒麻椒齐全,可以驱寒壮体,对于治疗你的病有好处。"

我点头,呼噜噜吃面,我感冒发烧时,素素姐就给我下麻辣小面或是熬姜汤,吃了发一身汗,烧就退了。

十二

我努力学习,顺利大学本科毕业了。

关于我的工作,妈妈说过,车到山前会有路的。可路在何方?妈妈看我,你就不学学你的同学?我知道,妈妈说的是赵莹莹,她考上北京大学附属医院肿瘤科的研究生了。可我一直没有勇气报考研究生,找工作又四处碰壁。进妈妈工作的医院嫌我学历低了,进市区的医院我体检不合格。我跟妈妈说,不是我不想报考研究生,是因为我的病。妈妈就在"百度"搜索:有脑瘫女三次考研,考上中国人民大学人文与法学院研究生;有31岁脑瘫博士一路求学;有脑瘫男逆天改命到英国读研创业;有5岁才会走路的脑瘫男攻读清华大学博士后。妈妈说,是我乔姐姐告诉她的，乔姐姐鼓励我考研。一心为我工作发愁的妈妈说，我咋就没有想到呢，只以为帅奇大学毕业有个工作就行了。妈妈信心倍增，说，儿子，你考研，攻读硕士、博士、博士后，不愁找不到工作！我如吹胀的皮球，一蹦老高，谢谢关心我的乔姐姐。我跃跃欲试，鼓气，泄气，再鼓气。可报考哪里的研究生呢？报考赵莹莹去的北大，不行的。妈妈说，心比天高也没有错，不过呢，我们还是实事求是，何不舍远求近？

"对对对，近在眼前！"

"你要考妈妈的研究生？"

"不不不，我是男孩，不去妇产科。"

"妈妈这是教学医院，妈妈科室的男医生不少。"

"总之，我不愿意。"

"有老师愿意招收你。"

"真的？我可是脑瘫男，哪个老师？"

"你乔姐姐，她是硕士生导师。"

"哇，太好了，读乔姐姐的研究生，今后救治重症病人……"

我开始复习，乔姐姐说，考研要考基础、专业和英语。我对英语有信心，难的是基础和专业，乔姐姐有空就帮我复习。素素姐回彭水老家去了，妈妈上班后，家里就我一人，安安静静复习。人体的肌肉、骨骼、血管、神经，上解剖课时记得清清楚楚，现在几乎都忘了。我看书、念书，一遍两遍三遍……我力不能支，要发痉挛了。我赶紧掐捏百会、大椎等穴位，预防痉挛是有效的，要是素素姐在家，她会帮我扎针的，我教了她的。唉，我这个病人考啥研啊！我软躺到床上，放弃吧……床头的"黄葛树绿叶"画对着我，我故去的外婆希望我要有希望，看着这幅画，仿佛看到外婆期盼的脸。我起身坐到书桌前继续看书，想到解剖教研室孟教授和内外科老师们讲的"是什么""为什么"，分清楚人体肌肉、骨骼、血管、神经的形态走向是"是什么"；明确其功能原理是"为什么"，对的，理解了"为什么"，就容易记住……感觉屋里有人，转身看，是外公，外公有家里的钥匙。

外公拉我去客厅喝茶。

外公已在茶几上泡了茶："孙娃，复习重要，也要劳逸结合，莫要太累，这是上好的老荫茶。"

我喝茶："嗯，安逸。"

"你在看外婆转送你的《黄葛树绿叶》。"外公嚯嚯喝茶。

"嗯。"

"这画有寓意，黄葛树是报恩树。"

"嗯，我要报恩，报外婆、外公的恩！"

"你要报恩的人多，好生复习考研，用行动报恩。"

我点头，锁眉。

"晓得，你考研很难。"外公起身阔步，"'金樽清酒斗十千，玉盘珍羞直万钱。停杯投箸不能食，拔剑四顾心茫然。欲渡黄河冰塞川，将登太行雪满山。闲来垂钓碧溪上，忽复乘舟梦日边。行路难！行路难！多歧路，今安在？长风破浪会有时，直挂云帆济沧海！'"

"外公吟的是诗仙李太白的《行路难》。"

"是的，人间的困难多，怕啥子，雾总会散的，潮总会平的。我孙娃信心满满，乘风破浪的时机来啰，扬起征帆，勇渡沧海！"

"外公说得好！"我看外公笑，"啊，想起件事儿。"

"啥事儿？"

"妈妈带我去养老院看望奶奶，奶奶在院坝里跟几个老人说话，我小时候的一些事情奶奶还记得，我读了写给她的短文，她笑了，眼睛湿了。"

"啊，读来听听。"

我从手机里寻出来："黄昏，是微曦的破晓，是晨阳的延续。晨阳从地平线露脸，夕阳在地平线微笑。永远去追求地平线，人生就充满了新奇、探索、艰辛、痛苦、快慰的无穷无尽的乐趣。说什么垂暮，心不老，则人不老，古稀、耄耋皆少年。春的黄昏是赤，夏的黄昏是橙，秋的黄昏是黄，冬的黄昏是绿。赤橙黄绿青蓝紫，黄昏是七彩的！天地万物有大美，七彩的黄昏无限美。七彩，是人生酸甜苦辣描绘的，走过了奋斗了失败了成功了，过程最美好。人生路，不问年。'黄昏林下路，鼓笛赛神归'生命，无谓长短，不老的情怀，可得永恒。岁月会留下白发皱纹，皆是难能可贵的经历；心灵会刻下雨雪风霜，皆是奋发进取的动力。人生苦短，坦然面对，走过一道坎，又是一片天。老而弥坚，童心永驻，黄昏是清晨的继续。"

外公惊叹："散文诗啊！你奶奶定是听进去了，你奶奶太疼爱你了。"

"嗯，奶奶有时候不清楚，有时候是清楚的。"

"倒是，孙娃，你这短文文采飞扬呢。"

"是我的心声吧，外公外婆爷爷奶奶，还有欧阳中医高寿的母亲，老人们的一言一行感动了我，启发了我，是我心里流出的话。"

"嗯，你是有感而发。"

我点头："啊，外公，看望奶奶后回家，妈妈开车说，帅奇，你爷爷走了，你奶奶在养老院里不孤寂，就是你外公太孤寂了，外公的身体好，应该找个老伴了。"

外公急问："你妈妈真这么说的？"

"真是这么说的，我说对呀！"

"你说对吗？"

"对呀！"

外公激动："你妈妈给我打电话，说她有台大手术，回不来，叫我过来帮你做晚饭，你晓得的，外公做饭不得行。"外公抖动身子去阳台打电话，回来说，"孙娃，外公请你吃'老四川'，订好餐了。"

"'老四川'啊，牛尾汤好吃。"

"老四川餐馆"在解放碑附近，外公带我打车去，车行几条街，过嘉陵江大桥，再上行，一直开到餐馆楼下。

外公领我乘电梯上楼："孙娃，外公有粉丝的，已经帮我们订好餐了。"

"嗯，晓得，外公是诗人，粉丝多。"

外公嘿嘿笑："孙娃，外公一直有个担心，刚才你那么一说，看来我的女儿你的妈妈，还有你，你们的这一关是过了。"

我也嘿嘿笑："崇拜外公的有女粉丝的，外公是不是有人了？"

外公肃然："你外婆说过我，说我是花心子人，说有个狐狸妖精，她说的狐狸妖精就是崇拜我的一个女读者，孙娃，外公跟她可是清清白白，你信不？"

"我信。"

"那就好，你马上会见到她，她姓刘，你叫她刘姨，她先生病故了，有个4岁的女儿……"

餐馆小包房门前，站着个含笑的短发女人。外公说，这是刘姨。我说刘姨好！刘姨笑，帅奇好！小包房临窗，窗外可见繁华的大街，我到窗前看人潮涌动。刘姨不过四十来岁，风韵犹存，外公比她是大了些，外公说过，姻缘这事情说不清楚，就是个缘分。

牛尾汤、梅菜扣肉、烤鱼、灯影牛肉、红烧肉、特色锅巴、凉菜等菜肴上桌，都是我这个吃货喜欢吃的，喝的江津老白干。酒过几巡，刘姨让外公看她的手机，说是她即兴写的诗。

外公看手机吟诵："邻近大河小河之地，追来一只蜜蜂，萦绕牛尾汤醉人的芬芳，痛苦的伤疤愈合。"

外公笑："有点儿意思，还将就。"

刘姨嘟嘴："还将就，人家的心声呢！"看我，"帅奇，你说呢？"

我说她高兴听的话："渝中半岛被交汇的大河长江、小河嘉陵江包绕，有景有情，好。"

刘姨展眉笑："该是哈，人家年轻人就喜欢这样的诗。"

外公喝酒："那就听我孙娃的。"

"是外孙娃。"刘姨说。

"是孙娃！"外公说。

"行，是孙娃。"刘姨嘻嘻笑，看外公，"大诗人也来一首啊。"

外公颔首："来几句。"吟道，"花期你没露脸，结果了你才笑，栀子花的白，心被擦了一下，我的黄葛，我的爱人！"

刘姨击掌："安逸，写给我的！"

外公呵呵笑，看我："孙娃，你给奶奶写的短文，读给你刘姨听听。"

我手机里有，就读了。

刘姨惊叹："散文诗啊，写得真好！"

外公得意："我孙娃高考作文得满分，孙娃，转给我和你刘姨，对头，人生路，不问年的。"

我转到外公和刘姨的手机里，服务员来添加牛尾汤。

外公给我和刘姨舀牛尾汤："'老四川'这牛尾汤没得说，名扬天下，制作就讲究，花椒焯水后，跟洋葱和牛尾巴一起炒香，放进快锅，添加番茄、姜片、香叶、桂皮、茴香、洋葱、枸杞、料酒……"

我喝牛尾汤，看喜形于色的外公，祝福外公晚年生活甜蜜。甜蜜的反义是苦涩，想到我即将面对的研究生考试，唉，考试，没完没了的考试。

十二月下旬,我参加了全国研究生考试,参加过高考了,进考场后也还镇定。基础课我复习得卖力,专业课有乔姐姐的耐心辅导,心里也还有数,英语妈妈从小就教我,我有信心。考试结束,苦药已喝,给生活加点糖,就想痛痛快快耍,管他的,考不上明年再考。既然定了这个目标,就得达到,那位脑瘫女不是三次考研么,终于考上中国人民大学人文与法学院的研究生。

外公满足我痛痛快快耍的愿望,说他来安排,去丰都南天湖。

妈妈周末开车去,外公和刘姨随车,下午到的,在"南天湖宾馆"住下,妈妈跟刘姨住,我跟外公住。房间里有《仙境南天湖》的书,我会心笑,丰都可是鬼城,竟然会有仙境!外公说,万事皆因人起,鬼城亦系人为,如今这丰都,既保留了鬼城的传统文化,又融入了今人智慧。鬼神,鬼神,自古都是这么说的,有鬼就有神,有鬼域就有仙境。

嗯,且眼见为实。

第二天上午,我们走进南天湖景区,一个"绿"字扑眼,满目苍翠,满眼碧波,感觉进入了绿色的世界。登上高处的观景平台四望,海拔近两千米的群山围绕一湖,给湖水划界,把湖水映绿,湖水与群山拥抱。绿水青山把空气变得清新,把冬天的太阳变得绚烂,湛蓝的天空,凝冻的白云。我即兴拍照发微信朋友圈,立马就有好多点赞:南天湖适合夏天避暑冬天赏雪,四季都美，人间仙境……

陆续来了好多男女老少俊男靓女，他们穿着各异，带有三角形或是半圆形的各色帐篷，点缀着绿色世界。我没想到会有这么多游客，看汽车牌照，多数来自重庆主城，也有外省来车。导游说，这里集湖泊、森林、瀑布、天坑、湿地、草原为一体，有"灵山异水，天然氧吧"之美誉。有南天溪谷、竹海天地、南天门等多处景点。有高山湿地鸧鹕池，森林茂密，野生动植物和鱼类繁多……

外公说："独特的生态环境是其表，独有的民俗文化是其里，这里至今流传有'仙人登天之关——南天门''王母娘娘指川成湖——南天湖'的神话传说。"

我说："外公咋晓得这么多？"

刘姨接话："市诗词学会采风来过这里，我和你外公都参加了的。"

我们跟随导游走，一路是景。

妈妈开学术会议，带我去过西湖，西湖沿湖步道的林木挺拔茂盛，南天湖沿湖步道的新枝在节节拔高。"西湖在天堂，仙境在鬼城，比之有差距，新添又一景。"我即兴吟诗。刘姨夸赞："好，不想帅奇也是诗人。"我挠头笑："我是做不了诗人的。"外公说："你跟你妈妈去过天堂西湖，跟外公来了仙境南天湖，幸哉乐哉……"

有了雪花，渐渐密集，白雪飞舞。

我就想到爸爸长年驻扎的高原雪景，白色的火焰，仰脸迎接飞雪。妈妈把带来的羽绒服为我穿上，领我们到湖边的竹棚里赏雪。竹棚老大，有条桌条凳，观山看湖视野很好。跑进来一群人，竟然是"李明儿洗车场"的李老板和他儿子李明儿等脑瘫洗车工，曹慧莲眼尖，迈剪刀步朝我走来："呀，是你们啊！"我高兴地说："不想遇到你们！"她嘻嘻笑："偶遇，巧遇，李老板奖励我们，来这里旅游。"

妈妈认识他们，向李老板介绍了外公、刘姨。

曹慧莲说："这里有国际滑雪场，说是举办了重庆市首届冰雪运动启动仪式的，我们去滑雪，要得不？"

"要得！"我说，"我从没有滑过雪，滑不来。"

"我会滑，我教你。"

"好呀！"

滑雪场的人不少，妈妈会滑雪，教外公、刘姨滑雪。曹慧莲教我滑雪，我摔了几下，爬起来又滑，嘻嘻哈哈。李老板和他儿子等脑瘫洗车工在场边看一阵，也都陆续来滑雪，跟我一样摔，爬起来又滑。脑瘫者、健康人混合滑雪，分不清哪些是健康人哪些是脑瘫者，我们都是滑雪人。

我让曹慧莲去教李明儿滑雪。她说，我才不教他，我就教你。曹慧莲跟我说滑雪的要领，搀扶我滑雪。任何事情，学了就有体会，做了就有收获，我慢慢可以自己滑了，尽管滑得不远。曹慧莲走路跟我一样是剪刀步，滑雪却洒脱，她穿的红色羽绒服，像白雪中的一朵奇葩。滑完雪，大家去坐环湖小火车，乘游船，去看儿童城堡，曹慧莲总跟我在一起，她的剪刀步比我利索。

晚上，湖边有篝火演出，我们一众人等围了篝火看演出。

雪停了，灯火点点的湖水里划出一艘小船，一位白衣姑娘撑船而来。我就想到彭水那阿依河，一只小小竹筏从河湾里驶出，一位披红挂银的苗家女歌唱而来。突闻天籁之音，撑船的白衣姑娘挥舞长袖歌唱："哥儿耶，妹儿啊，相遇南天湖，湖水扬清波呃，送祝福……"曹慧莲拍我一掌："唱得好！""嗯，唱得好！"又闻："我一定是在梦里见过你，透明的眼神我的娇阿依，乘上梦的小船漂流在你怀里，那是一种怎样的福气，天注定我们必须要相遇……"循声看去，是我们不远处的一位姑娘在唱，啊，是阿依河的苗家导游姑娘刘素云在唱，穿的苗族服装。

仙境，梦境？

奇了，巧了！

曹慧莲认出刘素云，大家相见甚欢，刘素云是跟他们导游团队来南天湖观光、学习的。嘻嘻哈哈，叽叽喳喳，大家有说不完的话。

外公来喊："吃烤羊肉啊，大家都去，我请客！"

有刘姨做伴，外公高兴，他和刘姨在旁边的露天摊摊店订了三只烤羊，燃着熊熊篝火，大家围坐吃烤羊，喝羊杂萝卜汤，喝啤酒，热热闹闹。

吃饱喝足，苗家姑娘刘素云围了篝火翩翩起舞，他们导游团的姑娘、小伙跟了跳。曹慧莲激动，起身，拉了我舞蹈，妈妈也摆手跺脚，刘姨拉外公跳舞，李老板和他儿子等脑瘫者也来凑热闹。

此刻这里没有病人，都是舞者。

刘素云边舞边唱："因为那一段缘分清澈见底，不需要演技你世上最美丽，你轻轻触摸我就能把烦恼全平息……"舞到我跟前，对我微笑，"我敢把所有繁华放弃，任你来把我生命占据。阿依，娇阿依，你是惊天动地的美女，我变成白云追随你，变成形影不离的一年四季，我的娇阿依……"

考研，烤出一场难以忘怀的篝火宴。

十三

张榜了，我考研上了国家分数线，不前不后居中。

也是运气，乔姐姐刚开始招收硕士研究生，报考她的学生不多，有两个竞争者，分数都比我低几分。我名正言顺成为乔姐姐的硕士研究生，是她的开门弟子。乔姐姐说，我得叫她乔老师了。

入学后，在学校上基础课，英语必不可少，不像本科那样，研究生有自选课。笨鸟先飞，我尽量多选课，有了基础的我再上基础课并不很难，难的是坚持上课，一课不落。

我做到了。

妈妈带的研究生多，妈妈说，入学后的基础课非常重要，如同修高楼，基础打好打牢，才能步步高。确实，上基础课有收获,我努力弄清楚"是什么""为什么"。

我有了底气。

乔老师的实验室就在我妈妈2000多平方米的国家教育部重点实验室里。进入实验室,我少了底气,把书本知识与实验结合,要走的路还长。我在无菌室里做体外细胞实验,终于培养出了乳腺癌细胞,好激动,激动诱发我痉挛,把培养基弄翻了,癌细胞污染了。缓解后,我欲哭无泪,辛辛苦苦几个月啊,又得重来。乔老师安慰我,做实验总会有失败的,我读你妈妈的博士时,就失败过,一波三折,也是欲哭无泪,还是得重做,走路也是有弯路的,不可能都是坦途。话是这么说,可重做费时费力不说,又得要多花老师的科研费。乔老师说,她有国家自然科学基金,该用就用,别浪费就行。我尽量节省了用。几个月后,乳腺癌细胞培养成功,我开始做体外细胞实验,记录本上写了密密麻麻的字,还有许多图片。我激动,这些资料可以写篇论文了。乔老师说,不急,要发高分SCI论文,还得做动物的体内实验。

实验动物用的是大白鼠,动物房的老师把瓜子捧给这些白色的小生灵,笼子里雪白可爱的大白鼠就嘴巴不停,"咔嚓嚓……"瓜子很快留下一堆瓜壳。我星期天也去看这些实验鼠,乔老师跟我说,这些小生命的祖先是我妈妈当年从上海订购的,买了20只,雌雄都有,是标准的实验动物。大白鼠繁衍快,已经好多代了。动物实验室里安装有空调、除湿器,必须精心饲养,要观察它们有否基因突变、隔代遗传等情况。这些小动物给了一届又一届研究生们喜悦与烦恼,成功与失败,让研究生们无止境地求索，解开一个又一个未解难解之谜。我从鼠笼内取出系有标记的30只大白鼠，分别在它们的臀部培养体外乳腺癌肿瘤，随时观察生长情况。肿瘤长出来后，在超声波的监控下，将携带有药物/基因的纳米粒注射进乳腺癌肿瘤，观察抑癌、灭癌情况，取组织做病理切片活检。最后要处死这些我细心照料的大白鼠，做解剖活检。

处死第一只大白鼠时，我害怕极了。

乔老师教我处死的，乔老师一个柔弱的女老师，下手好狠，那只可爱的大白鼠瞬间便没有了气息。乔老师说，她读硕士博士，处死的大白鼠、实验犬多，心里常为它们默默祈祷，它们为人类健康作出贡献，功不可没。我自己处死大白鼠时，手软，大白鼠没有死，呼吸急促，无神的眼睛看着我，像是在问，为什么？我着急心痛，眼睛都湿了，对不起啊，我的大白鼠！再次断颈我下狠手，它没气了。我身边的师妹落了泪，她是乔老师在我之后招收的学生。

乔老师让我带师妹做课题，师妹叫我大师兄，我自豪，我这个脑瘫研究生有师妹了。

学无止境，乔姐姐、赵哥哥夫妇已经学有所成，他们有国家课题、国家发明专利，有市级科技进步奖，出版了中英文学术专著，都是硕士生导师了，还在攻读在职博士后。

我由衷佩服他们。

研二的整个暑假，我都泡在实验室里。天气炎热，好在实验室里有空调。我的实验进入最紧张的阶段，如乔老师所说，一波三折，看到了希望，我不能有丝毫的懈怠。我全神贯注做大白鼠光声成像与治疗实验，一个人来到我身后。实验室里就我一个人，来人定是师妹。我边做实验边说，光声成像是一种无损伤医学成像方法，有利于对肿瘤、血管、淋巴、血红蛋白浓度、血氧饱和度的检测。没有回音。我继续说，把光的高灵敏度与超声的成像技术结合，可以做很多课题，我一辈子都做不完的。还是没有回音，师妹一向爱问的。

我做完实验，舒口气："师妹，你听懂我说的了吗？"

"似懂非懂。"

好熟悉的声音，我扭头看，是赵莹莹。她短发齐耳，短袖衣裙，实验室亮了。

"是你呀！"我好高兴，"请坐！"我拉过身边的实验椅。

赵莹莹挨我坐下，抚短裙遮住雪白的膝盖，看我笑，有股兴奋劲儿："一日不见，当刮目相看，大师兄讲得好，师妹听不懂耶，嘻嘻！"

"你莫开我玩笑，你才是我的师姐。"

"我们不同门。"

"我们都是研究生，你读研高我一级，自当是师姐。"

"你比我大，叫你师兄没得错。"

"就大两个月。"

"大一秒也是大。"

"师兄肯定不是，是老同学吧。"

"嗯,老同学,你刚才说的光声成像很新颖呢。"

"肿瘤的血管丰富,光声成像是可视化的,对血管的诊治研究很有价值,很有发展前景。"

"嗯,我看过有关的文献。"

"广泛阅读文献,对的。"

"唉,做科研,尤其是基础研究,好难。"

"你也叫难?"

"难,太难了。"

"在你面前没有难,呃,啥时候回来的?"

"昨晚飞回重庆的。"

我很高兴,她一回来就来看我:"你咋知道我在实验室?"

"去你家没人,猜你在这里。"

"打个电话啊。"

"实验室我晓得,给你个惊喜。"

"嘿嘿,谢谢你常给我发的朋友圈点赞。"

"那是必须的。"

"你几乎不发朋友圈?"

"发得少,做课题紧张,竞争激烈,师兄师姐发的SCI论文都在10分以上。"

"厉害!"

"你们也厉害!"

"我这个乔老师的开门弟子,还没有发表论文呢。"

"你乔老师发表了,*Nature*子刊,国际顶级刊物!"

"嗯,刚发表的,乔老师读在职博士后做的课题,你的消息灵通。"

"这种高分论文,都看得见。"

"倒是。"

"我导师很看重这篇论文,想跟你导师联系,希望有合作的可能。"

"好事情啊!"

我立即给乔老师打电话,说了情况,乔老师也说是好事情,叫我把她的电话、微信发给赵莹莹,让她转发给她老师,随时联系。我发给了赵莹莹。

"回来办的第一件事情办成了!"赵莹莹笑。

她是有事找我呢,我莫名泄气:"你还有第二件事情?"

"有呀,老同学聚会。"

"对对对,老同学聚会,欢迎你这个为我们长脸的北京大学高才生!"

想到老同学聚会,我展颜笑,赵莹莹看我笑,我两人挨得这么近,感觉到她的气息,我有些不好意思。

"俞帅奇,你是个健康人呢!"

她这一说,我就心一沉:"我是个病人,脑瘫病人。"我跟大家不一样的,病魔始终跟我不离不弃。

赵莹莹收了笑,目露关切:"看你,乔老师的开门弟子,知道得多是好事情,想多了就自寻烦恼。我的病可是血癌,你老师的先生,你的赵哥哥为我及时治疗,现在不是好好的么?你也得好好的,你我都好好的,啊!"

可不,赵莹莹患过白血病,居然去了北京大学攻读研究生,奋斗人生啊:"嗯,我们都好好的。"我回她笑。

"这就对了!"她笑得灿烂。

妈妈接到欧阳中医的微信邀请函,特邀我们去参加他母亲的百岁生日坝坝宴。欧阳中医是为我治病的恩人,妈妈当然要去,要了补休假。日期是我们老同学的聚会日,我跟赵莹莹说,不如去乡下聚会,看望百岁老奶奶。赵莹莹说好呀。赵莹莹要去,何超、李俊自然也去。

我们的大队人马又出发了。

第一次去欧阳中医家治病的大队人马,我至今记忆犹新。这次去的大队人马是三辆车,领头的是妈妈驾驶的长安越野车,刘姨坐副驾驶位置,外公、我、赵莹莹坐后座。跟随的是何超驾驶的力帆轿车,细妹儿坐副驾驶位置。殿后的是李俊的秘书齐艳驾驶的奔驰轿车,李俊坐副驾驶位置。

我想到找欧阳中医接骨时的进门难,想到欧阳中医为我接骨、为我包药治疗时的仔细和耐心,想到千方百计找欧阳中医为我治病的强哥哥,想到戴头盔的威风凛凛的强哥哥带着我和素素姐骑摩托车在乡间路奔驰,感慨唏嘘。

赵莹莹挨我坐:"你咋啦?"

我搓揉眼睛:"想起了来乡下的好多事情……"外婆、爷爷走了,奶奶在养老院,素素姐在彭水老家,否则,他们都会来的。

　　高德导航带领妈妈开车驶出石龙镇街区，七弯八拐，看到那栋四层楼房了，到碧波浩渺的桂花湖了。三辆车前后停下。当年是强哥哥笑脸来迎，现在是欧阳中医的幺儿子来迎，说乡间公路修到他家门口了，几步路对于汽车就是几分钟的事情。我们这个车队行驶过竹林边的一段路，爬一小段坡，一溜儿停在翠竹大树环抱的农家院子门前，院门前的道路扩宽了。

　　迎接我们的是欧阳中医，他的脸笑成一朵花，我们第一次来时，他可是冷脸。我向欧阳中医介绍了我们一行人，欧阳中医说，来的都是贵客啊！

　　院坝里摆满了席桌，桌子上有瓜子、花生、糖果、香烟、茶水、凉菜。中间主桌边坐满了人，看得出来，有欧阳家的老少几代人。欧阳伯伯安排我们一行人坐左边的主桌。欧阳中医对在场的人高声说，大家欢迎重庆来的大教授、诗人、研究生、老板、老总，欢迎北京大学回来的高才生，他们都是重庆人，是我们重庆人的骄傲！

　　在场人"哗哗"鼓掌。

　　惊飞林间一群山雀，山雀在晚暮的天空中飞舞。欧阳中医这么介绍，我想，我们这一行人是有头有脸的人呢。赵莹莹、何超、李俊面露自豪，外公得意地对刘姨耳语，妈妈对着欧阳中医感激地笑。黑狗儿来亲吻我的脚，啊，当年懒洋洋监视我"打蹲"的小黑狗儿长大了。我抚摸它，它温顺地趴在我的脚下，它还记得我呢。

热菜、老酒上桌，欧阳家的晚辈们忙着为大家斟酒。

老寿星出场了，晚辈们搀扶她跨出堂屋高高的门槛，老奶奶穿红色寿星服，精神矍铄，自己走到当间的主桌，抬手说："今天我一百岁，期颐之年，儿孙满堂，高兴，不搞跪拜，都喝酒品菜吃蛋糕！"她举杯，抿一小口酒，坐下吃菜。老奶奶健康还开明，大家都举杯祝福。健康不光靠医治，还要靠养身体养心智，谓之养生，快乐人生。欧阳中医给我说过。是啊，快乐人生，祝福老奶奶！我心里说。

切生日蛋糕时，欧阳中医给老母亲戴上寿星帽，老寿星挥刀切蛋糕，吹灭蜡烛，晚辈们忙着给大家分送蛋糕。没有繁杂的仪式，就是老寿星说的，喝酒品菜吃蛋糕。菜肴丰盛，我这个吃货来过多次，边吃边给赵莹莹、何超、李俊、细妹儿、齐艳讲说，这农村的坝坝宴，少不了有夹沙肉、烧白、红烧蹄髈、糖醋排骨、凉拌折耳根。夹沙肉顾名思义就是两块肉中间夹一层豆沙，肉下面是糯米，又甜又糯，肥而不腻，入口即化。烧白色泽诱人，铺的梅菜是咸香味儿的，跟夹沙肉是绝配。看，这红烧蹄髈是一整只啊，大块吃肉大口喝酒，爽。凉拌折耳根是调味菜，味道独特。啊，这里的糖醋排骨是酸甜味儿，骨头可吸出鲜汁，可以拉丝，细娃儿可以边吃边耍。这是腊猪蹄炖藕汤……赵莹莹嘻嘻笑，俞帅奇是美食家呢。我咧嘴笑，这里的美食我清楚，我来治病也饱了口福。

吃饱喝足，欧阳中医为我们安排了住宿，而后，给我问诊、摸脉、查肌肉张力。他说中医古籍里没有脑瘫这个病名，但对其临床表现早有认知。中医认为，脑瘫属于中医的"五迟""五软""五硬"。清代的张路在《张氏医通》里指出，五迟者，立迟、行迟、齿迟、发迟、语迟是也；小儿五迟之证，因父母气血虚弱，先天有亏，致儿生下筋骨软弱，行步艰难，齿不速长，坐不能稳，皆因肾气不足之故。五迟是指运动功能障碍、运动功能发育迟滞。《婴童百问》曰，五软者，头软、项软、手软、脚软、肌肉软是也。头软无力，不能竖头，手无力，不能握拳，下肢痿弱，口唇软无力，不能咬咀，皮肤松缓，肌肉软。五硬首载于明代《婴童百问·卷三》，头颈硬、胸膈硬、手硬、脚硬、心腹硬，表现为两肢内收后旋，肘、腕、指间关节屈曲，双下肢伸直交叉，尖足，剪刀样姿势。综合古代医家对脑瘫病因病机的探究，有的从心肝肾亏虚立论，有的从心脾两虚分述，有的认为是胎禀不足，还有的认为是调养失宜。总的不外乎先天因素和后天因素。

我的专业是西医，也学过中医，对于欧阳中医说的能够理解。

欧阳中医说，先天因素没法掌控，后天因素可以人为干预，帅奇，你不怕吃苦，坚持治疗、锻炼，改变了你的"五迟""五软""五硬"，效果很好，佩服。我说，妈妈说，多亏了欧阳中医的精心治疗。欧阳中医说，帅奇现今也是医生了，医家诊治疾病乃是本分，而病家是否全力配合医治才是其本。赵莹莹说，欧阳中医给我们上了一堂生动的中医课。何超、李俊似懂非懂，也都点头。

欧阳中医的幺儿媳妇在院坝里摆了茶桌，请我们喝坝坝夜茶，星月做伴，茶香话多。说到中医、西医、中西医结合，说到老寿星长寿的秘诀。

为我做过包药治疗的赵叔叔来了，赵叔叔不仅是包药能手，也是做坝坝宴的高手，他一直在厨房里忙碌，忙完了，也来喝坝坝夜茶。

我记忆的闸门打开："谢谢赵叔叔和欧阳中医给我做包药治疗，你们将各种草药用石碾子磨碎，加上大葱、生姜和红糖，在柴火灶上的大铁锅里翻炒，边炒边加药酒。柴烟水汽满屋，苦辣味儿冲鼻子。"

妈妈接话："药炒好后，你赵叔叔把药分成小堆，分别用纱布包好，在欧阳中医的指点下，往你的手肘、肩膀、胯部贴，再一层层裹上绷带。"

外公呵呵笑："我孙娃帅奇就成'木乃伊'啰。"

这些痛苦而美好的回忆哟。

我喝着老荫茶，凉快爽心。

妈妈说："这次来乡下，一路的变化好大！"

欧阳中医说："乡村振兴嘛。"说了缺资金缺人才等诸多困难，"来了个大学生当驻村第一书记，出谋划策，引来了社会资金，我们一直盼想的精品茶园、绣球花基地、铁皮石斛园都陆续成了。"

欧阳中医的幺儿子说："这里有上千亩的丰岩湖，蓄水量很大，水质保护得好，是主城的后备水源之一。"

"主城的后备水源？我第一次听说！"我心里好奇。

"啥事儿都要有备无患。"欧阳中医说，"我们这里的环境好了，那些大雁啊、灰鹳啊、水鸭啊、白鹭啊，就都飞回来了。"

赵莹莹说："这么好啊！"看我，"呃，我们明天参观一下。"

我看妈妈，妈妈点头。

欧阳中医说："明天我带你们参观。"

第二天，欧阳中医领首，带我们沿途参观。一会儿坐车一会儿步行，赵莹莹一直陪伴我，我的剪刀步吃力，她搀扶我走。何超走不动了，细妹儿推了他走。李俊摆老总的谱，秘书齐艳一路递矿泉水给他喝。刘姨见啥都好奇，亲昵地挽了外公走，外公走八字步。老少四对呢，我自笑。赵莹莹问我笑啥，我说一路山水一路景，美哉。

眼见为实，乡村振兴，硕果累累，这里风光绮丽，是乡村旅游的绝佳景点。

妈妈没能参观，她昨晚连夜开车赶回医院救治一位双胞胎产妇，这对于妈妈是常事儿。我回医院后，听乔老师说才晓得，妈妈救治的这位产妇罕见，她跟我一样也是早产儿，她3岁时被确诊为脑瘫，生活能够自理，怀孕前偶有抽搐，怀孕20周开始，反复出现双下肢抽搐、强直、肌张力高、不能平卧。因长期无法躺卧，眼圈发黑，下肢重度水肿，局部皮肤破溃，行动靠轮椅。经朋友推荐，从其他医院转来我妈妈的科室。怀孕晚期，产妇十分痛苦，几近崩溃。妈妈赶到检查后，当机立断剖腹产。为确保母子平安，医院组织了麻醉科、儿科、护理等专家会诊，身为重症医学科副主任的乔老师也参加了。大家商定了周密的术前术中术后方案，妈妈洗手穿隔离衣登台，俨然战地将军，大家都听她的指挥。妈妈手起刀落，果断利索，产妇终得平安，双胞胎儿女评分为9分、10分，送去儿科ICU监护。

乔老师问我："帅奇，有何感想？"

我说："医护人员伟大！我的妈妈了不起！"

"嗯，还有呢？"

"团队的力量！"

"嗯，还有呢？"

"脑瘫产妇能生下双胞胎儿女，意志坚强，值得学习！脑瘫研究生俞帅奇也要意志坚强，努力完成乔老师指导的科研课题，完成好学业！"

乔老师笑得甜美，对我比出大拇指头："好！"

十四

清华、北大，多少学子梦寐以求遥不可及的国内最高学府，我，俞帅奇，迈着剪刀步来了。我走进了北京大学校门。

感谢乔老师，感谢我妈妈带出的乔老师，感谢她们很早就瞄准了国内外前沿基础研究课题，有了成果。经赵莹莹牵线，我的导师乔老师跟赵莹莹的导师东方教授联系好了，合作研究。

我来这里做实验，为期三个月。

老同学赵莹莹带我去她导师所在北大医科楼的实验室。秋风拂面，校园里的秋花秋草秋木在风中摇曳，如同迎接的舞者，迎接我这个来自西南一隅的山城学子。我走剪刀步带着风，以至于赵莹莹加快步子才能跟上。人有了动力就是不一样，新的环境新的实验研究给了我动力。赵莹莹说，医科楼里有国家重点实验室、教育部重点实验室等十多个重要科研平台，有完善的动物实验中心，来自国内外的专家、学者、研究生好多。

我快慰地笑，现在也包括我这个残疾人研究生了。

瘦高个头、鬓发染白的东方教授在实验室里等候我们，给我一一介绍仪器、设备。东方教授的实验室跟我妈妈的实验室一样，也是国家教育部重点实验室。他这实验室的面积比我妈妈实验室的面积小多了，仪器、设备倒是各有千秋。我们是跨学科合作。东方教授说了我妈妈、乔老师、赵哥哥说过的类似的话，我们国家的基础研究起步晚，国家现在大力提倡基础研究，我们医学基础研究的成果，将会攻克一个又一个难治之症、不治之症。

东方教授点开他计算机上"国家自然科学基金委员会"网站的首页，指着首行的一排移动的文字让我和赵莹莹看，我念出声："基础研究是整个科学体系的源头，是所有技术问题的总机关。加强基础研究，是实现高水平科技自立自强的迫切要求，是建设世界科技强国的必由之路。要瞄准世界科技前沿，强化基础研究，实现前瞻性基础研究，引领原创成果重大突破。科技领域是最需要不断改革的领域。"

"俞帅奇同学，我跟你妈妈倪佳渝教授虽然不是同一学科，但是她的系列研究我一直都有关注。"东方教授说,"基础科研,多学科是相通的,你妈妈的学生你的导师新近在 Nature 子刊发表的文章很有价值,不光我重视,在国际上也有影响,看得出来,你导师研究课题的火种是来自你妈妈倪教授的。"

"谢谢东方老师!我妈妈和乔老师叫我代她们向您问好,叫我好好跟您学习,认真做实验。"我说。

"谢谢她们的问候。"东方教授说,"学习是相互的,是互补的,我跟你的乔老师一拍即合,我们取长补短,共同合作。分子医学、光声、纳米、可视化多模态影像、肿瘤的免疫治疗等研究是做不完的……"

有个戴眼镜的男学生来找东方老师,他给赵莹莹交代几句,跟那男学生匆匆走了。

"你导师真和气。"我对赵莹莹说。

"那是对你。"赵莹莹说。

"是呢,我是残……"

"打住,你又多想,你是来跟我们合作做课题的伙伴,是远方的来客。"

我挠头笑:"呃,你导师跟我妈妈同年龄,他真愿意跟我妈妈的学生乔老师合作?"

赵莹莹点头:"当然是真愿意,科学研究不分年资,我老师说,长江后浪推前浪,后生可畏。"

"这我就放心了。"

"跟我一起做课题,你尽管放心。"

"嗯，放心。"

"你住男生单人宿舍，方便不？"

"桌椅电视卫生间齐全，离食堂不远，很好的。"

"我住的女生宿舍，就隔男生单人宿舍三栋楼，有事儿打电话，急事儿发感叹号。"

"嗯。"

"走，跟我去办入室证。"

"还要办入室证？"

"进入实验室的所有人员都得有入室证，要先培训学习实验室的各项规章制度。"

"倒是，进我妈妈那实验室也要有入室证。"

实验室的规章制度大同小异，对于我并不太难，我拿到了入室证，当天就迫不及待进入实验室。三个月的时间实在太短，只能说是利用这里的实验条件开个头，打开思路，回去继续做。

不管怎么说，我在北京大学开始做实验了。

时间紧，我加班加点做实验。赵莹莹心细，用她导师的科研费为我准备好了实验需要的所有试剂，否则，光是等待这些试剂都要花费不少时间。时间，我加班加点用好时间，随时向乔老师汇报实验情况，及时得到她的指点。导师的指点和宏观掌控，会让我事半功倍，否则，实验一旦走偏，事倍功半不说，甚至会失败。赵莹莹说，导师是帅，助手是将，学生是卒，卒子也重要，过了河的卒子厉害。我说，我是还没有过河的卒子。赵莹莹说，非也，你这个乔老师的开门弟子早就过河了，到北京大学来了。

这是实情，我有信心。

赵莹莹带我去旅游，看北京城，登长城，说周末得放松一下。也是，我第一次来北京，跟她旅游玩得很开心。不是跟她一人，还有一人，是那天来找东方老师的戴眼镜的男学生，他开车带我们旅游。开的奇瑞轿车，他花9万多元买的。他姓苏，赵莹莹叫他苏师兄，我就叫他苏师兄。苏师兄三十多岁，山西人，身体健壮，凹骨脸，面色黝黑，是东方老师的在职博士后。苏师兄热心憨厚，不仅为我们开车，还一路招待我们吃喝，他已经在山西医科大学附属医院工作了，又来学习提高。我少了跟赵莹莹单独旅游的兴奋，也感激他，没有熟路的他开车加导游，不可能游玩这么多地方。

苏师兄搀扶我一步一步登上长城，我兴奋地喊叫："长城，伟大的长城，我来啦，俞帅奇来啦！……"

我的喊声在巍峨长城上回荡，秋风瑟瑟，群山回响。逆向而行，逆境求生，想不到啊，我俞帅奇迈剪刀步走，一步一步走，走了好多崎岖坎坷的路，走啊，走啊，竟然走到了首都北京，登上了被称为世界奇迹的长城。爸爸说过，儿子，人的潜力是无比巨大的，是无可限量的！爸爸，您此刻站在风雪高原上，儿子我此刻站在长城上啦！

苏师兄看我笑，笑得真诚："我第一次登上长城也是这么喊叫的。"

赵莹莹在城墙上起舞，舞姿跟她本人一样优美，迤逦群山为她伴舞，她如有长裙，便是天仙。

登长城难，下长城更难，苏师兄搀扶我一步一步下古老长城的石梯，我绊了一下，赵莹莹赶紧扶住我，问我咋样。我说，没事儿。我高声朗诵："行路难！行路难！多歧路，今安在？长风破浪会有时，直挂云帆济沧海！"

"咬定青山不放松，立根原在破岩中。千磨万击还坚劲，任尔东西南北风！"赵莹莹接诵。

苏师兄咧嘴笑："你俩诗人呀！"

我嘿嘿笑："高兴一下。"

赵莹莹看苏师兄："我俩就是诗人，嘻嘻！"

一路相处，我发现赵莹莹跟苏师兄很随意，苏师兄请吃请喝她从不拒绝，还指挥他做这做那。我心里就有想法，又自嘲，这关你啥事儿？我又想，苏师兄人好，相貌却不咋样，赵莹莹可是才貌双全。

耍归耍，正事得做。

这次旅游之后，所有的时间，包括节假日，我都待在实验室里，争分夺秒，赵莹莹、苏师兄常来帮忙。目标一旦确定，我就废寝忘食，但凡认真做实验的人都是这样的。科学研究必须严谨，必须一丝不苟，真是又苦又累，苦不堪言，我累得腰酸腿痛。

我发病了，半夜突发痉挛，大汗淋漓。

赵莹莹跟我说过，一旦发病，就给她手机发感叹号，我费力地给她发了感叹号。很快，响起敲门声。我痉挛厉害，下不了床，掐捏自己的阳池、委中等穴位，竭力平息心态。心态太重要了，我这次发病不仅是太累，还因为实验中出了个小小的差错，时间本来就紧，又得要重做实验。我很着急。

掐捏穴位加平息心态，痉挛缓解了些，我费力地下床去开了门。

苏师兄匆匆进门，搀扶我到床上。他有临床医师的工作经验，取出带来的小药箱里的银针为我扎针，又为我按摩。赵莹莹赶来，见我这要死不活的样子，眼睛都湿了，连说都怨她对我关心不够，说我也太拼命了。苏师兄从小药箱里取出卡马西平等解痉药，倒了开水让我服下。我慢慢缓解过来，感谢他们。

自责感又涌上心头，我焦头烂额，这该死的病魔！

"别又东想西想，你是帅奇，你行的！"

赵莹莹鼓励我，用她带来的红糖为我泡水，扶我坐起，我倚在她怀里喝红糖水，心有暖流。苏书师兄说我缓解快，说明病魔在远离我。但愿病魔再也不要来找我，我有急事要做，真担心合作实验难以完成。

病魔，要带我走吗？

赵莹莹带我走，带我去北京大学图书馆，这里有总馆、医学馆和38个分馆，是集国内外古今之大成的知识的海洋，我俩在医学馆里低声交谈。

"带你来查文献。"

"嗯，查阅文献，才能知道国内外最新的研究进展。"

"这里文献如山。"

"珍贵。"

"文献说,'向死而生',知道谁说的吗?"

"这,古人吧。"

"哪个国家的古人?"

"这……"

"这是德国马丁·海德格尔1926年提出的哲学理念。"

赵莹莹将她手里一本商务印书馆出版的精装书《存在与时间》推到我跟前,我翻阅这部厚厚的书:"你还看哲学书?"

"嗯哼,哲学研究世界本原。世界的本质是什么?人怎样活着?这本书里有独到的见解,看这本书,为我,也为你。"

"也为我?"

"作者在这本书里理性地推理、讨论了死亡的概念,对人如何面对无法避免的死亡给出了一个终极答案,生命意义上的倒计时——'向死而生'。"

"置之死地而后生?"

"差不多吧,海德格尔对'向死而生'的解释是,死、亡是两种不同的存在概念。死,人一出生就在走向死,我们过的每一秒钟都是走向死的过程,从这个意义上讲,人的存在就是向死的过程。亡,指的是亡故,是一个人生理意义上真正的消亡,是一个人走向死过程的结束。人只要还没有亡故,就是向死的方向活着,死的过程与亡的结果相比较,这个向死的过程更本真,更真实,以此来激发人们内在的生命活力。"

"有道理,'吾所以有大患者,为吾有身;及吾无身,吾有何患?'"

"啥?没听懂。"

我低声笑,得意地说:"我们的古人老子,他发现人最大的障碍就是人身体的生老病死,假如没有这个身体,当然就没有什么需要忧患的了。"

"老子说的?"

"嗯哼,换句话说,如果我们真正懂得什么是生,那么,也就明白了死到底是咋回事儿,就可以超越生死。如同庄子的老婆死后,他之所以鼓盆而歌,就是因为他了知生死,晓得生与死不过是生命当中必然需要经过的两个节点,无须悲伤。"

"呀,俞帅奇,你好厉害!"

"外公让我看老子的《道德经》,看里面有关生死的论述。"

"你外公好。"

"是好,他还跟我说孔子,孔子说'未知生,焉知死',意思是我们连'生'都没搞明白,又焉知'死'之真义。"

"在佛家看来,所谓了脱生死,本质上,仍然是向死而生。"东方教授在我们身后说,"真正懂得向死而生的意义,就会发现人生的诸多障碍,其实都源自自己的造作,皆不值得留恋与执着,于是,你的人生与世界就会豁然开朗。"他呵呵笑,"我在你们身后听了一阵。"

我赶紧起身:"东方老师,您好!"

赵莹莹捂嘴笑:"老师偷听我们说话啊。"

"你两个都是好学生。"东方教授说,"俞帅奇同学,你的奋斗精神值得学习,赵莹莹也是。怎么样,做实验难吧?"

"是难,我克服。"我说。

东方教授点头:"做任何事情都难,没有其他办法,只有硬着头皮克服。实验研究既要严谨,又要创新,困难重重。跟你们一样,我也是克服一个又一个困难走过来的,过去现在今后皆是如此……"手机响,他接电话说,"好,我马上来!"他抬步走了几步,又转身拿起《存在与时间》,对我们挥手告别。

"东方老师也懂佛学!"我惊叹。

"我老师爱好多样,博览群书,他主持的组会,不仅讲科研,还讲人文。"赵莹莹盯着我说,"我两个不谋而合呢,说了中外古人说的生死话题,我得过白血病,你遇到了脑瘫病魔,我们共勉。"

"嗯,共勉,谢谢你一直关心我。"

"你我不言谢……"

走出图书馆大门,我回首看,这古今结合的飞檐翘角琉璃瓦建筑的大楼,如同一张巨大的座椅,在蓝天白云映衬下熠熠生辉,笑迎四方来的学者、学子,也包括我俞帅奇。

此生无憾了。

赵莹莹看我笑,意思是来对了吧。来对了。生与死是人皆关心的话题,包括健康人,东方教授刚才的插话,说明他也关心这话题。

走着瞧吧,人生路得靠一步一步走。

秋阳斜照。

赵莹莹领我走街串巷，走进祥儿胡同，胡同的烟火味儿浓，小商贩们带着行头，叫卖各种吃的喝的，有大碗茶、豆汁儿、芸豆饼、硬面饽饽、葱油饼。"糖葫芦，好吃的糖葫芦嘞哎……"卖糖葫芦的老人粗声吆喝。店铺密集，有杂货店、家具铺、水果摊、米店、布店、理发店、足疗店、烟酒铺、药店、饺子馆、面馆、火锅馆、小吃店、菜摊。

赵莹莹请我吃北京毛肚，是在一家挂有"重庆菜"招牌的小餐馆吃的。白丝毛肚，银白闪亮，味道不错。赵莹莹还要了重庆啤酒和我喜欢吃的回锅肉、麻婆豆腐、粉丝汤、折耳根。折耳根也叫鱼腥草，清热解毒，爽口防病。原以为在北京吃不到家乡菜，其实不然，来北京开餐馆的重庆人多，做的饭菜也地道。

"怎么样，你这个吃货，满意不？"赵莹莹问。

"满意，满意。"

"我常来这家餐馆，吃家乡的味道。"

"是家乡的味道。"

"呃，我老师拿走了那本《存在与时间》，你奇怪吧？"

"不奇怪，肯定是你帮他借的。"

"才不是。"

"不是？"

"是我老师特地来图书馆找的，叫我给你说说这本书。"

"明白了，你和你老师都关心我。"

"聪明，我老师知道你发病了，叫我鼓励你一下，说有书为证，向死而生。"

"东方老师真好。"

"这就是老师。我老师说，学生是他最大的财富，说你也是他的学生。"

我感动："我妈妈也说学生是她最大的财富，谢谢东方老师。"

赵莹莹喝口酒："添动力了吧？"

"嗯。"我也喝口酒。

赵莹莹从身边取过装有手提电脑的绿色皮包，我们都随身携带有手提电脑，随时使用。她从皮包里取出本书来，说是她网购的，买了两本，她留下了一本，这本送给我。

我接过书，绿色封面的《命若琴弦》，是本小说和散文选集，作者是史铁生。"嗯，好书！啊，有《我的遥远的清平湾》《奶奶的星星》《我与地坛》，好，太好了，我在网上看过这些文章。"

"送你这本书，是想再给你添把动力。"赵莹莹说，"在这本书里，作者用残缺的身体，说出了健全丰满的思想。作者体验到生命的苦难，表达的却是明朗、欢乐。书中言辞睿智，照亮我等的心。"

"嗯，《我与地坛》是篇抒情散文，摘选入高一教材里了。"

"这篇散文是作者摇着轮椅在地坛思索的结晶，饱含作者对人生的感悟，对亲情的讴歌。"

"地坛只是一个载体，文章的本质是一个绝望的人寻求希望的过程和对母亲的思念。"我想到为我付出好多的妈妈。

赵莹莹拍我肩头:"怎么样,我这个老同学可以吧?"
"可以,太可以了!"我对这本书爱不释手。
赵莹莹看我笑,她真美!

比起北京的祥儿胡同,重庆十八梯是另一番烟火味儿。

要过年了,赵莹莹回渝,我们四个老同学在十八梯聚会,地点是何超在十八梯开的连锁店"十八梯小面馆",他曾爷爷当年在十八梯卖过小面。十八梯改造后,热闹起来。星期天,人挤人,"我在十八梯等你"的路牌吸引了众多游人拍照。我们四个老同学在何超的小面馆前拍照,小面馆是青砖瓦房三层楼的仿古建筑,不挂门牌挂旗幡,有"面馆"字样的旗幡在大江吹来的冷风里飘。我穿蓝色羽绒服,赵莹莹穿白色有红翻领的羽绒服,何超西装革履,李俊皮夹克裹身。为我们四人拍摄合影照的是细妹儿和齐艳,我、何超、李俊分别跟赵莹莹合照,这是何超提议的,说赵莹莹难得回来一趟。又找路人为我们六个人拍了合影。

手机拍照,人人都是摄影家。

功夫不负有心人,我在北大的短期实验虽说磕磕绊绊,但终究还是做完了,回渝后继续做,常与赵莹莹和她导师保持联系。乔老师说,这课题有创新性、前瞻性,可以深入做下去。我肯定做不完,师妹师弟们会继续做的。

细妹儿和齐艳在面馆里安排酒菜,我们四个老同学游览十八梯。我和赵莹莹居中,何超、李俊分列两边,我们四个年轻人一字儿排开走,赵莹莹的红色翻领如花似火,引来游人羡慕的目光。赵莹莹不时扶我一下，我尽量让剪刀步不太显眼。沿街的戏院、咖啡馆、麻花铺、糖果店、水果摊、面馆、饭店，大白天也灯火辉煌。我寻找素素姐说的七街六巷，有路牌，不是我想象中的偏街陋巷。我寻找外公说的陡峭梯坎，也不是外公说的那情景。外公说，当年的十八梯陡，活像天梯，青石板被踩得变了形，蜿蜒的梯道边是临崖的吊脚楼、垒建的棚屋瓦屋，间或有几幢两三层的楼房。剃头匠忙着给人剃头，妇人在湿漉漉的阳沟边洗刷尿罐。杂货铺、布店、裁缝店、米店、烧饼店、白糕店、麻糖店、小面馆、饭馆、卖丧葬用品的纸扎铺一间接一间。豆花饭馆的食客多，老板忙着大锅点豆花，伙计搭梯子上冒热气的大蒸笼取烧白，麻将客们抽烟搓牌点钞票，滑竿、轿子、棒棒上上下下，有穿琵琶襟夹棉开衩旗袍提玲珑小包的女人走过。一到夏天，热死人，那是没有空调冰箱，连电风扇也紧缺的年代，晚上，屋里是不能住人的。十八梯的路两边摆满了凉椅凉席凉板，坐着躺着乘凉的男女老少。男人几乎都只穿一条腰裤，女人穿得少得不能再少。蒲扇纸扇篾扇摇动，扇风也驱赶蚊子。小贩吆喝叫卖炒米糖开水、稀饭、凉面、凉粉、油茶、豆腐脑。有孩童满头大汗地背着冰糕箱叫卖。冰糕箱是草绿色的，有青色的鸟儿图案，背起很吃力，冰糕箱给买者以清凉感。"冰糕，冰糕，青鸟牌冰糕，香蕉、橘子、牛奶、豆沙冰糕呃冰糕，冰糕凉快耶冰糕……"卖冰糕的孩童沿梯坎喊唱叫卖。外公会喊唱，叫我跟了他喊唱。外公说，这也是锻炼我口语的方法。

何超指着周围说，十八梯修旧还旧改造了，一些地段和建筑保留了下来。至于通天的梯道，现在哪里还需要，现在的十八梯是旅游打卡地，有自动扶梯上下，吃喝玩乐样样有。他领我们去了他那连锁店小面馆。

坐的三楼临江的包房，窗外可见山脚早先的官道现今的马路，马路两边是高矮参差不齐的古旧或是新修的房屋。何超说，这马路上早先有黄包车、板板车、马拉车往来。马路下面是长江，被水浪常年冲击的沙滩形成一道灰色的江岸线，回水处的太平门码头舟楫林立。江对岸是古木参天的南山，山间可见老君洞的飞檐翘角，山林里有茶马烟岚的黄葛古道。流水悠悠，哼着深情的歌。何超说，站在这阳台上，能闻到大河的水香、南山的林香。我就抽鼻子闻。赵莹莹说，当年，南山那黄葛古道是通往黔滇的主要干道。我接话，是重庆的丝绸之路。她说，嗯，古道始建于唐宋，明清时繁盛起来。我点头说，古道走过贩茶贩盐的马帮。她说，还走过入缅作战的抗日远征军。我说，了不起的古道，穿山越岭。她点头，重庆是山城嘛，市区就是一座山，大河长江、小河嘉陵江一抱，就有了市区母城。我说，对头，长江气势磅礴，嘉陵江温丽清幽，有人说长江乃雄性为父，嘉陵江乃雌性为母，母城半岛是两江的孩儿。她嘻嘻笑，你还会说耶。她转头看我。何超笑，你两个比我还清楚。细妹儿说，人家是研究生。

何超这家"十八梯小面馆"不光吃面，还有各种炒菜。何超说，难得一聚，炒菜、面条、酒水管够。一张圆桌子，大家围坐，细妹儿忙着上龙井茶。何超开了茅台酒，说就这一瓶，喝好不喝醉。我喝茶,何超是发财啰。何超点头,发了点小财,请得起你们。凉菜、热菜陆续上桌。何超举杯,大家喝酒吃菜说话。我发现挨我坐的李俊一直闷闷不乐,向他敬酒,问他咋不高兴。李俊喝酒,向大家敬酒,抹嘴巴说:"要说十八梯,我比你们清楚,我在这里生活过,我爷爷我爸爸是在这里出生长大的。"

"老十八梯啊。"我说。

李俊点头:"我曾爷爷曾奶奶是下江人,抗战时逃难来重庆的,我爷爷是在十八梯的防空洞里出生的。当年,日机来炸,轮番地炸,警报'呜呜'叫,大人细娃儿都往防空洞里跑。我曾爷爷搀扶身怀六甲的我曾奶奶随人流跑,临近防空洞口了,好多日机飞来,又射子弹又扔炸弹,洞口被慌乱的人堵死了。"

"啊!"赵莹莹瞪大眼。

李俊说:"我曾爷爷急了,抱起我曾奶奶拼命往人群里挤,嘶声喊,我妻子临产了,拜托让一下!好心的人们让开了一道窄缝,他们才挤进洞里。日机的子弹、炸弹不断倾泻,火球在洞口燃烧,有人倒在了洞口。栅栏门内的我曾奶奶出不了气,肚子绞痛,哎哟叫唤。我曾爷爷脱外衣罩住她的身子,祈求老天爷保佑,我爷爷在洞子里呱呱坠地。"

"不幸中的万幸!"何超说。

"是万幸。"李俊说,"倘若他们跑慢一步,倘若不是在洞口,也许就没得我爷爷了,洞里的人闷死了好多。"

"血债血偿,日本鬼子败了!"我说。

"对,败了!呃,我一直在想,这里远不止十八梯,咋个叫十八梯？"赵莹莹问。

何超说："老人们说，相传十八梯共有190级，明朝时这里有一口老井，离很近的几户人家的住处正好有十八道梯坎。还说，清朝时修了歇脚的台阶，台阶也刚好是十八段，就称十八梯了。"

"这样的啊。"赵莹莹说。

我显摆说："有人说，十八梯是城里的村庄，是先有人修了十八梯，后才有人建了母城的。"

赵莹莹点头："之后才有了母城商业、建筑、文化的兴盛。"

李俊接话："重庆因江而生，倚山而立，好比一棵大树，繁茂的枝叶是来自树根的。十八梯就是树根，尽管是陡坡陋巷，却是价值连城，有三千年的文化根脉。天佑十八梯，日机也没能炸毁。"

"你对十八梯的感情好深。"我说。

"故土嘛。"李俊说。

我看李俊："我晓得了，见景生情，你是想起了你家老人的往事。"

李俊喝酒："国仇家恨是忘不了的。"

齐艳给李俊夹菜："你少喝点酒。"

李俊喝干杯中酒："喝酒消愁。"

"李俊，你还有啥心事？"我问。

何超说："李俊公司的生意恼火。"

"咋啦？"赵莹莹关心地问。

李俊苦言："竞争厉害，要应付的要打点的实在太多，做啥子生意啊，我成天就是忙于应付忙于打点！"

齐艳撇嘴欲哭："实不相瞒，各位，李总的公司要倒闭了。"

何超惊叹："有这么严重？"

李俊斟酒灌酒，齐艳夺过他的酒杯，泪水出来了。细妹儿过来宽慰，齐艳的泪水更多："李总他，他说要跳楼！"大家都震惊。我拍李俊肩头，男子汉，要经受得起事情，即便公司倒闭了，向死而生，重来就是，男子汉，要雄起……我这么宽慰他，可我晓得，公司倒闭的事情很麻烦，重来？说得容易，本钱都没有了，咋个重来？可就有重来又发家的。大家都极力宽慰、鼓励李俊，可办法还得他自己想，路还得他自己走。李俊长吁短叹，双目无神，端了我的酒杯喝。李俊是真遇上难事儿了，我就想到自己，给他说我的人生坎坷，说我的向死而生。李俊，小时候你也学过我走剪刀步，你再学我，荀子曰："不积跬步，无以致千里；不积小流，无以成江海。骐骥一跃，不能十步，驽马十驾，功在不舍。锲而舍之，朽木不折；锲而不舍，金石可镂。"我不知道李俊能否听得进去，旁观者清，当事者迷，希望他能赶走心魔，走出迷途。

散席分别时，李俊拥抱了我。

十五

又一年的大年三十团年饭，外公居首，刘姨坐他左边，他们已办了婚礼，在"老四川餐馆"吃的酒席。外公说低调办，还是坐了四桌，我和妈妈去了，还有刘姨的亲朋和他们的诗友。按说，我该叫刘姨外婆了，可我没有，我可亲可爱的亲外婆谁也不能替代。外公说，就叫刘姨。妈妈挨刘姨坐，爸爸坐外公身边。妈妈开车去接奶奶来团年的，奶奶坚持不离开养老院，说跟她的老伙伴们一起过年。我跟外公对坐。素素姐还在彭水老家。饭菜是妈妈和刘姨做的，也很丰盛。爸爸瘦了些，高原实在艰苦。妈妈说，爸爸有机会调去军分区的，可兵站的任务越来越重，离不开爸爸。

"爸爸在高原追求地平线呢。"我向爸爸敬酒。

爸爸喝酒："儿子，我们一同追求地平线。你读完大学读研究生，怎么样，追求地平线，是不是就有希望、有动力、有乐趣、有不达目的不罢休的勇气？"

"是的，爸爸……"

我跟爸爸见面的时间少，席间说不完的话。

妈妈假装妒忌地说："儿子心里就只有爸爸。"

我嘿嘿笑："妈妈心里就只有爸爸。"

爸爸妈妈同时说："我们心里就只有儿子。"

风尘仆仆的素素姐进屋来，她有家里的钥匙。

"我回来了。"素素姐说,放下手里拎的大麻袋,"带了些彭水的老腊肉、香肠、卤猪蹄子和瓜果!"

大家都高兴。

我拉凳子让素素姐挨我坐:"现在我心里只有素素姐!"

素素姐抿嘴笑,妈妈给素素姐添了碗筷。

酒过几巡,我取来我的存钱罐,高声说:"我爷爷说过,我的压岁钱我成年后会有用场,现在我宣布,全都送给素素姐!"打开存钱罐数钱,"六千六百三十二元,哈哈,六六大顺,礼轻人情重!"

"不行,要不得的……"

素素姐坚持不收,我坚决要送。爸爸妈妈外公都叫素素姐收下,说是帅奇的一片真心。素素姐才收下。素素姐的二爸二妈给我妈妈打过电话,说素素姐回老家相亲,跟老乡长的儿子谈过一阵,老乡长的儿子是个建筑承包商,他很喜欢素素姐,就是人貌差些,素素姐犹豫好久,还是没有同意。素素姐的二爸二妈求我妈妈劝说一下素素姐,说现今这个社会,还是要有钱才行。妈妈打电话问过素素姐,素素姐说合不来,就是合不来。妈妈欲言又止,强扭的瓜不甜。妈妈跟我说后,我说,素素姐长相好,眼光自然就高,是得有般配的才行。

素素姐收下了我给她的压岁钱,送给我一件礼物,是彭水一位老匠人制作的大鹏展翅根雕,很精美,看得见树根的自然纹路,造型逼真生动,我喜欢。

外公接过这大鹏展翅的根雕细看:"俗话说,朽木不可雕也,其实不然。'锲而舍之，朽木不折；锲而不舍，金石可镂。'老匠人精心雕琢，这根雕栩栩如生，'大鹏一日同风起，扶摇直上九万里'。好，素素送给我孙娃这礼物绝好，是鼓励孙娃要大鹏展翅，飞高飞远！"

素素姐点头："那老匠人说，大鹏鸟是中国神话传说中最大的一种鸟，是世间传说奇大无比的神鸟，说是由鲲变来的。"

"嗯，我晓得鲲。"我接话，"'鲲之徙于南冥也，水击三千里，抟扶摇而上者九万里，去以六月息者也。'鲲是传说中北方大海里的一条巨大的鱼，可变化为鸟，叫大鹏。大鹏往南海迁徙时，翅膀击水而行，激起浪花三千里，它乘着旋风盘旋飞至九万里的高空，凭借六月的风南飞。天空湛蓝，大鹏从天空中往下看，也不过像人在地上看天一样罢了。"

外公击掌："我孙娃读了研究生，就是不一样了，讲得好，讲得妙！"

妈妈感叹："我儿学医的，还晓得这么多。"

爸爸说："我儿博览群书，知识面广。"

我好得意。

夜里睡觉，我梦见自己变成了大鹏鸟，穿江越海。

大年初一起床，我见屋子内外打扫得干干净净，妈妈说，是素素姐昨晚连夜打扫干净的，素素说，初一不打扫屋子不倒垃圾。倒是，历年如此，不让钱物外流。可素素姐也太辛苦了，她刚从彭水回来，又忙个不停。

"妈，素素姐还做我家保姆？"我问。

妈妈说:"她二爸二妈家穷,她相亲不成,也不能老待在老家。"

"嗯,妈,素素姐就是我的亲姐姐,就在我们家。"

"是。"妈妈点头,想到什么,"对对对,素素不能再当我家保姆了。"

"妈要让她走?"

"儿子,你应该晓得的,现在请个好的保姆好难,我们科室的邹医生,保姆换了一个又一个,要价高不说,稍不满意就被保姆炒了鱿鱼。"

"就是,赵莹莹的爸爸工作忙,她妈妈有高血压病,请的保姆就是这样,换了好几个了。可素素姐从我一出生就来家,一直照护我长大,我和爸爸妈妈都很满意,素素姐不能走。"

"嗯,儿子,妈妈不会让她走,你刚才那么一说,我觉得应该让素素转换一下身份了。"

"啥身份?"

爸爸进屋来,朗声笑着说:"我去小区走步,小区又有变化!"

素素姐端了绿豆稀饭、包子、馒头上桌:"吃早饭啰。"

"素素,你坐下一起吃。"妈妈说。

"你们一家人吃,我在厨房吃。"素素姐笑说。

"坐下,从今以后,你就是我们家的一员!"妈妈说,看爸爸,"今天我宣布,收素素为干女儿!"

爸爸点头:"好事情,我们收素素为干女儿!"

我鼓掌："好，太好了！"原来妈妈让素素姐转换身份是这样啊，"从今以后，我叫素素姐就叫姐姐了！"

素素姐受宠若惊，眼睛湿了："我……"

"快叫干爸干妈呀！"我说，看素素姐，"姐姐，快叫呀！"

"干爸，干妈！"素素姐嘴唇嚅动，泪眼婆娑。

我使劲鼓掌："姐姐，我有姐姐啦！"

素素姐是我干姐姐了，不，是我亲姐姐了，可她还是屋里屋外忙，说是习惯了。我感谢她，也为她遗憾，她本该跟我一样读中学上大学甚而读研究生的，可她的少年、青年的黄金年华都是在我家当保姆度过的，她为我付出了太多太多。我问过她咋对我这么好。她说，她大我17岁，她是孩子时就带我这个孩子，孩子带孩子呢，小猫小狗相处久了，也会有感情的，何况是你帅奇。她说她有她的苦难，我的苦难比她大得多。她说她虽然是我的保姆，却一直把我当弟弟看待，姐姐带弟弟，不需要理由。

我一定要善待姐姐。

素素姐早已自学完高中课程，我希望她考大学，说有位六十多岁的老人还在考大学。她说，她在读网络大学，是弹性制的，学制2至5年。她说她学的计算机专业。我为她高兴，又想，素素姐也不能总是单身啊。妈妈说，她也为这事儿犯愁，她也在为干女儿想办法。

爸爸返回部队后的第二天，米哥哥来了，跟过去一样地精神，带了水果、糕点来，还送给我两本英文书，是有关分子、免疫方面的新书，对我的实验有参考价值。米哥哥表现好，减刑提前释放出狱了。因为米哥哥坐过牢，求职四处碰壁。妈妈找了一家民营医院的院长，院长看在妈妈的面上，答应收下米哥哥，可是报到那天不同意了，说不是他不同意，是他们董事长不同意。民营医院的院长，就是个打工的，很多事情得董事长甚至董事会决策通过才行。米哥哥沮丧不已。我宽慰他，米哥哥，你曾给我说过，世界上每个人都是被上帝咬过一口的苹果，都是有缺陷的人，有的人缺陷比较大，是因为上帝特别喜欢他的坚强。米哥哥，你要坚强，关掉了一扇窗户，却打开了一扇大门，一扇知错必改的充满希望的大门！为了米哥哥的工作，远在高原的爸爸打电话找了彭水县的顾副县长，希望老领导出面在彭水县医院给米哥哥找个工作。顾副县长说，他在大医院工作过，到彭水来大材小用了，还是在重庆找工作好。爸爸以为顾副县长是推托，他理解老领导的难处。不想老领导给了爸爸一个手机电话号码，叫去找在重庆慈爱医院工作的一位老战友。爸爸把电话号码给了妈妈，妈妈打了电话去，对方满口应承，叫米哥哥即刻去报到。我和妈妈陪了米哥哥去，米哥哥担心又会被拒绝。电话的主人是位六十多岁的壮汉，穿西装打领带，说话声如洪钟。他说欢迎米哥哥来，来他们医院组建儿科，担任儿科主任。米哥哥将信将疑。他呵哈笑，对米哥哥说，我说话算数的，我姓霍，是这个医院的董事长，我彭水那老战友和眼前的倪主任都在电话里说了，你技术好，服务热心，那些没有接受你的医院是丢失了一个能挣钱的高手，人犯错不怕，改了就好。我说，谢谢霍董事长。他看我说，我那老战友说了，你这个研究生也是个能人，如果看得起，也欢迎来我们医院工作。

霍董事长还请我们吃席，在他们医院食堂的大包房吃的。还带我们参观了医院，外观阔气，内饰温馨，仪器设备齐全，医护人员笑容可掬。

米哥哥有福了。

米哥哥来家，妈妈请他吃饭，素素姐下厨，做的菜肴丰盛。素素姐不停地为米哥哥夹菜、斟酒，米哥哥吃得香喝得爽，说谢谢啊。妈妈说，她是我干女儿，是帅奇的姐姐，说啥谢的。我见米哥哥和姐姐的脸都红了。

噫，有戏！

情人眼里出西施，外公说的缘分在姐姐和米哥哥身上应验了，他俩好上了。他们没在重庆举办婚礼，米哥哥对自己坐过牢有顾虑，不想惹来非议，他们去了马尔代夫旅行结婚。

我衷心祝福他们幸福美满。

在微信上看到"微笑面对世界"的视频，一对脊柱损伤坐轮椅的年轻夫妇，他们不把残疾和残废画等号，坚持在轮椅上工作，在轮椅上学习舞蹈、冰壶、飞镖，带着幼小的儿子自驾游去了北京、上海、深圳、香港，过跟普通人一样的生活，他们不需要特权，只希望无障碍设施能更加完善。还有一位没有双腿的长发男青年，坐在窄小的自制滑轮板上，一条卷毛小狗儿拉动滑轮板为他代步，他跟旁边一辆越野车的驾驶者交谈，说他要驾驶残疾人用车去新疆旅游，话声爽朗，脸上挂着自信的微笑。

我大为感动，残疾人与健康人差别有多大，关键在于心态。这么多年来，我的痉挛、发烧有减少，却也没有断过。健康人也会生病，水来土掩，兵来将挡，病来医治。得病不可怕，因为得病而怨天尤人才可怕。

生活美好，世界美好，无须多愁善感。

我万万没有想到的是，李俊没有跳楼，跳嘉陵江了。李俊是一时糊涂，他水性很好，却让江水吞噬了自己年轻的生命。李俊啊，你吃的苦遭的罪有我多吗？你为啥就想不开？公司垮了是痛苦，可留得青山在不怕没柴烧呀，人的一生会遇到许多痛苦许多磨难，坚持下来就又是一片蓝天。嘉陵江与长江交汇，李俊的遗体是在长江的唐家沱回水湾打捞上岸的。春水静静流淌，李俊离了婚的父母在儿子的遗体前落泪，痛不欲生。李俊的秘书齐艳泪水蒙面，说李俊答应她下周举办婚礼的。

我跟何超去了火葬场为老同学李俊送行，是个大晴天，我俩祈祷他在另一个世界安好。

齐艳说，李俊跟她说过树葬，说树葬古时候就有，把死了的人放在深山野外的树子上，让其风化。说现在提倡环保，有树葬了，买块绿地，把死人的骨灰埋到树根下，绿地就是墓地，有单穴、双穴、家族穴，最高价一平方米8000元，有优惠价，单穴最低5800元，双穴8800元。李俊说，现在有树葬、花葬、海葬、墙葬这些生态安葬方式，树葬最好，树常青人常在，他死后就树葬。当时齐艳以为李俊是在跟她说环保，他乐呵呵地，说公司倒闭后，就另起炉灶开个环保公司。现在想起来，李俊当时的心情很矛盾，他最终选择了离开人世。"树常青人常在，我死后就树葬"是李俊的遗言。李俊的父母同意按照儿子的遗愿树葬，齐艳就忙着为李俊挑选绿地，我和何超跟了去，尽老同学的一份心。

我们挑选了一家园区，高尔夫球场一般的绿地。

齐艳说，李俊留给她一笔钱，她感恩他，不要李俊父母出钱，由她出钱买了最贵的单穴绿地。齐艳含泪将李俊的骨灰盒深埋绿地，李俊的父母、我、何超一起动手，在绿地栽了一棵黄葛树。齐艳说，李俊跟她说过，黄葛树无求无欲，随心所欲生长，舒展的枝叶给人们遮阴。立了碑，碑非直立，斜躺在黄葛树的树根边，长条弧形，有如印刷的铅字版。刻有李俊的姓名和简要生平，刻有立碑人李俊父母的名字和齐艳的名字，李俊父母同意刻上齐艳的名字，刻的是女友齐艳。

娇气的齐艳其实心肠好。

树葬李俊后不久，赵莹莹从北京来我们实验室做实验，她已考上东方老师的博士，我们老同学又在何超的"重庆小面馆"聚会，四缺一，李俊走了，赵莹莹哭了。

何超的小面馆更气派，主打的重庆小面味道更可口，细妹儿端了酒菜来，说小面最后上，忙颠颠去了厨房。

何超喝酒感叹："人心无邪，人心哪能无邪？"

"你啥意思？"赵莹莹喝酒问。

"我曾爷爷开办这小面馆时，门口挂有'愈炸愈强'的牌子。"何超说，"那是当年日机大轰炸重庆时，我曾爷爷愤怒写完后挂到面馆门首的。"

"是文物。"

"可不是?"何超说,"我藏在二楼天花板里的,不想丢了!"

"啊,好可惜!"赵莹莹吃惊。

"找到没有?"我问。

"费死力气找,找死人了。"何超说。

"被偷儿偷了?"我问。

"是偷儿也不是偷儿。"何超说。

"啥意思?"赵莹莹问。

"是细妹儿偷了,不,是她拿了。"何超说,"她听她卖古董的表叔说,这块牌子是宝物,叫她拿去给他看看。可她晓得,我说过的,谁也不许动这块牌子。经不住她表叔的唠叨,她偷偷拿去给了她表叔,她表叔说,别声张,这块牌子值钱。后来,细妹儿见我四处寻找,急得人都快疯了,前天,她才从她表叔那里拿回来,哭兮兮说对不起,求我原谅。"

"细妹儿也是,要不得。"我说。

"你要解雇她?"赵莹莹问。

"我说了,人心哪能无邪,她拿回来了,认错了,也就算了。"何超大口喝酒,"跟你们说,我不仅不解雇她,还要娶她。"

赵莹莹点头:"何超有气度。"

我也点头:"呃,何超,这牌子你就一直藏着?"

"不藏了。"何超吃菜,"我跟细妹儿商量好了,送去文物部门,得个捐献证书就行。"

我和赵莹莹都说对头。

店里来了两个人,是"李明儿洗车场"的曹慧莲和彭水的苗族导游刘素云,她俩不请自坐,细妹儿添了碗筷。吃喝中得知,曹慧莲是洗车场的二老板了,我笑问,老板的儿子娶你了?她说,我才看不起他,洗车场我投了股的,我挣的钱多,股份多,自然就是二老板了。她说刘素云母女的生意做到重庆来了,买了房买了车,常去洗车场洗车,她俩成闺密了,今天一起逛街,饿了,来吃有名的重庆小面,不想遇见了我们。

曹慧莲、刘素云都向我敬酒,跟我说话。

赵莹莹在我耳边说:"俞帅奇,这两个姑娘都好漂亮,你有美人缘呢。"

我凑赵莹莹耳边说:"熟人,都是熟人。"

曹慧莲揶揄说:"耶,咬耳朵啊。"

刘素云假装妒忌地说:"悄悄话,鬼打架。"

我咧嘴笑:"我们是老同学,说动物实验的事儿……"

我喝高了,眼前的曹慧莲一双美丽的大眼醉人,刘素云秀美脸上的两个酒窝迷人,还真是有美人缘。咳,我是个残疾人,麻雀飞到糠堆上——一场空的。空就空吧,此时我快活,快活就好。

何超对曹慧莲、刘素云说:"你们就不跟我喝酒?"

曹慧莲、刘素云就向何超敬酒。

赵莹莹又凑到我耳边说:"我要去美国了。"

我瞪大眼:"你要出国深造?"

"去合作做实验,也是深造吧。"

"我也要去!"

"那才好,只是……"

"只是我是个残疾人?"

"是,也不是。不过呢,有我在,你去美国做实验,没得问题的。啊,你要硕士答辩了呢。"

"我努力了,直博了,直接转乔老师的博士了,乔老师发了高分论文,破格升为博士生导师了。"

"好,太好了,我们两个老同学,两个博士,去美国继续合作做实验。"

"嗯。"

赵莹莹回北京不久,就去了美国。

何超说话算数,决定将那牌子捐献给文物部门。细妹儿的表叔对她说,何超既然要娶你,你今后就是老板娘了,表叔我高兴,你们不仅可以获得捐献证书,还可以留下个仿制品,把捐献证书和仿制品齐挂在面馆里,生意会更好。何超觉得对。细妹儿表叔就写了张字条,叫去找制作拓片的高手伍大爷。何超开车去找伍大爷时,我正在他面馆吃面,对制作拓片很好奇,恰逢星期六,于是就跟了去。

何超驾驶他的力帆轿车,带了我和细妹儿去南山老林,去伍大爷制作拓片那山庄。山风让墨绿的松涛涌动,空气清新,松林深处,是伍大爷一个朋友即将开业的"南麓山庄"。绿树环抱的中西式三层楼房,院墙由密匝的树木和荆棘围成,内有草坪、池塘、茶座、书屋、住房、餐厅、棋牌室、演播厅,环境甚是优雅。伍大爷秃头了。何超说,高速公路不长草,智慧的脑壳不长毛,伍大爷聪慧。伍大爷的朋友不在,他独自在带棚的院坝里制作拓片。他身前的五尺条案上,摆放有拓包、棕刷、朱砂、墨汁。他手握棕刷,细细地刷制,瓮声瓮气说,你们问的拓片呢,就是用墨汁把匾额、碑文、器皿上的文字、图案,过细地刷制到宣纸上,可裱糊欣赏,可供出书。他正在制作岳飞草书的诸葛亮《出师表》的拓片。我惊叹,岳飞的字洒脱自如,末笔与起笔呼应,大气,雄浑,放达!伍大爷埋头说,岳飞的字呢,老墨飞动,忠义之气烨然。从老花镜框上沿眯眼看我,你娃说得对头。我高兴地说,我外公的草书写得可以,我多少受到些熏陶。细妹儿看着伍大爷制作的拓片说,伍大爷,有些字认不得呢。

伍大爷指着拓片说:"恢弘志士之气,不宜妄自菲薄,引喻失义,以塞忠谏之路也……"

伍大爷制作拓片,是要出一本《守拙启新》的书,我们都希望出书后,买来请他签名。伍大爷说,买啥子哦,送你们一人一本。何超说要签名啊,伍大爷说签名加盖章。我们都好高兴。伍大爷精心制作了"愈炸愈强"的拓片,何超问好多钱,伍大爷说,你随便给。何超付了600元,伍大爷收了钱。

伍大爷要请我们吃午饭,亲自下厨。何超说,就吃小面,我来做。伍大爷说,你何老板做的小面要得,我去你那面馆吃过,小面呢,从大处说富裕国家,从小处说养家糊口。山庄的厨房老大,锅碗瓢盆米面作料齐全。伍大爷的朋友喜好厨艺。气灶打火就燃,细妹儿烧水洗菜洗碗筷剥大蒜,何超熟练地拌作料,滚锅下面。

我这个吃货,等着吃何超拿手的重庆小面。我看着抽烟的伍大爷说:"伍大爷,看了您老制作拓片,真是开眼了,'愈炸愈强'的字拓在宣纸上的,还得要加工吧?"

伍大爷吞云吐雾:"拓下来的字是逼真的,还得要找匠人做成跟原件相仿的匾额。"

"匾额?"

"嗯,你们说的牌子,其实是匾额。'匾',署也,从户册,户册者,署门户之文也。'额',是悬于门屏上的,横的叫匾额或牌匾,竖的叫对联或抱柱之'瓦联'。"

"深奥,高手在民间,伍大爷,这'愈炸愈强'的拓片也要加进你那《守拙启新》的书里吧?"

"这是文物,加进去当然好,得何老板同意才行,否则我就是侵权。"

"呃,何超,你同意不?"我问何超。

何超正捞面:"同意,一百个同意,面来啰!"

我们四人围坐吃小面。

伍大爷呼噜噜吃:"何老板做的小面可以。"

我也呼噜噜吃,妈妈说学无止境,可不,拓片、匾额、小面,也好有学问。

十六

仲春,我飞越太平洋到达美国纽约的肯尼迪机场,穿绿毛衣的赵莹莹来接我,乔老师同意我来,说国际交流合作是好事情,叮嘱我注意身体,注意安全。给生活加点糖,拥抱这个喧嚣的世界,旅游天下,领略人世华彩。这也是我这个残疾人需要的,也有利于我治病。赵莹莹身边还有我妈妈带的印度尼西亚留学生哈桑,他博士毕业回印度尼西亚后,又来美国攻读博士后。我来美国做实验,妈妈给他打电话说了的。哈桑和善地微笑:"欢迎!欢迎坚强的俞帅奇博士!"他的中文不错。"他跟我在同一个实验室,你来,我们三人就都在同一个实验室。"赵莹莹说。

哈桑开车来的,他自己买的车,他打开车的后备箱,把我的拉杆箱放进去。后备箱里,放有给我的被褥、床单、米面、罐头、饮料、方便面,还有酱油、盐巴、茶叶、毛巾、肥皂。车到S医院对面的宿舍楼后,他和赵莹莹一起把这些东西和我的拉杆箱提到宿舍五楼我的住屋里,哈桑为我铺床,说,你一个人远来,一定很不方便,这些东西尽管用。我道谢。他说,不用谢,我是你妈妈的学生。我说,嗯,哈桑哥哥。

我没有想到,我一个残疾人能够出国来做实验,我的双脚稳实地踩在了美国纽约的曼哈顿岛上,《北京人在纽约》的故事就发生在这里。曼哈顿是纽约的中心区和神经中枢,这里高楼挨天,街道成为"林中小道"。金融大老板云集的华尔街、联合国大厦、大都会博物馆、洛克菲勒中心、百老汇、美国最大的唐人街都在这里。

到了曼哈顿，我才发现，这里的华人真多。

安顿好后，哈桑哥哥请我和赵莹莹去S医院的餐厅吃饭，餐厅好大，如同国内大宾馆的餐厅。自助西餐，哈桑哥哥交费后，我们选自己爱吃的饮食。我东挑西选，取了汉堡包，掏出随身带的涪陵榨菜。赵莹莹、哈桑哥哥都嘴馋，我们三人分吃榨菜。没有热汤，冰水有的是。哈桑哥哥为我买了杯热咖啡，我就这么甜味咸味混杂吃。饿了，吃啥都香。午饭后，赵莹莹、哈桑哥哥陪我去办了S医院的进门卡。哈桑哥哥问我和赵莹莹，想不想去大都会艺术博物馆看看，说离S医院不远，步行可去。我当然要去，赵莹莹也说去。

步行中，我见一个西装革履颇有绅士风度跟我年岁差不多的美国男青年坐在街边，他没有双腿，身前放有一个塑料杯子，杯子里扔有一些硬币，我从衣兜内掏出三枚硬币扔进塑料杯里。

美国男青年朝我礼貌友好地笑，用中文说："谢谢！"

走过之后，我说："他还会讲中文。"

赵莹莹说："在纽约，有会讲中国话的美国人，也有不会讲英语却在这儿生活了数十年的中国人。"

我点头。

"不劳动者不得食，你给他钱，他的劳动是什么？"赵莹莹问。

"他么，我想，凭他那迎风顶日的坐功，凭他那副能够赢得人们同情的友好笑脸吧。"我说,"我跟他同病相怜。"

赵莹莹点头:"他没有双腿,却在笑,跟你一样,他有一股不服的倔劲。"

哈桑哥哥点头:"OK！"

大都会艺术博物馆的建筑外形并不新,却气势宏大,集世界各国各地的博物精华于馆内。半天时间,我们转悠完了"亚非拉"。在中国厅停留的时间最长。中国厅有中国长城巨幅油画,油画下有周口店的猿人化石图,还有我国历朝历代的古陶瓷器、丝绸制品。唐伯虎的一幅巨大的"虎"图悬挂在醒目处,我用手机拍了照,我们跟这幅画合了影。这么多年了,这幅保存完好的中国彩墨画还是那么栩栩如生,那头环眼怒瞪的下山猛虎欲扑出画面。属虎的我不忍离去,这中国的国宝,不知是何人何时掠到这里来的。

参观出来,夕阳衔山,哈桑哥哥请我和赵莹莹去街边一家餐馆吃鸡腿面,面条粗,一大块鸡腿,两三片菜叶子,不好吃,能吃饱。哈桑哥哥说,鸡腿便宜,菜叶子贵。吃完鸡腿面,各自回自己的住屋。

哈桑哥哥和赵莹莹都住在S医院内,哈桑哥哥住的博士后楼,赵莹莹住的另外一幢楼。

我住的学生宿舍楼在S医院对面,要走两条不宽的马路,是一位慈善者捐赠的,条件可以,收费不高。四人住的套房,套房内有一间共用的二十来平方米的客厅兼厨房,有沙发、彩电、冰箱、微波炉、铝合金厨具。厨具上有四个自动打火的液化气灶头，冷热水 24 小时都有。客厅两旁各有两间紧挨卫生间的住房，住房内，床、桌、衣柜齐备。我觉得和宾馆一样且比宾馆方便，想吃什么可以自己做，吃不完的往冰箱一放就行。宿舍楼的一楼有洗衣房、钢琴室、健身房。不足之处就是打电话不方便，只有一楼过厅有唯一的一部投币电话。本来，每间住房内都设有两个电话机接线插孔，花 50 美元，电话部门就会上门安装电话。我是短期做实验，不用安装电话，就用手机。这四室一厅的套房内，除我之外，还住有两位来研修的年轻姑娘，一位是美国姑娘，一位是意大利姑娘，她俩住客厅那边的两间屋，我住的这边的两间屋子有一间还空着。我和两位姑娘见面都客气地招呼，谁也不串谁的房间。

主动锻炼已成为我每天的习惯，出国不方便带锻炼器材，我乘电梯下到一楼，去健身房锻炼，在一楼听见钢琴声。从小妈妈就叫我弹钢琴锻炼手指的灵活性，好久没有弹钢琴了，我推门走进钢琴室。室内有位黑人小伙子在弹琴，见我进来也没有理会，继续弹奏。他那手指头很长，并不十分灵巧，弹得很投入，弹的是贝多芬的奏鸣曲《悲怆》。

我在一旁坐下，闭目静听。

教我弹钢琴的老师跟我说过，这音乐更多的是英雄气概而非悲怆，是作者自己取的曲名。年近三十的贝多芬正值青春年华，事业蒸蒸日上，为什么要取这曲名呢？贝多芬给友人写信说，我过着一种悲惨的生活，两年以来，我躲避着一切交际，因为我不可能与人说话了，我快要聋了。在剧院里，我得坐在贴近乐队的地方，才能听到些许乐声。我诅咒我的命运，我要向命运挑战。《悲怆》奏鸣曲隐藏着生命的磨难，流露出作者内心的痛苦，音乐更多的是对不幸遭遇的隐忍，对命运的抗争，对理想的追求。贝多芬在他的音乐中告诉人们，精神上他是胜利者。有人将这奏鸣曲与莎士比亚的《罗密欧与朱丽叶》相比较，认为有共同的青春哀伤。有人认为歌德的《少年维特之烦恼》也弥漫着类似的情绪。跟命运抗争，我俞帅奇也是在跟命运抗争。

名人如此，我这个无名之辈也是如此。

《悲怆》停了，我睁开眼睛，黑人小伙子站起身来，对我友好地笑。我手痒痒，捏动手指，跃跃欲试，起身走到钢琴前坐下。弹什么呢，异国他乡，我弹《二泉映月》，这是跟我一样的残疾人瞎子阿炳用二胡拉出的曲子。黑人小伙子没有走，站在我身后听。我用心弹，这曲子不适合弹钢琴，但我还是把这曲子弹完。我起身，朝黑人小伙子一笑。黑人小伙子弹了福斯特的《可爱的家乡》。他弹完，让我弹，我弹了《一条大河》。黑人小伙子弹了圣一桑的《天鹅》，我弹了《牧童之笛》，我俩谁也没说话，相互用音乐交谈。

我才发现，室内已坐了十来个不同肤色不同年龄的男女，他们被这东方和西方的音乐吸引来，都没说话，用耳朵用思维用心声交流共鸣。黑人小伙子额头缀汗，我身上冒汗。当我弹完《梁祝》时，黑人小伙子喊了OK！我对他笑，OK！

屋内人们鼓起掌来。

我心舒坦。

我离开钢琴室后，黑人小伙子还在弹琴，弹的《维也纳森林》。我就想到爸爸工作的西藏高原的原始森林，心情一阵振奋。我朝健身房走，推门进去，有几个穿健身衣的青年男女在健身器材上锻炼。我脱去外衣，选了踏步机、平衡板、精细运动球等健身器材锻炼，直到大汗淋漓。

我乘电梯上五楼，开门进宿舍，见下夜班回来的美国姑娘在客厅里吃点心，我俩互道了晚安。美国姑娘看我的目光有一种审视。我心想，她一定以为我这么晚出去干什么事去了吧？又自笑，我怎么能凭眼神胡乱猜测人家的心思呢。

第二天早晨，我起床洗漱毕，到客厅的灶上下挂面。意大利姑娘和美国姑娘正在吃早餐。一个吃的沙拉，一个吃的汉堡包。我下好挂面，放了油辣椒和涪陵榨菜，美美享受。突然想起什么，我回屋拿了两包包装精美的涪陵榨菜，分送给两位姑娘。她俩道谢，接了。

我乘电梯下楼时，见电梯内有几个亚裔姑娘，我友好地用英语招呼，也许她们是马来西亚人、印尼人、菲律宾人，或是不懂中文的中国香港人。

此时，我好想遇见一个中国人。

出宿舍大门时，迎面走来一个扎小辫的中国人模样的姑娘，我用英语问候她早安，她用中文回答早安。她是中国人，说昨晚听了我弹钢琴，远离祖国的她听到家乡的音乐，好亲切，好感动。交谈得知，她是护士，南京来的，在 S 医院工作三年多了，年薪 4 万美元，除去税赋、衣食住行等费用，每月有近一千美元的节余。她说,在这里工作很苦很累,不敢懈怠。

我去了在S医院内的实验室,这实验室比我妈妈的实验室小很多,仪器设备摆满了室内和过道,以至于得侧身走过。我到实验室不久,赵莹莹和哈桑哥哥来了,都问我休息得如何,我说很好。昨晚确实睡得香。我做的大白鼠动物实验。我把补充的实验设计方案交给赵莹莹,她看后叫好。我说,是乔老师指导我设计的。她说,合作真好!哈桑哥哥微笑着走过来,预祝我们的实验成功。

我投入了紧张的动物实验。

星期天,赵莹莹带我去位于曼哈顿东侧的联合国总部大厦。动物实验有了进展,赵莹莹高兴,一步两级登石阶,朝执勤的联合国总部的保安人员粲然一笑。这位高瘦严肃的黑肤色执勤人员抽动了一下面部肌肉,也回她一笑,在这位可爱的中国姑娘面前他没法不笑。

联合国总部大楼前,是一块很大的平地,有几尊雕塑。赵莹莹带我去看了那把巨大的手枪雕塑。很绝妙的一把枪,而枪管却被无形的强力扭弯变形,奄拉下来,预示全人类要放下枪杆,谋求世界和平。赵莹莹朝那枪管眨眼,口中念念有词:"但愿永无战火,世界一片宁日。"

"世界和平,和平万岁!"我说。

"这奄拉下枪管的雕塑屹立在这里,跟这个连小学生上学也带枪自卫的国度形成讽刺。"

"这是雕塑家的真诚希望,而有人却与这希望背道而驰。"

赵莹莹点头:"俞帅奇,给我拍张照。"

我用手机为她拍了她站在枪管下的照片,微信发给她。她又过去要与那执勤的保安人员合影,保安人员和气地应允,她抚抚头发,挨着那一身戎装的执勤人叫我拍照。赵莹莹又叫我到中华人民共和国飘扬的国旗下,我们相互拍了照片转发给对方,都很自豪。

我们走进联合国大厦,参观了会议大厅,看了有包括中文的各国文字的"全世界人民联合起来"的横标。我们去购买了邮票、明信片,写上各自在国内的地址投寄,留作纪念。

走出联合国大厦大门,日光绚丽,蓝色的天空中有几团云,远处的长椅上坐着一位佝偻的美国老人。赵莹莹走到老人跟前,朝老人友好一笑,老人也朝她慈祥一笑。她坐到老人身边。我激动地拍了照片发给她。

赵莹莹好高兴:"中国人民与美国人民是友好的。"

我说:"友谊万岁!"

这一天玩得痛快极了。

这天夜里,我发痉挛了,费力地用手机给赵莹莹发了感叹号,赵莹莹很快赶来,是看守楼房大门的美国门卫老人开的门。我的银针包、碘伏消毒液就在床头柜里,赵莹莹取出来为我扎针,为我按摩,终于缓解。她泡了咖啡喂我喝:"怎么样,我说过,有我在,你来美国做实验,没得问题的。"

我点头:"这些天太累了。"

"你来美国，就只发病一次，你的病在好转。"赵莹莹说，"多学科交叉，我在北京认识了中科院的一位科学家，他母亲难产，他跟你一样，他一出生就是脑瘫，双腿不能直立，两手不能拿东西，说话含混不清，走路靠轮椅，写字、操纵鼠标、敲打计算机键盘只能用左手。跟你一样，他一出生就接受各种治疗、锻炼，他外公给他起名'甦'，死而复生的意思。"

"这名字好。"

"他父母很重视对他的培养，到了上小学的年龄，跟你一样，没有把他送到特殊学校学习，而是让他跟正常孩子一起学习，让他从小养成积极乐观的性格，没有给他造成心理落差。"

"我爸爸妈妈也是这样。"

"你爸爸妈妈好。"

"脑瘫儿能到中科院，了不起。"

"是了不起，他现在是中科院的副研究员。"

"副高啊，中科院的副高，厉害。"

"你也厉害……"

我俩说话，时间过得快，肚子饿了，泡了两盒方便面吃，加了涪陵榨菜。

"呃，奇怪，那美国门卫老人严格值守，就没有见他笑过，他怎么会让你夜间上楼来，他怎么会有我房间的钥匙?"我问。

赵莹莹说："我刚来S医院时，在这幢楼住过，后来，实验任务重，经常做到深夜，哈桑就想办法让我住到院内的宿舍了。我住这里时，得知这位门卫老人腰腿痛，给他扎过银针，很有效。他很感谢我。你这次来，我特地拜托了他，说了你的情况，希望他多关照，他就留了一把你房间的钥匙。"

"这样啊，你的心真细，对我真好，谢谢啊！"

"你我不说谢。"赵莹莹看手机，"呀，12点过了，我得回去了。"

"啊，时间好快，我送你下楼。"我真希望时间过得慢一些。

我二人出门，那位美国姑娘正在客厅里看电视，她走过来，拉了赵莹莹到一边低声说话。乘电梯下楼时，我问赵莹莹："她找你说啥？"

"她说，这是学生宿舍，叫我一个人不要太晚了来找你。"

"她像是个管家婆，还监视我们，不是说美国人不干涉别人的私事吗？哼，多管闲事！"

赵莹莹抿嘴笑："我跟她说了，我们是老同学，来这里做实验，说你刚才发病了。知道了你的情况，她惊叹，说你了不起，说你送的中国榨菜好吃，叫你有啥事儿可以找她，她尽力帮忙。我留了她的电话。"

"误会解除。我有事不找她，就找你，反正你说过，有你在，我来美国做实验，没得问题的。"

"赖上我啦。"

"赖上了。"

到大门口了，美国门卫老人披衣服为我们开门："Good night."

我俩都回他："Good night."

路灯亮着，洒出淡黄色的光晕，四围的楼房像高矮不齐的巨人耸立夜空，这些楼房的灯光稀疏，没有重庆的夜景漂亮，这时候，重庆可是灯火煌煌。马路空无一人，我送赵莹莹走。

"你回去吧。"

"我送你到医院门口。"

"你不放心？"

"是不放心，你是女的，走夜路不安全。"

"倒是，谢谢啊。"

"你我不说谢。"

我一直送她到S医院门口，我们都有进门卡。赵莹莹进门后，回身对我笑。夜色中的她好美。往回走时，我东想西想，遗憾我是个残疾人……一个穿深色风衣的高个子黑人迎面走来，向我伸出一只手，另一只手放在衣兜里。我知道，他是找我要钱。可我身上是一百美元的整张票子，赵莹莹和哈桑哥哥都叮嘱我要随身带些零钱，我带的三枚硬币给了那位没有双腿的美国男青年。我出国带的钱是乔老师从她的科研费里预支的，用作差旅费、生活费，回去要如数报账。当然，妈妈也给了我钱，可我不可能把一百美元给不劳而获的他。我热血上涌，重庆崽儿不惹事不怕事，我对他视而不见，迈开剪刀步大步走，挨他身边走过，气势，我要用气势压倒他！

"Good night."他在我身后说。

我回脸看，他正朝我挥手，我回他说："Good night."

他摊手、摇头，扬长而去。

我舒口气，不知是我的气势压倒了他，还是他看出我是个残疾人，反正是有惊无险。

S医院顶层的图书馆宽大敞亮，落地玻璃窗外，可见楼下的大街和斜对面我住的学生宿舍；可见穿出地下冒出街面的地铁，正有一辆列车驶过。远处是包绕曼哈顿的哈得孙河的支流，河的东侧是长岛，《假如给我三天光明》的作者海伦·凯勒的家当年就在长岛。纽约市区由曼哈顿岛、长岛、斯塔腾岛及其邻近的大陆组成，大西洋的海水润泽这喧嚣繁华谓之天堂地狱的城市。

我往近处下看，街上车流如潮，人行道上匆忙或缓慢地走着不同肤色、不同着装、不同年龄、不同性别的人。看不清他们的面孔、表情，有着装随便者，有着装潇洒者，有着装持重者，有着装奇异者。赵莹莹对我说过，纽约是美国最大的工商业城市，是美国对外贸易的中心和海港。

赵莹莹来美国半年多了，比我熟悉这里，今天星期六，说好一起来图书馆查阅文献。我到图书馆后，接到她打来的电话，说哈桑哥哥叫她协助他做犬的动物实验，关键时刻，一定要帮帮忙。赵莹莹一个姑娘，胆大心细，做犬的动物实验很有经验，点子也多。我也得支持哈桑哥哥，他来攻读博士后也并非一帆风顺，有竞争者处处打压他。他很苦恼。他是我妈妈的学生，我和赵莹莹自然要支持他。

总有不善良的，善良的也还是多。

我在这静谧敞亮的图书馆里查阅文献，翻阅专业书籍，半天时间很快过去，肚子饿了，往图书馆外走。过那道铝合金的十字形活动护栏时，那护栏纹丝不动，拦住我的小腹，旁边的红灯亮了。我惭愧地笑，这才发现自己手中还抱着刚才阅读的一本外文书，赶紧回身归还。再出门，那护栏便如常地把我转动出去。电脑控制的护栏，挡住窃书者或是像我这样的忘了还书的人，给你亮红灯警告，却又不妨碍其他读书人。真要是窃书者完全可以跃栏而过，我自笑，这护栏是防君子不防小人的。

外公给我说过"君子"，说在先秦典籍中指"君王之子"，强调地位的崇高。后来，"君子"被赋予道德的含义，历代儒客文人以君子之道自勉，作为行为的规范。外公还给我说"欲望"，说欲望没有善恶之分，在于如何控制。说欲望是世界上所有动物最原始的最基本的一种本能，从人的角度讲，是心理到身体的一种渴望与满足，一切动物最基本的欲望就是生存。外公是鼓励我要好好生活，战胜疾病。外公读的书多，说为国为公有欲望，是褒义的欲望，为私也有褒义的欲望，所以他下决心娶了刘姨。我说，外公弯弯绕呢，不过是要跟刘姨结婚。外公呵哈笑，说我说的大实话。外公还逗我，问我的欲望是啥。我说，治好我的病，做好课题。外公说，还有呢？我说，没有了。外公说，我孙娃长大了，我孙娃是男子汉，得娶妻生子。我脸红说，我还小。外公说，不小了，外公想抱曾孙呢。

外公在这里等着我呢，是啊，脑瘫者娶妻生子的不少，我26岁了，是娶妻生子的年龄了。

欲望，此时此刻我的欲望是啥？能有机会来到美国，有人会千方百计留下来。哈桑哥哥就说，如果我愿意，可以想办法在这里读博士后。尽管有脑瘫者在国外创业成功的先例，可我没有这想法，我觉得在这里生活不方便，在国内吧，有亲人、朋友、同学无微不至的关照，而且国内现在发展很好，有施展抱负的舞台。这么说吧，在国内，自己是可以自主发展的主人，而在这里，是由人指挥的帮工。

还有什么欲望呢？个人问题，是该谈女朋友了。"无欲者必守旧，不会去追逐新奇。"赵莹莹在十八梯路口对我说过这话。她是我的老同学，从小到大一直关心帮助我，又一起在这里做实验，如果她是我的女朋友，可算是一奇。不可能的，她太完美了；"李明儿洗车场"的曹慧莲，跟我一样的残疾人，跟我一样五官端正，有一双美丽的醉人大眼，她很爱跟我说话，也许是同病相怜，也许是对我有意；苗族导游姑娘刘素云，能歌善舞，秀美脸上的两个酒窝迷人，她也很爱跟我说话，可她是健康人……

我东想西想，乘电梯下到底楼，想吃面了，可这里不是重庆，重庆是到处都有可口面馆的，就去吃鸡腿面吧，现在想想也还好吃。

此一时彼一时。

出S医院大门时，下雨了。一个黑人笑脸卖雨伞，4美元一把。我买了一把，心想，回国也可做个纪念。看商标：Automatic 100% Nylon Made in China，百分之百尼龙自动伞中国制造。万里迢迢来美国买回一把中国伞，遗憾也欣慰，真如哈桑哥哥所说，中国人、中国货已潮涌入美利坚了。

我打雨伞到那家餐馆，买了一碗鸡腿面，刚坐下，就看见赵莹莹、哈桑哥哥进门来。跟我进门一样，服务生礼貌地接过他们的雨伞存放。我赶紧为他们点了鸡腿面，说我请客。吃面时，我说到买了把中国雨伞。哈桑哥哥呵呵笑，美国人可是24小时都离不开中国货，早晨起床，三分之二的闹钟来自中国；晨浴，淋浴室可能会挂着一条中国产的塑料浴帘；吹发，有不少中国产的卷发器、吹风机；做早餐，咖啡豆研磨机、咖啡杯和水壶，都可能标有Made in China字样；穿衣服，中国服装是进口最多的产品之一，价廉物美；开车上班，车上带的手机、电脑许多是中国货；午间运动，一半的运动鞋来自中国；下班后，听听家里的录音电话，百分之二十的电话机产自中国；上床后，你会发现维多利亚商店卖的睡衣是中国货，近一半的室内吊灯是从中国进口……赵莹莹协助他做犬的动物实验成功，他高兴，滔滔不绝讲个不停。

吃完鸡腿面，雨停了，哈桑哥哥请我和赵莹莹去喝咖啡，说答谢赵莹莹帮他做实验，还给他出了好的主意。

中午，咖啡馆的人不多，内饰典雅，轻音乐时有时无。哈桑哥哥要了三杯美式黑咖啡，不好喝，且当午间休息。话题又说到中国。哈桑哥哥翻动手机，念了杨振宁曾在《科学》杂志上发表的《中国将成为世界级科技强国》的文章：

> 引进近代科学在中国是一个争辩了几百年才达到的决心。可是在下了决心以后，进度却是惊人的快速。

随着1949年中华人民共和国的成立，科学在中国土地上有了惊人的发展。现代科学终于在中国"本土化"：数以百万的科学家和工程师被训练出来，复杂的研究与发展结构被建设起来，巨大的科技成果完成了。

　　下面列举的中国社会特征，我相信将对下一世纪的中国科技发展起决定性作用。

　　（甲）人口众多的中国拥有千百万极聪明的青年。如果能获得适当的机会，相信他们里面很多位都会在科技领域中崭露头角。

　　（乙）儒家文化注重忠诚，注重家庭人伦关系，注重个人勤奋和忍耐，重视子女教育。这些文化特征曾经，而且将继续培养出一代又一代勤奋而有纪律的青年。

　　（丙）儒家文化的保守性是中国三个世纪中抗拒西方科学思想的最大原因。但是，这种抗拒在今天已完全消失了。取而代之的是对科技重要性的全民共识。

　　（丁）1978年起，中国经济猛进，每年都有超过9%的增长。一些经济学家相信中国将在2000年左右变成世界上国内生产总值最大的国家。即使这个推测过于乐观，中国也必会在那时成为世界工业强国之一。

　　也许有人会说中国将会有政治问题：领导更替的危机，意识形态的危机，贫富不均的危机，外交危机等等。不错，无可避免很多这类问题都会发生。但是试看一下20世纪的中国：两次大革命、军阀混战、日本入侵、朝鲜战争等等，都是大危机。可是这些危机没有一个阻止了中国在这个世纪科技上的卓越飞跃。为什么？因为做科学工作其实并不困难。必要的条件只是上面所讲的四项。中国在这个世纪已经具备了前三项条件，到了下一个世纪将四者俱备。

这文章我头一次听见，很振奋，中国确实应该成为科技强国。我妈妈、乔老师、赵哥哥都期盼。赵莹莹也很振奋地说，只要我辈，我们的后辈不懈地努力，会实现的，有的已经实现，有的在实现的路上。哈桑哥哥说，OK！

话题说到了生命科学的无比奥妙。

"呃，我有个问题。"我说。

"啥问题？"赵莹莹神态认真。

"相吸相斥的问题。"我说。

"同性相斥，异性相吸呀。"赵莹莹说。

"是的，男女为异，相互结合孕育新的生命，十月怀胎就是其相吸之果。"我说。

哈桑哥哥点头。

我说："问题是，当胎儿发育成熟时，则要相斥，娩出胎儿，胎儿有男有女，男婴跟母亲是异性，女婴跟母体是同性呢。"

哈桑哥哥想："嗯，是个问题。"

赵莹莹问我："你是说女婴不该与母体相斥？"

我说:"我是想弄明白这个问题。"

赵莹莹锁眉:"这个问题,其因其果值得探索,俞帅奇,你该问问你妈妈,她可是妇产科大专家。"

"我问过,妈妈也没有说清楚,倒是夸我有头脑有想法,说我还是做科研的料。我说,做科研太难太苦,想放弃。妈妈送我一句话。"

"啥话?"赵莹莹问。

"妈妈说,怕吃苦吃苦一辈子,不怕吃苦吃苦一阵子。"

"你的妈妈也跟我说过这话。"哈桑哥哥说。

"这话有理!"赵莹莹说,"我记住了……"

又说到遗传基因、分子生物学、纳米技术、信息技术、精准医疗、光声可视化,都在迅速发展,潜力巨大,其中任何技术的两两融合、三种汇聚或四者集成,都将产生难以估量的效能。我辈不去享用谁去,我辈不去探索谁去。我振奋,嚯嚯喝咖啡。赵莹莹抿嘴笑,喝咖啡可不是喝茶啊。

喝完咖啡,我们一同回医院的实验室,都得抓紧做实验。

一辆灰色轿车急驶而来,在医院门口戛然刹住,车门开了,从车内扔下一个人,灰色轿车急速开走,左拐,消失了。我们都是医生,飞快跑过去。被扔下的人是个亚裔男青年,面色青紫。我学过急救,摸他口鼻没有呼吸,听他胸前没有心跳,想到舍身抢救病人的乔老师,胆气顿生,立即为他做心脏叩击、按摩、口对口人工呼吸。赵莹莹和哈桑哥哥都很感动。我们三人轮换为他做心脏按压、人工呼吸,终于有了呼吸、心跳,却仍然昏迷。

哈桑哥哥从他的衣兜里掏出个证件："是S医院的证件，菲律宾人……"

门卫叫来急诊科的医生、护士，抬了他去抢救。

我们继续往实验室走。

赵莹莹激动："俞帅奇，你真了不起，果断、勇敢地对那菲律宾青年做口对口人工呼吸！"

哈桑哥哥赞不绝口。

我就说了我的导师乔老师，当机立断，取下女病人戴的呼吸机面罩，取下自己戴的口罩，对着女病人口对口人工呼吸的英勇事迹。

他们听了，都好感动。

十七

初夏的阳光灼人，开了空调的银色奥迪轿车沿山乡公路向重庆市荣昌区清升镇的古佛山驶去。驾车的米哥哥说，慈爱医院组织来这里旅游度假，他来过，这里常年瓜果飘香，盛产茶叶、樱桃、枇杷、桃李。眼前一山，似一条横卧的巨蟒，迤逦腾挪，满目苍翠。

"冰糕，冰糕……"突闻叫卖声。

坐后座的我循声音看，是从我们轿车右边一辆黑色轿车里传出来的，很觉新奇。想到外公为锻炼我的口语，叫我跟他学当年十八梯卖冰糕孩童的叫卖："冰糕，冰糕，冰糕凉快耶冰糕……"那是早先重庆人爬坡上坎汗流浃背叫卖冰糕的情景，而此时此刻，卖冰糕者是开着小车在乡间沿途叫卖。坐副驾驶位置的素素姐说："这能赚到钱？"我说："无利不起早，除去汽油费，定是有钱赚的。"

山乡在变，我没想到变化会这么大。

还是国内好，不说北上广了，就说我们重庆，无论是主城还是区县，到哪里都街道整洁、绿树成荫。

在美国短期做实验的我，刚一回到重庆，就接到米哥哥的电话，问我去不去荣昌古佛山景区。

我回国后事情多，赵莹莹还在美国S医院做实验，她的美国导师很看重她，想让她博士毕业后，读他的博士后。赵莹莹征求我的意见，我说，在美国固然好，回到国内也挺好。她说，你等于没说。我当然希望她回国，这得由她自己和她的导师东方教授决定。关于我们的合作实验，我写了篇英文论文的初稿，赵莹莹做了修改，第一作者署名是俞帅奇、赵莹莹，通讯作者署名是我的导师乔老师和她的导师东方老师，我们分别发给了各自的导师审改。我急于想听到乔老师的审改意见，我还要向她汇报我的美国之行。

米哥哥在电话里说，不是去古佛山旅游，是为素素找她妈妈的事情。我姐姐找她妈妈的事儿啊,那我事情再多也得去,找到妈妈一直是素素姐的期盼,也是我的期盼,我答应去。素素姐去她爸爸老家时,已经从她二爸二妈处拿到了她爸爸妈妈的结婚照片,给我看过,素素姐像她妈妈。前天,素素姐的二爸二妈从彭水乡下给她打来电话,说她妈妈上佛山了。她问是哪个佛山,她二爸二妈说,是邻居李群华回来跟她父母说的,李群华回来又走了,问她父母,他们说李群华也没有说清楚。素素姐有李群华的电话号码,给她打电话不通,打了好几次都不通。素素姐在慈爱医院食堂当了厨师,是霍董事长亲自安排的,说米哥哥能干,家属应该照顾。素素姐是做饭炒菜的能手。我为素素姐感到些许遗憾,倘若她爸爸在世,她会跟我一样上大学、读研究生,她可能会超过我的。

米哥哥和素素姐在地图上在网上查找佛山,有佛山市、佛山禅城、佛山祖庙等等,哪个佛山啊?米哥哥就想到他来过的古佛山,素素姐妈妈的老家在荣昌,古佛山属于荣昌管辖,也许素素姐的爸爸妈妈当年来过古佛山,也许这里有他们的亲戚朋友,她妈妈是来这里投亲访友的。他们就决定来古佛山找她妈妈。我觉得他们的分析有道理,期盼能够找到。

素素姐的妈妈叫田淑珍,姓名、照片都有,这是找到她妈妈的有利条件。

乡道蜿蜒,米哥哥驾驶奥迪轿车上山,几弯几拐,开进一条不长的整洁美观的小街。街左边"古佛山村史馆"的招牌醒目,街上有"瑞尔·泮山云栖酒店"。米哥哥说,就在这酒店住下来,再多方打问。米哥哥安排我住套房,他们夫妇也住套房。我说,太贵了。米哥哥说他工作尽职尽责,医院给他开的工资高,还说素素的工资也可以,这乡下的酒店便宜,住宿一晚上,总共才620元。米哥哥这么一说,我就也不客气了。套房的光线好,被褥床单整洁,空调、热水器、冰箱、衣柜、浴室、牙膏、牙刷、毛巾等用品一应俱全,还有古朴典雅的工夫茶茶桌、茶具,比我在美国住的宿舍条件好。我离开美国前,哈桑哥哥请我和赵莹莹在纽约的周边旅游,住过酒店,条件也没有这里好。

古佛山村子的街上有餐馆,午饭休息后,我们就四处打问寻访。先去了村史馆,我真希望能够见到素素姐妈妈的照片或是资料,但是希望渺茫。我们问了村史馆的人,打问了街上所有住户、店铺的人,都是失望而归。素素姐两眼湿漉漉地说,我们回吧,明天还要上班。我说,姐姐,来都来了,不放弃,继续找。米哥哥说,嗯,我跟院长续假。他立即打电话,说了情况,院长同意续假。

"瑞尔·泮山云栖酒店"有迎客院子,供住宿、旅游者休闲、品茶。米哥哥说,天热,一身都是汗,也累了,进去休息一下。我说要得。素素姐点了头。

迎客院子三层楼,中西式建筑,天井、草坪、茶屋、会议室齐备。

一楼有"画鹤人画馆",馆内的独鹤、双鹤、群鹤彩墨画别具一格,还有"海棠书屋",摆放有《填四川》《最是那时光》等好多图书。二楼有宽展的半圆形观景台,可一览草木葳蕤的山乡风景。眼前一方碧潭，碧水倒映蓝天。米哥哥说，这里的玄武湖，所处地层是侏罗纪红层，有山泉水流入，湖周边的植被好，松竹最多。素素姐看景，目光忧郁。米哥哥逗她开心，素素，这里的春景更安逸，"放牛娃娃不要夸，古佛山上冻桐花"，春天时，漫山遍野的桐子花开了，远看如皑皑白雪，近看似村姑蹁跹。素素姐笑了笑。

米哥哥带我们去三楼喝工夫茶，商量下一步的寻找办法。

素素姐苦着脸说，整条街都找遍了呢。我说，村子这条街找不到，我们上山去找。米哥哥说，要得，明天就上山。

有陡峭的栈道可以攀爬上山，可是沿途无人，米哥哥也担心我攀爬困难，就开车上山。盘山乡道穿越川渝，一会儿是四川省的泸县，一会儿是重庆市的荣昌区，奥迪轿车在仅能行驶一辆车的山道上爬行，有高大茂密的竹林树林跟随，云淡风轻。轿车没能登顶，路不通了，只好下车步行。我要步步登高。一条不宽的陡峭栈道通向峰顶，我的剪刀步登得艰难，一身是汗，走走停停。素素姐搀扶我走。我就想到小时候她抱我背我搀扶我的情景，她还是孩子时，就来到我家，照护享有父爱母爱的我，可她，从没有得到过母爱，从小就失去了父爱，我有病是苦，素素姐比我更苦。

"姐姐，我是你一手带大的。"

"当然，你吃奶、尿床、上学，都是我带你。"

"谢谢姐姐！"

"你是我弟娃，应该的。"

凌空一座三层高塔迎接我们，有竖立的牌子，看文字，这里是荣昌城南的第一峰，跟四川的泸县、隆昌交界，因岩层分明，又叫"三层岩"，海拔700多米，负氧离子含量高。我仰望高塔，迈剪刀步费力地往塔顶登，米哥哥、素素姐跟在我身后。终于登上塔顶，我展臂四望，这边是荣昌，那边是泸县，另一边是隆昌，真好，看到了跨省市的一区两县风光。古塔四围尽皆茶树，茶香四溢。

"茶之为饮，发乎神农，生津止渴，提神醒脑。"我感叹。

"茶饮不可少，酒肉不可多，没得脚的可多。"米哥哥说。

我纳闷："没得脚的？"

"鱼儿就没得脚啊。"米哥哥呵呵笑。

素素姐也笑，又犯愁："一路都没见到有住家户，啷个问？"

米哥哥锁眉："是呢，我那次来，因有急诊赶回医院了，没能登顶。"

"姐，莫急，我有办法。"我说。

"啥子办法？"素素姐问。

"暂时不说，吃完午饭后再说。"我卖关子，"姐姐，我们既然登顶了，就放松一下，换个心态，给生活加点糖，算是来旅游了。"

"说你那满分作文啊。"素素姐说，"也是，登顶了，就看看。"

米哥哥知道我那高考的满分作文："素素，是得给生活加点糖，帅奇是博士研究生，他想到的办法一定管用，暂时放下烦恼，走走看看。"

我们踏上有老林伴随的栈道下山，看沿途导游的牌子，这栈道举办过成渝双城古佛山栈道越野赛；古佛山景区与泸州道林沟景区山水相连，是川渝经济、文化、旅游的黄金节点。米哥哥说，靠山吃山，靠水吃水，跨越川渝的古佛山开发出来，是好事情。素素姐点头。我学外公，提高了声音说，经济离不开文化，文化可以促进经济的繁荣。外公时常说，文化建设要加强啊。我说，医疗卫生也要加强。外公说，倒是，医疗卫生关系到大众健康。他说我这个医学研究生任重道远。

我们回到古佛村街上的餐馆吃午饭，荣昌的卤鹅、黄凉粉有名，饿了，我这个吃货吃得肚子鼓胀。午饭后，我们回到酒店素素姐和米哥哥住的套房里，素素姐开了空调，为我泡了茶水，叫我快说我的办法。

"本来我是想，上山找不到，再下山找。"我喝口热茶，"可是，古佛山景区怎么大，找起来会很困难的。"

"就是。"米哥哥说。

"莫弯弯绕，说你的办法！"素素姐说。

"姐，人民警察爱人民，我的办法是，我们去找当地的派出所，跟民警说明情况，请他们帮忙查找，即便是这次找不到，也可以留下联系方式，他们有啥信息，请他们及时通知我们。"

米哥哥点头："这办法可以！"

素素姐担心："万一，万一遇到态度不好的民警咋办？"

米哥哥说："Money！"

"用钱行贿?"我问。

素素姐盯米哥哥摇头:"你呀你……"

米哥哥扇打自己的脸:"钱要正道用,素素,你放心,我记得你叮嘱的话的……"

素素姐的手机响了,是李群华打来的,接完电话,素素姐泪水滚落。

李群华的手机坏了,刚修好,给素素姐打来电话,素素姐问了她妈妈上佛山的事情,问是哪个佛山,李群华说,她是听同镇子的一个打工妹儿说的,说素素姐的妈妈上佛山当尼姑了。素素姐问是哪个佛山?李群华说,那打工妹儿也是听她一个朋友说的,当尼姑要到山上的庙子烧香拜佛的,应该是当地的佛山吧。素素姐的妈妈当年去的深圳,深圳有佛山?叫啥名儿?有几个佛山?我们都上网搜了,搜索到的还是佛山市、佛山禅城、佛山祖庙等等。

我宽慰素素姐:"姐,不论哪个佛山,说明你妈妈好好的,会找到的……"

素素姐妈妈为啥要去当尼姑?大凡出家之人,无外乎叛逆、孤独、不入世俗、特立独行吧?穷得生活漂泊不定?修行赎罪?为情所伤?也有一心求佛的虔诚者。我东想西想。

我家门外的黄葛树枝繁叶茂,我站在门外弯拐的石梯上欣赏,黄葛树是报恩树,我俞帅奇要报恩的人太多,故去的、在世的,他们都希望我坚强,希望我像正常人一样生活、学习、成长。我努力在做，用行动回报，我和赵莹莹为第一作者，我俩的导师为通讯作者的英文论文在一家国际学术杂志上发表了，我真高兴。

今天是星期天，我西装革履，皮鞋擦得锃亮，精神满满。

何超手机发来精美的请柬，他跟细妹儿今天中午举办婚礼，地点在他的"重庆小面馆"大堂。说到重庆小面我就流口水，从美国回来后，我去他小面馆吃过小面，还去火锅馆吃了一顿火锅。

小面、火锅，吃在嘴里味道丰富得很，那是家乡的味道。

我妈妈开车带我去，较场口老大的停车场里停满了车。妈妈口吐怨言，在停车场里兜圈子。我说，妈妈，换个停车场吧。妈妈说，太远，我儿子行动不方便。我说，就这么兜圈子？妈妈说，对，兜圈子，不信就没有车位！妈妈常说不放弃，妈妈不放弃，终于等到一辆银色轿车开走，另一辆黑色轿车立即朝这空出的车位开来，妈妈一拧眉头，猛打方向盘，加油，踩刹车，长安越野车"嘎吱"停在了这车位里。那黑色轿车驶来只能停下，"轰轰"鸣响，像是在赌气骂骂咧咧，终还是悻悻开走。妈妈抿嘴笑，有决心，把握时机，就不信停不了车。我说，妈妈，差点儿跟那黑色轿车相撞。妈妈说，不会的，妈妈的车头先开进车位，除非对方要硬来。妈妈就这性格。妈妈说的决心、时机倒是重要，做啥事儿都得要有决心，要把握住时机。

何超有决心，把握住了时机，他的生意做大了，连锁店开了十多家，面馆的大堂装饰一新，彩灯闪耀，楼上楼下摆了几十桌酒席。

亲朋好友、面馆的食客陆续赶来。

何超安排我和妈妈坐主桌左边的席桌，还有我外公、刘姨、素素姐、米哥哥、乔老师、赵哥哥和安安小侄儿。我奶奶已在养老院去世，晚上睡过去的，养老院的院长说是善终。赵莹莹还在美国做实验，她答应美国导师了，博士毕业后，读他的博士后。她导师东方教授同意，叫她学成归国效力。乔老师也希望我博士毕业后，读她的博士后。我当然愿意，只要我博士能够毕业，当然，还要看我的身体能否吃得消。妈妈说，只要我坚持治疗、锻炼，身体没有问题。我说，但愿。

面馆大堂里，除了大红喜字等婚宴装饰外，墙上挂的"愈炸愈强"的仿制品匾牌和文物部门颁发的收藏证书十分醒目。何超说，就有食客是冲着这匾牌、证书来的。生意人自有生意人的门道。

喜宴满座。

食客曹慧莲、刘素云、齐艳、伍大爷来了。

何超、细妹儿都穿大红印花的中式婚礼服，12点零8分，婚礼公司的司仪先生宣布婚礼开始，之后便是烦琐的程序，其间，何超看手机宣读了赵莹莹越洋发来的贺信："弹指一挥间，我们都长大了，岁月如梭，我们都到了谈婚论嫁的年龄，遥祝老同学何超新婚快乐，遥祝一对新人恩恩爱爱。特请老同学俞帅奇代我给二位新人敬杯喜酒，我们后会有期！"大家都鼓掌，我使劲鼓掌，想到我们几个老同学从小到大，读书分分合合，在校磕磕绊绊，风风雨雨二十多载，不离不弃，各有所成，唯李俊的离世好生遗憾。

司仪先生不算太啰唆，程序终于结束，之后便是杯觥交错。

少不了新人挨席桌敬酒。何超来给我敬酒，呵呵笑，祝贺老同学飞黄腾达！我喝酒，也呵呵笑，祝贺老同学夫妇飞黄腾达！他说，会的，会飞黄腾达的，他的"何氏小面有限公司"正在筹备，有朝一日开张，再热闹一聚。

曹慧莲来给我敬酒，说我这身西装好帅。她身后的刘素云说，别个人也好帅。曹慧莲说，对对对，人靠衣装马靠鞍嘛。刘素云说，俞帅奇穿啥子衣服都帅。曹慧莲赶忙拍自己的嘴巴，啊，说错话了，收回来，人帅，帅气！我咧嘴笑，抚了抚胸前，我西装口袋里面装有宝贝，是我下载打印装订的我和赵莹莹发表的外文稿，想取出来炫耀一下又没有，她们看不懂。

齐艳来给我敬酒，她越发漂亮了。她说她到一家环保公司担任副经理了，做李俊想要做却没能做的事情。我回敬她酒，祝贺她事业有成。

我向两位新人敬酒，代赵莹莹向他们敬酒。向妈妈、外公、刘姨、乔老师、赵哥哥和小侄儿安安敬酒。我向曹慧莲、刘素云、齐艳回敬了酒。我向伍大爷敬酒时，伍大爷说，他那本《守拙启新》的书快要出版了。我祝贺他，期待得到伍大爷签名盖章的书。

婚宴吃席，酒酣耳热，亲朋好友相聚，累却也快活。

散席后，妈妈开车带我回家，外公、刘姨跟车去家里。进屋后，刘姨开了空调，泡茶倒水忙乎。

我跟远在风雪高原的爸爸视频通话:"爸爸,我一直在追求地平线。"

爸爸点头笑:"嗯,你一直没有停步。"

"爸爸,给你看样宝贝。"

"嗯,我儿子的宝贝一定精致。"

"说不上精致,但很难得到。"我从衣兜里取出打印装订的外文稿给爸爸看。

爸爸看外文稿:"爸爸看不懂,是我儿子发表的论文吧?"

我得意地点头:"严格说,是我和老同学赵莹莹加上我俩的导师共同发表的论文。"

"好,祝贺!"爸爸朝我比大拇指。

外公、刘姨都惊讶我发表了论文,外公拿过我的手机跟爸爸通话,连声夸我,又对爸爸问长问短。妈妈说外公啰唆,夺过手机跟爸爸说话,妈妈比外公还啰唆,去阳台跟爸爸说了好久。妈妈在邮件里看过我和赵莹莹发表的这篇论文,妈妈看得懂,妈妈跟爸爸通完电话,回到屋里,凑到我跟前:"国际有名的学术杂志,影响因子10.26分,第一篇外文就上了10分,儿子,妈妈祝贺你们,祝贺我儿子第一作者排名居首!"

妈妈这一说,外公、刘姨更是惊讶。

我得意地笑,炫耀、欣赏这难得发表的英文文章。

妈妈由衷地笑:"儿子,你面对世界微笑呢。"

"嗯,给生活加点糖,面对世界微笑。"我说。

外公、刘姨鼓掌。

妈妈累了，回房间午休。

刘姨勤快，收拾茶具去厨房清洗。

我也累了，瞌睡来了，要回屋睡午觉。

外公招手叫我坐到他身边，看我："孙娃，此时客厅里就你我二人，还记得我跟你说的话不？"

"啥话？"

"我孙娃长大了，我孙娃是男子汉，要娶妻生子了。"

"这话啊，记得。"

"你记得啊，咋个办？"

"凉拌。"

"早办，外公是你的长辈，也是你的朋友，知心朋友。"

"嗯，外公。"

"孙娃，跟外公说实话。"

"说啥实话？"

"说你有女朋友没有。"

"现在就说？"

"现在就说，只跟外公说，外公绝对为你保密。"

"那，那好吧，我呢，有，有女朋友了。"

"啊，好呀，是哪个？"

"这……"

我是心里有女朋友了，我相信我会有女朋友的。

"快接电话，快接电话……"

我的手机响了。电话是齐艳打来的，说今晚请我到南滨路江边吃露天火锅,观山城夜景。我笑问,有啥好事情?她笑说,见面说。我问还有哪些人,她说,就请你一个人。就请我一个人?我纳闷,还是欣然应邀。

外公看我笑:"是个女娃子的声音呢。"

我点头。

外公问:"是哪个?"

我嘿嘿笑:"你猜。"

后　记

　　我的本职是医生，有脑瘫病方面的知识，但要写长篇小说，我必须了解更多。我广泛、认真地查阅了大量文献、资料、报道。脑瘫病人会遭受冷眼、歧视，但也得到了父母、亲朋、老师、同学和社会的关爱。不少脑瘫病人，他们面对现实，不气馁不放弃，坚持接受痛苦的治疗、锻炼，坚持学习，他们成长起来，各有所成。有的自谋职业，有的读书求学，有的进入清华、北大、中科院，有的走出国门研修、创业。我深受感动，敲打键盘，写我熟悉的人和事。感谢重庆出版社约我写脑瘫题材的长篇小说，感谢提供了洋洋《被上帝关了窗户的少年》的打印稿供我参考。

　　人的潜力巨大，信心尤为重要。

2024 年 8 月 21 日改定